亞特蘭提斯進化終部曲

亞特蘭提斯・新世界

The Atlantis World

傑瑞・李鐸 著
李建興 譯

A. G. Riddle

BEST嚴選

緣起

在繁花似錦的奇幻文學花園裡，你或許還在門外徘徊，不知該如何抉擇進入的途徑；也或許你已經置身其中，卻因種類繁多，或曾經讀過不合口味的作品，而卻步、遲疑。

BEST嚴選，正如其名，我們期許能透過奇幻基地對奇幻文學的瞭解，以及對讀者的理解，站在出版者與讀者的雙重角度，為您精選好作家與好作品。

他們是名家，您不可不讀：幻想文學裡的巨擘，領域裡的耀眼新星。

它們最暢銷，您怎可錯過：銷售量驚人的大作，排行榜上的常勝軍。

這些是經典，您務必一讀：百聞不如一見的作品，極具代表的佳作。

奇幻嚴選，嚴選奇幻。請相信我們的眼光，跟隨我們的腳步，文學的盛宴、幻想世界的冒險，就要展開。

謹獻給鼓勵我永不放棄的父母。

台灣版獨家作者序

七萬年前，人類差點全數滅絕。當時位於現今印尼的超級火山托巴噴發，把火山灰噴上大氣層，遮蔽了全世界的陽光，使得氣溫遽降，全球火山寒冬持續長達幾個世紀，歐亞非三塊大陸上的動植物逐漸凋零死亡。

在東非的洞穴和灰燼覆蓋的草原上，我們的祖先大量死亡。然而，卻有少數的人僥倖得以存活下來。科學家認為托巴倖存者的數量少到僅剩一千對可交配的男女——任何物種都很難在這種嚴峻的情況下存續。當時，我們是地球上最年輕的原人物種，目前已知至少有三個其他的人種（包括尼安德塔人、佛羅勒斯人、丹尼索瓦人）早已領先我們存在了幾十萬年，數量也多得多，任何一個觀察家都會認為我們（智人）毫無指望。

但是，從托巴突變的灰燼中，我們居然勝出了。接下來一到兩萬年期間，我們的物種離開非洲，殖民到每個大陸（除了南極洲）。再接下來的兩萬年，我們是地球上唯一存活的原人。人類復興成了地球史上最大的傳奇，我們這個傑出物種在歷史的長路上反覆經歷了許多艱難困境，每次都能成功克服。

我們的故事——人類的起源，瀕臨滅絕的物種如何奮鬥並空前地征服全球——是史上最大的謎題。這個謎團正是「亞特蘭提斯進化三部曲」的核心。這套小說的重點是故事中角色們的自我發現與救贖之旅，但是劇情帶領讀著深入了解人類的科學與歷史，窺探人類如何演變至現狀的奧祕，同時也探索令人著迷與恐懼的神話：快速崩潰的先進文明亞特蘭提斯。

我投入了許多年的時間研究人類起源之謎，又用了幾年寫這三本小說，希望您會喜歡這系列作品。寫序的時候，小說已經銷售超過一百萬冊（在美國），並且正在籌拍電影，翻譯成十八種語言在全世界發行。但是您手上的版本對我而言永遠獨一無二：台灣是第一個相信《亞特蘭提斯・基因》這本書而購買翻譯版權的外國區域。因此，我特別感謝譚光磊先生、他的版權代理公司和奇幻基地對這套小說的遠見與信心，還有促成系列作品上市的不懈努力。

感謝您的閱讀，祝安好。

傑瑞・李鐸

主要人物表

解碼小隊

凱特・華納：遺傳學家，專門研究自閉症，擁有某個亞特蘭提斯科學家的記憶。
大衛・維爾：前鐘塔雅加達工作站負責人，現協助凱特解開外太空訊息。
保羅・布倫納：永續組織成員，現協助凱特解開外太空訊息。
瑪麗・卡德威爾：天文學家，發現訊號的第一人，現協助凱特解開外太空訊息。
米洛：來自西藏的青少年，現協助凱特解開外太空訊息。
桑雅：柏柏爾部族酋長，管理前印瑪里休達基地，現協助凱特解開外太空訊息。

印瑪里國際企業集團

杜利安・史隆：印瑪里集團的總監，擁有阿瑞斯的記憶。
塔爾根・阿瑞斯：神祕的亞特蘭提斯人，與杜利安合作準備掌控全世界。
維多：印瑪里幹員，協助杜利安執行任務。

楔子

阿雷西博天文台
阿雷西博，波多黎各

四十八小時以來，瑪麗·卡德威爾博士醒著的每一秒都在研究無線電波望遠鏡收到的訊號。她感到既疲憊又興奮，因為她非常確定：這是有組織的智慧生命體跡象。

在她背後，派駐天文台的另一位研究員約翰·畢夏給自己又倒了杯酒。他已經喝過蘇格蘭威士忌、波本、蘭姆，還有死去研究員同事庫存的其他酒類，一路喝到蜜桃甜酒。他只能喝純酒，因為沒別的東西可以調和。啜飲第一口時他皺起眉頭。現在是上午九點，他對酒的反感只持續二十分鐘，便準備喝第三杯。

「是妳在幻想，瑪蕾。」他邊說邊放下空杯，又重新斟滿。

瑪麗討厭他叫她「瑪蕾」，沒人這樣叫過她，這讓她聯想到母馬（注）。但約翰是僅存的同伴，他們兩人已經達成某種程度的共識。

注 Mare，意指母馬。

瘟疫爆發後，波多黎各的人民成千上萬地死亡，瑪麗跟約翰只能躲在天文台裡，約翰立刻開始勾搭她，被她嚴正拒絕了。兩天後他又故態復萌，出手騷擾，行徑越來越誇張，直到她用膝蓋狠狠頂了他下面，才比較收斂一點，只專心喝酒和冷言冷語。

瑪麗站起來走向窗戶眺望外面的景觀，綠意盎然的波多黎各山丘和森林。唯一的文明痕跡是凹進山頂平台，垂直指向天空的衛星天線。阿雷西博天文台的無線電望遠鏡是世界上最大的，這是人類工程學上的偉大勝利。這個科學的結晶，在象徵人類過去的原始景觀中代表了人類成就的巔峰。現在它達成終極任務，接收到外星資訊。

「是真的。」瑪麗說。

「妳怎麼知道？」

「上面有我們的位址。」

約翰停止喝酒，抬頭看她。「我們最好離開這裡，瑪蕾。回到文明世界跟人群的懷抱，對妳會有幫助——」

「我可以證明。」瑪麗離開窗戶回到電腦前，猛按幾個鍵叫出訊號。「有兩個序列。我不知道第二個是什麼，我得承認它太複雜了。但第一個序列是由簡單的重複數字構成，開與關，〇與一。是二進位。」

「位元。」

「沒錯。還有第三個碼——終結者。每過八個位元就會出現。」

「八位元，是位元組。」約翰放下酒杯。

「這是個密碼。」

「什麼密碼？」

「我還不曉得。」瑪麗察看電腦的進度。「不到一小時就能完成分析。」

「可能是隨機形成的。」

「並不是。第一部分解碼後，開頭是我們的位址。」

約翰大聲笑出來，再度抓起酒杯。「妳差點騙倒我了，瑪蕾。」

「如果你要送訊號到別的行星，你會寫的第一件事是什麼？就是位址。」

約翰不以為意地點頭，繼續往杯子裡倒酒。

「嗯哼，還加了郵遞區號吧。」

「前幾個位元組代表兩個數字：二七六二四和〇・〇〇〇〇一四九六。」

約翰忽地愣住。

「想想看，」瑪麗說，「全宇宙唯一的常數是什麼？」

「引力？」

「引力是恆常的，但它的衡量要看時空曲率（注）而定。一個質量物體與另一個的距

注 The curvature of spacetime：按愛因斯坦的廣義相對論解釋，在引力場中，時空的性質是由物體的質量分布來決定，因此物質會影響彎曲時空的曲率。

離需要一個共通的標準，不管任何星球上的任何文明，無論質量或位置，放眼宇宙中任何地方都會知道的東西。」

約翰看看周圍。

「光速。這是宇宙的常數。無論你在哪裡，絕不會改變。」

「對……」

「第一個數字，二七六二四，是地球距離我們銀河系中心的光年數。」

「這個距離可能適用於十幾顆行星──」

「第二個數字，〇．〇〇〇〇一四九六，是地球距離太陽的光年數。」

約翰直視著前方半晌，再推開酒瓶和半空的杯子。他專心看著瑪麗。

「這是我們的門票。」

瑪麗皺起眉頭。

約翰靠回椅背上。「我們可以把它賣掉。」

「為什麼？我想所有商場都關閉了。」

「呃，我想以物易物的體系還存在。我們可以要求庇護、像樣的食物，還有我們想要的所有東西。」

「這是人類史上最大的發現，絕不能賣掉。」

「這是人類史上最大的發現──在最絕望的時刻，這個訊號就是希望，可以分散大家的注意力。別傻了，瑪蕾。」

「別叫我瑪蕾！」

「瘟疫爆發時，妳逃到這裡是因為想要做妳喜愛的事情，直到大限臨頭。我呢，來這裡是因為我知道這裡是步行距離內最大的藏酒庫，我也知道妳會跑來。對，我之前在聖胡安就迷戀妳了。」

他在瑪麗說話之前舉起雙手，「那不是重點。我的重點是妳所熟悉的世界已經徹底完蛋。大家都急得像熱鍋上的螞蟻，只會基於自利而行動。對我而言是性愛和酒，對妳應該要找的那些人，是讓他們保有原來的權力。妳可以給他們如願以償的方法，等妳做到之後，他們就不需要妳了。這個世界不是妳印象中的世界，它會吃掉妳還不吐骨頭，瑪蕾。」

「我們不能賣掉它。」

「妳真是笨蛋。這個世界專殺理想主義者。」

她背後的電腦發出嗶嗶聲。分析完成。

她還來不及看結果，來自建築物另一側的噪音大聲地迴盪在辦公室外的走廊。有人在敲門。瑪麗和約翰交換個眼色，打算靜觀其變。

敲打聲越來越響，以玻璃破裂灑落地面的聲音作為結束。

一個腳步聲正在緩慢踱步。

瑪麗走向辦公室門口，但約翰抓住她手臂。

「待在這兒。」他低聲說。

他撿起疫情爆發時隨身帶來的球棒。「鎖上這道門。如果他們來了，表示這座島沒有糧食了。」

瑪麗伸手拿電話，她知道現在必須打給誰。她用發抖的雙手打給唯一能救他們的人：她的前夫。

第一部
興衰起伏

1

阿爾發登陸艇
海平面下一二〇〇呎
摩洛哥北岸外海

大衛・維爾厭倦了在小臥室裡踱步、猜想凱特何時回來，他看向血跡斑斑的枕頭。十天前原本只有幾滴血漬，現在已經從枕頭蔓延至半張床鋪，血流成河。

「我沒事。」每天早上凱特都這麼說。

「妳每天跑到哪裡去了？」

「我只是需要時間和空間。」

「需要時間和空間去做什麼？」大衛嚴肅地問。

「好轉。」

但她並沒有好轉。每天凱特回來時都變得更糟糕，每晚只帶回更暴力的惡夢、冷汗和鼻血，大衛認為恐怕不會停止。他總是很有耐心地抱她入懷、安靜地陪伴，希望這個和他生死與共的女人能克服難關撐過去。可是她日復一日地漸行漸遠，現在她遲到了。她從來沒有遲到過。

他看看錶。晚了三小時。

她可能在廣大的亞特蘭提斯船上任何地方。這艘船位於直布羅陀正對面、面積六十平方哩，深埋在摩洛哥北部的多山海岸外。

十四天來，大衛趁著凱特不在時學習操作船上的系統，凱特啟動語音指令功能來輔助大衛發出想不通的指令。

「阿爾發，華納博士的位置在哪裡？」大衛問。

阿爾發登陸艇機械式的電腦語音在小房間裡嗡嗡作響。「這是機密資訊。」

「為什麼？」

「你不是研究團隊的資深成員。」

亞特蘭提斯的電腦系統似乎也不能免於愛說廢話的毛病。大衛坐在床上的血跡旁邊思考。優先要務是什麼？我必須知道她的狀況。他腦中突然出現一個念頭。

「阿爾發，你能顯示華納博士的生命跡象嗎？」

小床對面牆上的一塊面板亮起，大衛迅速地閱讀上面的數據和表格——僅限他能懂的部分。

血壓：九十二／四十七。

脈搏：三十一。

她受傷了，或者更糟——快死了？出了什麼事？

「阿爾發，華納博士的數據為什麼會這樣？」

「這是機密資——」

「又是機密！」大衛一腳踹飛椅子，椅子重重地撞上桌子。

「你的查詢結束了嗎？」阿爾發問。

「還早呢。」

大衛走向雙併門，門迅速滑開。他暫停一下，抓起他的手槍以防萬一。

大衛一路走過昏暗的走廊，十分鐘後看見一個人影在陰影中走動。他停步等待，希望視力能適應地板和天花板上的微弱燈光。或許亞特蘭提斯人在微光中能看得清楚，也可能是這艘船——他們居住的這塊殘骸——正以節能模式運作。無論如何，都讓這艘外星船隻顯得更加神祕。

一個人形走出陰影。

是米洛。

大衛很驚訝在船內深處看到這個西藏青少年。米洛是除了凱特和大衛以外唯一住在船上的人，但他多半時間待在船外。他睡在外面，就在從地底船內通往山頂的傾斜豎井外，柏柏爾人會留食物給他們。

米洛喜歡睡在星空下隨著日出起床，每晚他和凱特去找他吃晚餐時，大衛經常看到他打坐冥想。兩週以來米洛一直是他們的士氣泉源，但在昏暗光線中，大衛只看到這年輕人的臉上充滿擔憂。

「我沒看到她。」米洛說。

「如果看到就用船上的對講機通知我。」大衛重新邁出敏捷的步伐。

米洛緊跟在後努力趕上。大衛六呎三吋的身高和健壯的體魄讓足足矮一呎的米洛像個侏儒。他們看起來活像巨人和小跟班，快步走過陰暗的迷宮。

「不需要。」米洛大口喘氣著說。

大衛回頭看他一眼。

「我陪你。」

「你應該回山頂去。」

「你知道我不能。」米洛說。

「她會生氣的。」

「只要她平安，我不在乎。」

我也是，大衛心想。他們默不作聲地走著，唯一的聲音是大衛的靴子敲擊金屬地面的規律聲響，加上米洛比較微弱的腳步聲。

大衛停在一座大型雙併門前啟動牆上面板。螢幕上顯示：

輔助醫療室十二號。

這是他們這塊殘骸裡唯一的醫療室，大衛猜想凱特每天最可能來的地方。

他伸手深入從牆上面板冒出的光亮綠雲之中，手指動了幾秒，門嘶嘶打開。

大衛快步走進房間察看。中央有四張病床，一整面牆壁都是雷射投影螢幕——房裡沒人。

「阿爾發，上次有人使用這裡是什麼時候？」

「上次使用是在任務日期，9.12.38.28，標準日期12.39.12.47.29——」

大衛搖搖頭。「本地時間的幾天前？」

「九百一十二萬八千——」

「好吧。我們這裡有沒有別的醫療室？」

「沒有。」

她還會去哪裡？或許有別的辦法可以追蹤她。

「阿爾發，能否顯示船上何處目前消耗最多電力？」

牆上螢幕亮起，浮現出船的雷射投影模型。有三個區塊在發光：一七〇一－D室、輔助醫療室十二號和適應研究實驗室四十七號。

「阿爾發，適應研究實驗室四十七號是什麼？」

「適應研究實驗室可以配置成各種生物實驗。」

「目前適應研究實驗室如何配置？」大衛準備好接受回答。

「這是機密資訊。」

「機密，」大衛咕噥說，「是喔……」

米洛遞出一根高蛋白零食。「散步時用的。」

大衛帶著米洛回到走廊上，他撕開包裝，咬掉一大塊棕色棒，默不作聲地咀嚼。挫折感似乎減輕了一點。

大衛忽然在走廊上停步，米洛差點撞到他背後，他蹲下檢查地上某種東西。

「那是什麼？」米洛問。

「血液。」

大衛加快腳步，地上的血跡從幾滴增加成長條形。

在適應研究實驗室四十七號的雙併門口，大衛在牆上面板的綠光中擺動手指。他輸入六次開門指令，每次螢幕都閃爍同樣的訊息：

存取權限不足。

「阿爾發！我為什麼打不開這道門？」

「你的存取權限不足——」

「我要怎麼進這道門？」

「你不能。」阿爾發斬釘截鐵的聲音迴盪在走廊上。

大衛和米洛站了一會兒。

大衛低聲說：「阿爾發，顯示華納博士的生命跡象。」

牆上螢幕改變，顯示出數據與表格。

血壓：八十七／四十三。

脈搏：三十。

米洛轉向大衛。

「下降中。」大衛說。

「現在怎麼辦？」

「只能等。」

米洛盤腿坐下、閉起眼睛。大衛知道他在尋求平靜，在這一刻，大衛希望他也能這麼做，拋開腦中的一切，不讓恐懼籠罩著他的思緒。他心急如焚，希望這道門趕緊打開，但同時也害怕開門。萬一發現凱特出了什麼事、做了什麼實驗，或是她對自己做了什麼無可挽回的事，該怎麼辦？

大衛等到差點睡著時警報突然響起。阿爾發的語音響亮地傳遍狹窄的走廊。

「受測體醫療事故。狀況危急，執行越權存取。」

適應研究實驗室寬大的雙併門滑開。

大衛衝進去之後揉揉眼睛，想理解映入眼簾的各種東西。

「哇。」米洛在他背後驚嘆一聲。

2

阿爾發登陸艇
海平面下一二〇〇呎
摩洛哥北岸外海

「這是什麼？」米洛問。

大衛環顧適應研究實驗室。「不曉得。」

這個房間很大，至少一百呎長五十呎深，但不像醫療室，室內沒有病床。地上唯一的東西是兩個玻璃缸，直徑至少十呎，裡面發出黃光，閃亮的白色物質從缸底漂上來。右邊的缸裡空著，左邊的裝著凱特。

她離地幾呎漂浮著，雙臂直伸出來。她穿著今早離開臥室時同樣的便服，但有新的東西：銀色頭盔，遮住了她整張臉。她剛染的黑髮披散在肩上，遮住她眼睛的小護目鏡是黑色的，看不出她出了什麼事。唯一的暗示是頭盔裡流出一道血痕，沿著她的脖子，弄髒了她的灰色T恤，血漬似乎隨著時間逐漸擴大。

「阿爾發，這裡……是怎麼回事？」大衛問。

「請指明。」

「這個……實驗或程序是什麼？」

「復活記憶模擬。」

這是什麼意思？是模擬讓她受傷了嗎？

「我要怎麼停止模擬？」

「你不能。」

「為什麼不能？」大衛問，逐漸失去耐心。

「中斷復活記憶程序會終結受測體的生命。」

米洛轉向大衛，眼神充滿恐懼。

大衛搜索房間。該怎麼做？他需要線索才能找地方著手。他仰起頭努力思索，天花板上，有座黑色玻璃小圓頂俯瞰著他。

「阿爾發，這個實驗室有錄影嗎？」

「有。」

「快點播放。」

「請指定日期範圍。」

「從今天華納博士走進來開始。」

左邊牆上散發出一波光亮，緩緩形成實驗室的雷射投影。兩個缸都是空的，雙併門打開，凱特大步走進來。她走到右側牆邊，牆壁螢幕亮起，開始閃爍著一連串大衛看不懂的文字和符號。凱特靜靜站著，閱讀吸收螢幕資訊，每個畫面停留不超過一秒鐘。

大衛不禁嚇退一步。直到這一刻，他才真正意會到凱特變成另一個迥然不同的個體，她和他的心智之間存在越來越寬的鴻溝。

「真酷。」米洛低聲說。

兩週前，凱特發現了亞特蘭提斯瘟疫的療法，一種爆發初期奪走十億人命，最終突變時更加倍殺害成千上萬人的全球傳染病。這場前所未有的瘟疫分裂了世界，倖存率很低，而倖存者們在基因層面也被徹底改變。部分的倖存者因為瘟疫而變得更強壯更聰明，但剩餘的倖存者則產生退化，倒退回到原始狀態。世界人口聚集到兩大對立陣營：尋求減緩與治療瘟疫的蘭花聯盟，和散播瘟疫並鼓吹讓基因轉變順其自然的印瑪里國際集團。

凱特、大衛和一群科學家與士兵阻止了瘟疫和印瑪里的陰謀，找到解藥的碎片：過去亞特蘭提斯人干預人類進化所遺留的內源性逆轉錄病毒。逆轉錄病毒基本上是病毒的化石，亞特蘭提斯人修改人類基因組所留下的基因痕跡。

在瘟疫末期，每分鐘有幾百萬人垂死，凱特發現了協調所有病毒化石並治癒瘟疫的療法，創造出一種穩定且統一的亞特蘭提斯人與人類的混合基因組，但她也為此付出了高昂的代價。

那個知識來自凱特潛意識中被壓抑的記憶——幾十萬年來對人類進行基因實驗的亞

特蘭提斯科學家之一的記憶。亞特蘭提斯科學家的記憶讓她得以治癒瘟疫，卻奪走了她一大半人性——凱特人格中很明確是凱特而非亞特蘭提斯科學家的部分。隨著瘟疫蔓延全球，凱特最終選擇保留亞特蘭提斯的知識去治癒瘟疫，而非移除體內的記憶來保護自己。

她告訴過大衛她自認可以修復亞特蘭提斯科學家的記憶所造成的損傷，但隨著一天天過去，大衛也看出了凱特的實驗沒有效果。她每天病得更重，也拒絕和大衛討論病情。他感覺她逐漸失去自我，現在他看著影像中的凱特能瞬間閱讀螢幕，他知道自己低估了她的轉變有多麼劇烈。

「她能閱讀得那麼快嗎？」米洛問。

「不只如此。我想她學習也一樣快。」大衛低聲說。

大衛感到體內湧出不同類型的恐懼，是因為知道了凱特變得如此不同，還是因為他發現了他的問題有多困難？

從最簡單的事情開始著手，他心想。

「阿爾發，華納博士不用語音或觸控輸入是如何操作你的？」

「華納博士在本地時間九天前接受了神經植入物。」

「接受？怎麼做？」

「華納博士設定我進行植入手術。」

只有一件事不曾出現在他們每晚的「親愛的，今天工作還好吧？」慣例中的，就是討論。

米洛看向大衛，嘴角微揚。「我也想要。」

「我可不想。」大衛專心看著雷射動畫，「阿爾發，加快播放速度。」

「速率？」

「每秒五分鐘。」

閃動的文字螢幕變成穩定的波浪，像白色的水在黑色魚缸裡反覆潑灑著。凱特完全沒有動作。

幾秒鐘過去，文字螢幕關閉，凱特漂浮在發光的黃缸裡。

「停，」大衛說，「重播華納博士進入那個圓……不管什麼東西之前的錄影。」

大衛屏住呼吸專注凝視。文字螢幕關閉後，凱特走到房間後方的大缸旁邊。一塊牆面滑開，她拿出一個銀色頭盔，走到缸邊，缸自動打開。她戴上頭盔踏進缸中，玻璃缸關上之後，她的身體飄離缸底。

「阿爾發，恢復快轉。」

房間維持原狀，只有一個例外：凱特的頭盔中開始緩緩流出鮮血。

在最後一秒，大衛和米洛進來。螢幕上閃爍幾個字：

遙感錄影結束。

米洛轉向大衛。「現在該怎麼辦？」

大衛來回看看螢幕和凱特的大缸，再看向空的缸。

「阿爾發，我可以加入華納博士的……實驗嗎？」

房間後方的牆滑開，露出一個銀色頭盔。

米洛瞪大眼睛。「這是餿主意，大衛先生。」

「有其他好主意嗎？」

「你不必這麼做。」

「你知道我必須做。」

玻璃缸迴轉，自動打開。大衛戴上頭盔踏進去，眼前的適應研究實驗室猛然消失。

3

大衛的眼睛花了幾秒鐘才適應進入這個空間的強光。正前方，一個矩形螢幕閃爍著他看不懂的文字。這個地方讓他想起火車站的進出站時刻看板，只是這個廣大空間似乎沒有人進出，只有堅硬的白地板和讓光線通過的拱柱。

阿爾發的語音大聲迴盪：「歡迎光臨復活檔案。請敘述指令。」

大衛走近看板開始閱讀。

記憶日期	（狀態）	重播
12.37.40.13	（毀損）	完成
13.48.19.23	（完整）	完成
13.56.64.15	（毀損）	完成

接著有十幾行字——全部都是完成。最後一則是：

14.72.47.33	（毀損）	進行中

「阿爾發，我要怎麼做？」

「你可以開啟記憶檔案或加入進行中的模擬。」

進行中的模擬。凱特就在裡面，如果她受傷了……或被攻擊。大衛發現他沒有任何武器可以保護她。

「加入進行中的模擬。」

「需要通知現有成員嗎？」

「不用。」他本能地說。奇襲要素或許可以保有某種優勢。

發出亮光的火車站和看板逐漸消失，浮現出一個小得多又陰暗的地方。是太空船的艦橋。文字、表格和影像在橢圓形房間的牆上捲動，布滿牆面。前方，兩個人影站在寬廣的觀景螢幕前，望著一個漂浮在黑色太空中的星球。大衛立刻認出他們兩人。

左邊站的是亞瑟・詹納斯博士，亞特蘭提斯探勘隊的另一個隊員。他在亞特蘭提斯瘟疫末期幫助大衛從杜利安・史隆和阿瑞斯手中救出凱特，但大衛對詹納斯的感覺很複雜。這位聰明的科學家創造了亞特蘭提斯瘟疫的假解藥，打算抹消七萬年來人類的進化——讓人類退回亞特蘭提斯基因引進前的狀態。詹納斯聲稱逆轉人類進化是拯救人類躲避無法想像的強敵的唯一方法。

大衛對站在詹納斯旁邊的女科學家就沒有矛盾感受，他只感覺到愛。在螢幕上黑色太空部分的倒影中，大衛足以認出凱特美麗臉孔的小特徵。她非常專心地觀看這顆星球的影像，大衛見過這種表情很多次，他幾乎看呆了。此時，頭頂上突然傳出一個尖銳聲音，讓他回過神來。

「本區域屬於軍方隔離區，立即離開。重複：本區域屬於軍方隔離區。」另一個聲音用類似阿爾發的語氣打斷。「已規畫撤離路線，是否執行？」

「否定。」凱特說，「西格瑪，關閉軍用浮標的通知，保持對地同步軌道。」

「這太魯莽了。」詹納斯說。

「我必須弄清楚。」

大衛走近螢幕。這顆星球類似地球，但色彩不同。海洋濃綠、雲層泛黃，地面只有紅、棕和淡黑色。沒有樹木，只有圓形焦黑的隕石坑點綴著荒蕪的景觀。

「可能是自然發生的。」詹納斯說，「一連串彗星撞擊或小行星力場（注）。」

「不是。」

「妳不——」

注 Asteroid field，小行星的質量遜於行星，但也足以產生引力場或重力場，例如太陽系最大的小行星「穀神星」（CERES）質量約為月球的百分之四，在特定距離內與其他天體擦身而過，兩者就會互相吸引，較小的小行星會被拉扯掉落到行星表面，宛如轟炸。

「肯定不是。」觀景螢幕放大一個撞擊坑。「許多道路通往每一個隕石坑，那裡原本應該有城市，這是攻擊事件。或許他們製造了一個小行星力場利用碎片進行動能轟炸。」觀景螢幕再度改變，浮現出沙漠景觀中一座城市的廢墟，摩天大樓在崩塌。「他們讓環境落塵處理大城市以外的每個人，那裡可能有答案。」凱特的語氣果決，大衛認得這個口吻，他自己就體驗過幾次。

顯然詹納斯也聽過，他低下頭說：「開貝塔登陸艇，操控性比較好不用繞路。」

他轉身走向艦橋後方的門。

大衛隨即警戒，但詹納斯似乎看不到他。凱特看得見嗎？

凱特跟著詹納斯走，但是停下來盯著大衛。「你不該在這裡。」

「這是什麼，凱特？外面的妳出事了，妳快死了。」

凱特又往門口走了兩大步。「在這裡我無法保護你。」

「以防什麼？」

她又走一步。「別跟著我。」她衝出門外。

大衛連忙跟上。

他站在室外，在這顆行星的地面上。他轉身，想要——

凱特。她在他前方穿著防護衣，準備前往崩塌中的城市。他們背後有艘黑色小船停在紅色的岩石地上。

「凱特！」大衛邊喊邊跑向她。

她停下。

地面晃了一下，又一下，大衛重心不穩倒地。天上冒出一個紅色物體快速落下，大衛睜不開眼睛、感覺熱氣逼人，好像有顆小行星尺寸的撥火棍往他砸過來。

他想站起來，但搖晃的地面又把他拉倒。

他勉強爬行，來自上方的熱氣和底下炙熱的岩石幾乎快把他融化。

凱特似乎漂浮在搖晃的地面上。她向前跳躍，算準落地時間配合地震把她向前拋，朝大衛過來。

她壓住他，大衛希望他能透過鏡面的護目鏡看見她的臉。

他感覺自己在墜落，雙腳觸及冰冷的地面，頭也撞到玻璃。是大缸，適應研究實驗室。

玻璃旋轉打開，米洛衝上前，抬起眉毛張大了嘴。「大衛先生……」

大衛低頭看。他身上沒有灼傷，但滿身大汗，鮮血從他的鼻孔汩汩流出。

凱特。

大衛撐起身子蹣跚地走向另一個缸，肌肉不由自主地顫抖。玻璃打開，她像跳水選手般直接掉落。

大衛接住她，但他太過虛弱撐不住，兩個人一起跌在冰冷的地上，她壓在他胸膛。

大衛摸向她的脖子，脈搏很微弱。

「阿爾發！你能救她嗎？」

「不確定。」

「為什麼不確定？」大衛喊道。

「我沒有最新診斷。」

「要怎麼做才能診斷？」

一個圓形面板打開，一張平坦桌面伸入房間。

「必須進行完整診斷掃瞄。」

米洛連忙抬起凱特的腳，大衛抓著她腋下，合力把她抬到桌面上。

大衛覺得桌面縮回牆裡的速度慢得不可思議。一塊深色玻璃蓋住圓洞，他窺探裡面，有一排藍光從凱特的腳跟移動到頭頂。

牆上螢幕閃爍亮起，唯一的訊息是：

診斷掃描進行中。

「怎麼了？」米洛問。

「我……我們……」大衛搖搖頭，「我不清楚。」

螢幕變了，顯示出診斷結果。

主要診斷：復活症候群導致神經退化症。
預測：末期。
預測存活期：本地時間四到七日。
迫切問題：蛛網膜下出血、大腦血栓。
建議行動：手術介入。
估計手術成功率：百分之三十九。

大衛每讀一個字，就感覺房間逐漸消失，感官也逐漸被抽空。他感覺自己的手伸出去觸碰深色玻璃。他直愣愣地盯著螢幕。

阿爾發的話衝擊著他，像那顆廢墟星球上撥火棍的熱氣一樣悶燒。

「是否實施建議的手術？」

大衛不自覺地同意，隱隱約約的，他察覺米洛想把手放在他肩上，不過他太矮摸不到他的肩膀。

4

南極洲地下兩哩

慘叫聲是杜利安通過船上黑暗走廊的唯一指引。好幾天來，他一直搜尋聲音來源，聲音總是在他走近時停止，然後阿瑞斯會出現，強迫杜利安離開南極洲冰帽底下面積兩百五十平方哩的亞特蘭提斯結構體，要他回地表上，準備最終進攻——他不屑做的苦差事。

如果阿瑞斯醒著的所有時間都待在有慘叫聲的房間裡，那一定是重點所在。杜利安相當確定這一點。

慘叫聲停止，杜利安也停步。

又一陣哀嚎傳出，他繞過一個轉角，又一個。聲音來自正前方一道雙併門後。

杜利安倚著牆壁等待。答案，阿瑞斯承諾過給他答案，關於他過去的真相。杜利安就像凱特．華納是在另一個時代受孕——第一次世界大戰之前，被亞特蘭提斯玻璃管拯救，活過了西班牙流感，在一九七八年帶著亞特蘭提斯人的記憶醒來。

杜利安擁有阿瑞斯的記憶，那些被壓抑的回憶驅使著他的人生。杜利安只瞥見過片段：陸海空的戰鬥，太空史上發生的最大戰役。杜利安渴望知道阿瑞斯出了什麼事，他的經歷，杜利安的過去。最重要的，他渴望了解自己，他人生存在的理由。

杜利安擦掉鼻血。現在流鼻血變頻繁了，頭痛和惡夢也是。他有點不對勁，但暫時不願去想這些。

門打開，阿瑞斯走出來，看到杜利安毫不驚訝。

杜利安努力窺看房間裡。有個男子掛在牆上，血從緊緊綁住他雙臂的帶子、胸口與雙腿的傷口流下來。門關上，阿瑞斯停在走廊上。「你太令我失望了，杜利安。」

「彼此彼此。你承諾過給我答案。」

「你會知道的。」

「什麼時候？」

「快了。」

杜利安走近阿瑞斯。「現在。」

阿瑞斯猛然揮出豎直的手掌，擊中杜利安的喉嚨，讓他倒地拚命喘氣。

「不准對我發號施令，杜利安。如果你是別人，我根本不會容忍你剛做的事。不過你就是我，超過你所知的程度，我也比你更了解你自己。我沒告訴你我們過去的事，是為了避免蒙蔽你的判斷。我們還有事要做，知道全部真相會帶給你風險，我還要仰賴你。幾天後，我們會全面控制這顆星球。人類殘餘的倖存者們——我必須提醒，是我協助創造、免於滅絕的種族——將是我們軍隊的初始成員。」

「我們要跟誰作戰？」

「強到你無法想像的敵人。」

杜利安站起來但保持距離。「我能夠想像。」

阿瑞斯恢復輕快的步伐，杜利安跟在幾步之後。「他們只用了一天一夜就打敗我們。杜利安，想像看看，我們是已知宇宙中最先進的種族——比我們發現的古代失落文明更先進。」

他們來到交叉路口，有一道大門通往裝滿亞特蘭提斯倖存者的無數玻璃管。「只剩他們了。」

「你不是說過他們永遠不能醒來，被攻擊的創傷大到他們無法承受。」

「沒錯。」

「但你救了某人出來。他是誰？」

「他不是他們，或我們的人。不用擔心他，你該擔心的是眼前的戰爭。」

「眼前的戰爭，」杜利安咕噥，「我們能戰鬥的人數遠遠不夠。」

「杜利安，短短幾天後我們會擁有這個世界，接著將展開大戰役，拯救所有人類星球之戰。這個敵人也是你們的敵人，人類分享了我們的DNA，因此這個敵人遲早也會找上你們，你們躲不掉，但我們可以一起奮戰。如果我們現在不趁空檔建軍，就會失去一切，上千顆星球的命運掌握在你手裡。」

「是嗎?上千顆星球。我想要指出我認為的幾個關鍵挑戰,其中一項就是人力。地球上或許還有幾十億人類,但他們虛弱、生病又飢餓,這就是我們的兵源——假設我們能占領全球,但我可不敢確定。這些弱不禁風的幾十億人,就是我們的『軍隊』,而我挑選的定義還算寬鬆。想用這樣的條件去對抗統治銀河系的力量⋯⋯抱歉,我不看好我們的勝算。」

「你應該沒這麼愚蠢,杜利安。你認為這場戰爭會像你們原始概念中的太空作戰,光靠金屬和塑膠的船艦漂浮在太空中互相射擊雷射光和爆裂物?你真的以為我沒考慮過我們的狀況?數量不是勝負的關鍵。我四萬年前就訂了這個計畫,你才參與三個月,要有信心,杜利安。」

「給我個理由。」

阿瑞斯微笑。「你真的認為你騙得過我說出你這顆小腦袋想要的所有答案?要我讓你感到滿足、完整、安全?這是當初你來南極洲的理由,不是嗎?找你父親,調查關於你過去的真相。」

「我為你做了這麼多,你卻這樣回報我?」

「你是為自己做的,杜利安。問你真正想問的問題吧。」

杜利安搖頭。

「問啊。」

「我發生了什麼事？」杜利安望著阿瑞斯，「你對我做了什麼？」

「現在總算進入正題了。」

「我有些不對勁，對吧？」

「當然，你是人類。」

「我不是這個意思。我快死了，我感覺得到。」

「這是遲早的問題，杜利安。我救了你的同胞，我的計畫可以在這個宇宙建立長久的和平，你不知道這有多困難。」阿瑞斯走近杜利安，「有些真相我不能告訴你，因為你還沒準備好，要有耐性，答案自然會浮現。我會幫你了解過去，以免你的誤解可能害慘我們。杜利安，你很重要，我可以不靠你完全自己做，但我不想這樣，我等了很久才有像你這樣的人在身邊。如果你的信心夠堅定，我們的能耐不可限量。」

阿瑞斯轉身離開交叉路口，離開放置管子的長形大廳，前往傳送門入口。杜利安默默跟著，內心開始交戰：盲從或是叛逆？他們不發一語地穿上防護衣，走過前方的冰窟掛著大鐘的地方。

杜利安逗留，目光飄到當初他發現父親穿著防護衣凍成冰塊——因為遭印瑪里部屬背叛，淪為大鐘祭品——的溝壑。

阿瑞斯走到金屬吊籃上。「未來才重要，杜利安。」

通過黑暗的豎井，吊籃停在地表上。幾排隆起的居住艙散布在冰原上，宛如無盡流動的白色毛蟲陷入雪中。

杜利安在德國與倫敦長大，他自以為了解寒冷，但南極洲這片荒原無與倫比。

他和阿瑞斯大步走向中央任務建築時，印瑪里幕僚穿著厚重的白色雪衣在居住艙之間來去匆匆，有人敬禮，有人被風吹得東倒西歪仍低著頭行禮。

毛蟲居住艙的遠處，人員操作著重機具沿著外圍建造所謂「南極洲要塞」的其餘部分，設置了二十幾座磁軌砲指向北方，準備迎接印瑪里知道遲早會來的攻擊。

即使在瘟疫之前，世界上也沒有任何一支軍隊在此準備開戰。空中武力在磁軌砲面前微不足道，即使大規模地面進攻，從海上提供砲兵支援，也不可能成功。杜利安的心思飄到納粹黨，他父親的後繼者，還有他們在俄國的愚蠢冬季戰役。如果敵人在此登陸，或者應該說，當蘭花聯盟登陸，將會面臨同樣的命運。

中央任務建築裡和走廊上的士兵們向杜利安和阿瑞斯行禮，在兩位領袖經過時立正。到戰情室裡，阿瑞斯向任務主管詢問：「準備好了嗎？」

「是，長官。我們確保了全世界的資產、最低限度的傷亡。」

「搜索隊呢？」

「已就位。他們在外圍都達到了指定鑽探深度，有幾處在冰層下遇到蓄積層出了點問題，但我們派了支援團隊。」主管停頓一下，「然而，他們什麼也沒發現。」他按下鍵盤，出現南極洲地圖，地圖上散布著紅點。

他在找什麼？杜利安猜想，另一艘船？不對，馬丁一定會知道。難道是別的東西？

阿瑞斯回頭望著杜利安，在這一刻，杜利安感覺到睽違已久的情緒，即使在地底走廊上，阿瑞斯打他的時候也未曾出現過。是恐懼。

「他們放下了我提供的裝置嗎？」阿瑞斯問。

「是。」主管說。

阿瑞斯走到房間前方。「幫我接上全基地廣播。」主管按了幾個鍵，向阿瑞斯點頭。

「各位為了共同理想努力的英勇男女，朝向目標犧牲與辛勞的人們，請注意，我們準備的那一天已經到來。再過幾分鐘，我們會向蘭花聯盟求和，我希望他們會接受。我們尋求地球上的和平以便準備與不懂和平的敵人決戰。今天，我感謝各位的奉獻，也要求各位在未來的每個時刻保持信心。」

阿瑞斯專心看著杜利安，「當你們的信心受到考驗時，記住：如果你想建立更好的世界，就必須有勇氣摧毀現有的世界。」

5

亞特蘭大，喬治亞州

保羅．布倫納博士翻過身看著時鐘。

五點二十五分。

五分鐘後鬧鐘會響，他會關掉它，起床，準備好——什麼也不做。沒工作可做，沒班可上，沒有緊急事務清單要檢視，只有殘破的世界在渴求方向，而過去十四天來，方向跟他無關。他應該要睡得空前安穩，但總覺得少了什麼東西。不知何故，他總是在五點半鬧鐘響之前醒來，準備妥當，彷彿今天會有所改變。

他把被單丟在床上，蹣跚走到浴室開始洗臉。他從不在早上洗澡——他喜歡早點到辦公室，第一個到，比他管轄的部屬先做準備。下班後習慣去健身房，用運動結束一天有助於在家放鬆，幫他區隔公私，至少盡量吧。在他這一行很難做到這點，永遠有新的疫情爆發或疑似爆發，還有其他官僚行政的問題要處理。領導疾管局的全球疾病偵測與緊急反應部門是件苦差事，傳染病只是問題的一半。

另一個問題是保羅保守的祕密。二十年來，他一直和某個全球性組織合作，準備迎接終極疫情，一場可能會消滅全人類的瘟疫。當亞特蘭提斯瘟疫來臨，多年的努力有了回報。這個全球任務小組「永續組織」遏止了瘟疫並找到解藥——多虧一位他從未謀面的科學家凱特・華納博士。亞特蘭提斯瘟疫的許多方面對保羅來說仍是個謎，但他知道一點：結束了。他應該歡天喜地，但多半時候，他感到空虛、茫然、缺乏目標。

他洗完臉伸手摸過他的黑色短直髮，撫平亂翹的頭髮。在鏡中，他看到無人的大床，短暫考慮要不要睡個回籠覺。

你還在準備什麼？瘟疫結束了，沒事可做。

不，這不完全正確。她在等他。

他床上沒人，但家裡有。他已經聞到早餐的香味了。

他爬下樓梯，小心避免吵醒十二歲的外甥馬修。

廚房傳出鍋子碰撞聲。

「早安。」保羅跨進廚房門檻之後低聲說。

「早。」娜塔莉說，傾斜鍋子讓炒蛋滑到盤子上。「要來杯咖啡嗎？」

保羅點點頭，坐在可以俯瞰庭院的窗邊小圓桌旁。

娜塔莉放下炒蛋盤子和一大碗加了燻肉的玉米粥，還蓋著鋁箔保溫。保羅安靜地擺好他們的盤子。瘟疫之前，他通常在狼吞虎嚥時邊看電視，但他更喜歡這樣——有伴。他很久沒有人陪伴了。

娜塔莉往他的粥裡加點胡椒。「馬修又做惡夢了。」

「真的？我沒聽到聲音。」

「我三點左右才讓他冷靜下來。」她吃一口炒蛋伴粥，又加了點鹽巴。「你最好跟他談談他母親的事。」

保羅就怕這個。「我會啦。」

「你今天要做什麼？」

「我不知道。我想過去大賣場一趟。」他指指食品庫房。「我們再過幾週就沒糧食了，最好在蘭花區斷糧前補足。」

「好主意。」她停頓一下，似乎想轉移話題。「我有個叫湯瑪斯的朋友，跟我同年。」

保羅抬頭看。*跟妳同年？*

「具體地說，三十五歲。」她淺笑一下，回答他沒說出口的問題。她注視著食物，笑容漸失。「他老婆兩年前死於癌症，他傷心欲絕，家裡還是留著照片，直到他談過她的事才真正好轉。對他來說，這是繼續活下去的關鍵。」

*她老公死了嗎？因為亞特蘭提斯瘟疫或在此之前？她是想告訴我這個？*保羅是解讀逆轉錄病毒與實驗室裡任何事情的專家。但是對人，尤其女人……他完全摸不透她們。

「對，我同意。對失去親人的任何人，我想懇談是很健康的。」

娜塔莉湊近，但是房間外面的警報聲響起，破壞了氣氛。不是鬧鐘，是電話，保羅的市內電話。

保羅起身接起電話。

「保羅・布倫納。」

他聽著，點了幾次頭，想要發問，但是來不及問就被掛斷了。

「誰啊？」

「局裡的人，」保羅說，「他們要派車來接我，蘭花區裡出了問題。」

「是瘟疫變種，還是另一波新感染？」

「或許吧。」

「要我跟你去嗎？」

娜塔莉是唯一留下的永續組織研究人員——協調全球工作治癒亞特蘭提斯瘟疫的團隊。在那之前，她是在疾管局實驗室工作的研究員，她可能在研究方面沒什麼東西可補充，但不知何故，保羅確實想帶著她，不過有個更重要的問題。「我需要有人在家陪馬修。我不能要求妳……」

「不必。你回家時我們都會在。」

保羅上樓迅速更衣。他想要回到與娜塔莉的對話，但他必須承認：更衣上班，被人需要，有地方去的感覺真好。他聽到外面汽車喇叭響了一下，他看看窗外發現一輛深色車窗的黑色轎車正在怠速，在冰冷昏暗的清晨中吐出廢氣雲霧。

他抓起大衣、站在大門口。門廳另一側，有張小桌上放著保羅夫婦結婚照的相框。現在是前妻，四年前她離開了。

她是這樣想的嗎？我老婆死了？

當然。所有照片都還留著，遍布家中。

保羅忍不住想在出門之前跟她說清楚。

「娜塔莉。」

「等一下。」她從廚房大聲說。

保羅再看看結婚照，跟老婆的最後對話閃過腦中。

「你工作時間太長了，保羅。你總是花太多時間工作，這樣行不通的。」

當時保羅坐在沙發上——距離他現在的位置十呎——望著地板。

「明天搬家工人會來收我的東西，我不想爭吵。」

他們沒有爭吵。其實，他仍然沒有恨意。她搬去新墨西哥州，這些年他們一直保持聯絡，但他沒有收掉照片，連想都沒想過。這是第一次他感到後悔。

娜塔莉的聲音打斷他的回憶。

「以防他們沒給你飯吃。」

保羅接過牛皮紙袋。他指指桌上的照片。「關於我老婆——」

喇叭又響了，這次是一長聲。

「等你回來我們再談，路上小心。」

保羅想伸手抱她但是遲疑了。他打開門慢慢地走向車子，兩個陸戰隊員走出來，較靠近的那個替他開車門，幾秒鐘後他們上路。

保羅轉身回頭透過後車窗看他磚造兩層樓的家，開始希望他能在家多待點時間。

6

貝塔蘭花區
亞特蘭大，喬治亞州

保羅．布倫納望著四樓會議室窗外，嘗試理解狀況。街上排列著幾條人龍，醫療人員在處理人群，根據測量數據指示眾人到不同的建築，接著人們又疲倦地走出來，每個人看起來都像在做體能測驗。

「你看怎麼樣，保羅？」

保羅轉身發現新任國防部長泰倫斯．諾斯站在門口。諾斯是陸戰隊出身，雖然穿著貼身的深藍西裝，看起來還是像軍人，臉孔削瘦，儀態僵硬。保羅在亞特蘭提斯瘟疫期間透過視訊會議見過諾斯幾次但從未碰面，諾斯本人更有壓迫感。

保羅指著下面的街道。「我不確定我看到了什麼。」

「備戰。」

「跟誰開戰？」

「印瑪里。」

「不可能，歐洲人在西班牙南部打敗了他們。他們潰不成軍，而且瘟疫也治好了，他們構不成威脅。」

諾斯關上背後的門，啟動會議室裡的大螢幕。「你說的是組織化作戰，像以前的任何戰爭一樣。」

「你在說什麼？」

「新類型的衝突。」諾斯操作他的筆電，一連串影片出現在螢幕上。穿黑衣沒標誌的武裝部隊在攻擊一些工業建築和倉庫，保羅看不出是哪裡，肯定不是軍事基地。

「這些都是糧食工廠。」諾斯說，「自從蘭花聯盟政府在疫情初期把糧食供應改成配給制後就戒備鬆散。最後一段影片是伊利諾州迪凱特市的阿徹丹尼爾米德蘭公司的設施，一週前印瑪里民兵攻占了十幾座這類的主要糧食工廠。」

「他們打算餓死我們？」

「那只是他們計畫的一部分。」

「你們不能搶回來嗎？」

「當然可以。但如果我們進攻他們會摧毀工廠，讓我們投鼠忌器。目前我們重建糧食工廠的速度不夠快。」

「你們可以找別人處理糧食——」

「我們調查過了。這不是找你來的原因。」

「那我來幹嘛？」

「我坦白跟你說，保羅，好讓你做個周全的決定。」

什麼決定？保羅猜想。

諾斯操作鍵盤，出現一份發皺文件的掃瞄圖。「這是民間流傳的印瑪里宣言。它預言人類即將崩潰，發生劇變來到世界末日，呼籲希望人類能繼續生存的人加入印瑪里的行列。它公布一個策略，第一步是掌握糧食供給——從大型糧食工廠到農場的一切，第二步是電力輸配網。」

保羅想發問，但諾斯打斷他。「他們控制了我們百分之八十的煤炭蘊藏量。」

「煤炭？」

「美國的電力超過百分之四十仍要靠它。沒有煤炭，發電廠很快就會停擺。核能和水力發電廠會上線，但是沒有火力發電廠仍會拖垮我們。」

保羅點頭。一定有病毒或生化戰的部分，能源和糧食……這不是他的專長。「宣言中還有第三步嗎？」

「等等。印瑪里承諾呼應他們行動的忠誠者會受到幫助——是指前所未見的大規模攻擊。他們保證經過一天一夜的毀滅之後，蘭花聯盟會被打垮。」

「核子攻擊嗎？」

「我們不認為。那些地方戒備森嚴，而且太明顯了。我想應該是令人意想不到的東西。我們有個線索指稱是人造衛星。昨晚，我們和蘭花聯盟控制的所有衛星與太空站失去聯絡，民間衛星也沒有反應。第一批衛星今天早晨已進入大氣層，天黑之前最後一顆就會燒毀墜地。」

「被人打下來了？」

「不是，是被駭客入侵，一種非常精密的病毒混進了控制軟體。如此一來我們等同瞎了，而會這麼做的唯一理由是他們已經準備發動攻擊。印瑪里的攻擊無論是什麼，很快就會開始，並且造成一場巨變。」

「你認為可能是生化戰、另一場疫情？」

「有可能。」諾斯說，「其實，我們不清楚。總統希望事先準備好以應付任何狀況。」

諾斯的一名幕僚走進會議室。「長官，請過來一下。」

諾斯丟下保羅獨自推想他看到的景象。如果是生物攻擊，保羅會是帶領全球反應的合理人選。他開始做心理準備，各種情境閃過腦中。他的心思來到娜塔莉和馬修，他會把他們交給永續組織——

門打開，諾斯緩緩走進來。「已經開始了。」

7

疾管局（CDC）
亞特蘭大，喬治亞州

走過永續組織的走廊對保羅來說感覺很彆扭，他曾經在疾管局的這個區域和永續組織人員控制了持續八十一天、奪走將近二十億人命的全球瘟疫。連續八十一天睡在他辦公室的沙發上，不停地喝咖啡，呼喊比對結果，精疲力竭地賣力工作，最終有了新突破。

走廊上往來的面孔與以往大不相同，有軍人、國防部員工和其他保羅不認識的人。國防部長諾斯在永續組織的戰情室裡等他。玻璃門打開，在保羅背後關上，兩人獨處。對面牆上的螢幕顯示著十四天前保羅離開時一樣的內容：世界各地蘭花區的傷亡統計。數字從百分之二十到四十不等，唯一例外是馬爾他島。凱特．華納和她的團隊在那裡發現了解藥的最後要素。島嶼發出綠光，旁邊寫著「百分之零確認死亡」的文字。

諾斯坐到一張旋轉桌邊。「我有一組手下剛去接了娜塔莉和你外甥，保羅。他們很快就會到這裡。」

「謝謝。我連絡過我的手下——剩餘的人。他們一到，我會開始打電話給我的海外聯絡人。」

「太好了，我知道他們一定正在進行類似的對話。那麼一步一步來，我們必須知道你在永續組織控制程式的根目錄存取碼。」

保羅瞇起眼睛。「我的存取碼？」

諾斯拿出筆輕鬆地點點頭。「嗯哼。」

「為什麼？」

「我聽說只有你的密碼能把新療法傳送到蘭花的植入物上。」

「沒錯。」保羅說，腦中響起警鐘。

「這是為了安全，保羅。你是斷點，萬一你死了，密碼就跟著你喪失了——實質上，永續組織也是。如果我們無法實行新療法，整個系統就會失去價值，我們需要備案。」

「我們有備案。為了安全考量，永續組織中有兩個人持有存取碼，某個我挑選的人和我，沒有人知道這個人的身分。試想一下如果印瑪里知道了永續組織存取碼，不用幾小時就可以消滅我們。」

「另一個人是誰？」

保羅起身踱步離開諾斯，諾斯的表情變了。

另一個密碼持有人死了——跟許多其他員工一起在瘟疫的最終階段過世，保羅原本打算等剩餘員工抵達時選個新保管人，但現在他不太確定。「關於密碼我只能說到這裡，但我保證我們不會失去對永續組織的控制。」

諾斯也站了起來。「我們在蘭花區的談話還沒結束。我們已經正式開戰了，目前正在設法和我們的海軍艦隊聯絡，他們的現行命令是如果和國防部失去聯絡達到一定時間就發動攻擊，現在炸彈應該快要落在南極洲的印瑪里中央總部。印瑪里撤離了在開普敦、布宜諾斯艾利斯（注）等地的設施，我們仍在追捕他們。我們並不擔心和印瑪里正面交戰，重點是在本土即將發生的戰爭。我們估計印瑪里在美國的力量有四萬人，或許多一點或少一點，足以奪走我們的食物鏈和癱瘓輸電網，但做不了別的事。」

「沒錯。」

「我看了你的檔案，保羅。你是個聰明人，非常優秀的科學家，而我也是優秀的軍人，我花了許多年才搞懂政治，那是截然不同的遊戲，但你已經懂了。你是疾管局的高階主管，你玩過這個遊戲，你看得出結果會怎樣。」

「顯然我沒有你想的那麼聰明。」

「他們切斷送往各地蘭花區的電力和糧食，逼我們淨空營區。等我們做了，印瑪里

注 Buenos Aires，阿根廷的首都，也是最大的城市。

會開始招募放出來的那些疲憊又飢餓的民眾。他們的訊息會吸引我們釋出的幾百萬人，讓我們面臨宣傳戰，以他們的意識形態對抗我們的。我們不只要跟印瑪里作戰，也跟他們的訊息作戰，總而言之就是福利國家的毀滅。

印瑪里想要成立一個人人能夠保衛自己、不依賴政府生存的全球國家，很多人喜歡這個主意，不想回到從前的狀態。很現實的是：我們無法擊退印瑪里民兵，同時照顧那些太虛弱沒有戰力的人。美國大約只剩十天的胰島素存量，抗生素幾乎沒有了，現在我們只用在極端病例上。我們一直在蘭花區外面火化死者，但無法維持多久。因為近距離集體生活，在某個蘭花區可能已經有抗藥性的新超級病毒在流傳。」

「我們可以應付超級病毒，永續組織存在就是為了這個。」

「那只是我們要面對的一部分。即使沒有印瑪里威脅，我們仍有全球規模的人道危機。我們必須重建這個世界，有太多張嘴要餵飽，現在有個機會可以消除一些我們無法照顧的自己人，同時說服印瑪里同情者不要叛逃。這是我們唯一的辦法，永續組織和蘭花植入物是關鍵。我們必須建立強大的軍隊——用我們自己陣營的強者。」

保羅嚥下口水。「我……需要考慮一下——」

「沒什麼時間了，保羅，我需要那些密碼。別忘了娜塔莉和你外甥在我手上。」

保羅不自覺地退後。「我……我要知道計畫。」

「密碼。」諾斯看看玻璃門外的士兵。

保羅認定這是威脅，他坐到桌邊輕聲說：「我猜你們一直在嘗試破解密碼？」

「一個多禮拜了。國安局說他們幾天就辦得到，但是衛星墜落之後，我們決定打給你。我們真的希望用和平方式取得密碼。」

保羅點頭，他知道武力方式會是怎樣。他努力甩開被刑求的念頭，專注在如果他交出密碼會出現什麼情況。他預見兩個可能：第一，諾斯是印瑪里幹員，會用密碼殺死無數人；第二，美國和蘭花聯盟即將犯下人類史上最大的錯誤，而他們可能會卸責給保羅。他必須知道詳情，需要時間構思計畫。

「好吧。呃，我在家裡窩了兩週，我不知道這些狀況。我同意我們處境危險，我會交出密碼，但你最好知道永續組織程式有多層安全措施，包括陷阱和規範，以確保只有永續組織人員能傳送新療法到每個蘭花區居民身上的植入物，你需要我。現在我懂我們面臨的威脅，我只要求你讓我參與對策。」

諾斯坐下，拉過來一組鍵盤。「我想我們有進展了。」螢幕改變，顯示出一串統計數字。保羅認得其中一部分。

「你們做了體能測試——」

「對，很簡短。我們做了全人類的大規模檢討——蘭花聯盟下的每個人。」

「到什麼程度？」

「這裡有兩份名單。我們能救的人——例如能戰鬥或有貢獻的，還有沒救的人。」

「我懂了。」

「我們必須對虛弱者名單使用安樂死草案，而且必須盡快。」

「民眾不會支持的，你會遭遇暴動——」

「我們打算推給印瑪里，他們搶走了糧食和電力。這麼說並不誇大，如果他們能奪取永續組織，就會這麼做。死了幾百萬人會激發倖存者奮起對抗印瑪里的威脅，而且會打消印瑪里的賣點：消滅福利國家。沒有了弱者，他們能提供的一切我們也能做到，印瑪里的同情者想要的世界我們已經有了。」

諾斯走近保羅。「只要按幾個鍵，我們就可以在戰爭開始前獲勝。現在我需要你的答覆。」

保羅看看玻璃門外。他的部屬來了，但士兵把他們帶開。他沒辦法離開這個房間。

「我懂了。」保羅說。

「很好。」諾斯向士兵示意，一個拿著筆電的削瘦年輕人走進來。「這個年輕人一直在研究永續組織資料庫，他會跟著你，保羅。他會盯著你——並且做記錄，包括你的存取碼。當然，以防萬一。」

「當然。」

保羅開始在鍵盤上打字，同時他的新「助理」架設裝備。

幾分鐘後，保羅打開永續組織的主控制程式開始帶領他看過一遍。「安樂死草案其實是個預設的療法……」

十五分鐘後，保羅輸入他的最終授權碼，主螢幕開始閃爍：

正傳送安樂死草案至人口子集。

保羅站起來說：「我想回我的辦公室單獨靜一靜。」

「沒問題，保羅。」諾斯交代一名士兵，「護送布倫納博士回他的辦公室，拆掉他的電腦和電話，提供他需要的食物和飲水。」

在辦公室裡，保羅坐在沙發上看著地板。他這輩子從來沒有這麼洩氣過。

8

疾管局（CDC）
亞特蘭大，喬治亞州

保羅．布倫納第一百次看他的手錶，從沙發站起來踱步到窗邊。守衛疾管局大樓的三圈軍車靜靜地放著，有些士兵站著抽菸，大多數坐在悍馬車上或倚著沙包。

他辦公室外的櫃台區爆出喊叫聲，門把搖晃震動，有人開始敲打堅硬的木門。

「快開門，保羅！」諾斯聲音沙啞但強勢到足以讓保羅心生恐懼。

他還活著。保羅又看他的手錶。

「給你三秒，保羅！否則我們自己開門。」

保羅愣住。

在門後，他聽到類似「瞄低一點，我們需要他活著」的話。子彈把碎片灑進室內，門被大力推開。

諾斯抓著胸口蹣跚地走進來。「你想殺我。」

「你最好去醫務室——」

「別玩把戲，保羅。」諾斯回頭向士兵說，「逮捕他。」

士兵抓住保羅的雙臂把他拖過走廊。

在永續組織戰情室裡，年輕電腦工程師默默地看著諾斯把保羅甩到牆上，當面對他緩慢地說：「馬上停手，否則我發誓會叫這些士兵斃了你。」

保羅不敢相信這傢伙還站得起來。諾斯的心血管健康到讓他活了遠超過保羅的預期，他暗自尋思有什麼可以爭取時間的計策。

在視野邊緣，他看到娜塔莉和馬修走進來。他想移開目光，但是太遲了——諾斯看見他們了。

「我會先處死這孩子，你走著瞧。」諾斯呼吸困難，他放開保羅倒在桌上，開始喘息。「少校——」

保羅嚥口水，向三名士兵說：「等等。少校，我相信你宣誓過保衛這個國家抵禦國內外的敵人，我也是這麼做。三十分鐘前，部長逼我利用永續組織去處死成千上百萬的我國公民。」

「他說謊！」

「他沒有。」瘦弱的工程師說，「諾斯給了我同樣的命令，我也不肯做。幾天前我就破解存取碼了，我一直瞞著。」

諾斯搖頭厭惡地瞪著保羅。「你這白癡，你會害死我們所有人。等印瑪里來了，他們會消滅我們。」

士兵們緩緩放下步槍。保羅嘆口氣，看著諾斯痙攣倒地，吐出最後一口氣。這是保羅第一次殺人，他希望也是最後一次。

保羅揉著他的太陽穴，望著窗外，他破爛的辦公室門軋軋打開。

娜塔莉走進來在他身邊站了一會兒，望著大樓外包圍的軍隊。最後，她說：「我能幫什麼忙？」

「我們處境危急，要看接下來白宮怎麼做而定。疾管局的陸戰隊會服從湯瑪斯少校，他暫時支持我，但如果政府下令全面攻擊這棟大樓，我們撐不了多久。」

「所以……」

「我們必須把馬修送走，我也不希望妳在這兒。」

「怎麼辦？我們能去哪裡？」

「蘭花區不安全，大城市也是，或許連公路也不安全。我祖母在北卡羅萊納州的山上有一棟小屋。」他給她一張標明路線的地圖。「盡快帶馬修和幾個陸戰隊員過去。這裡的儲藏品還相當充裕，帶著糧食飲水——悍馬車上能裝多少算多少，在大勢底定之前離開這裡。」

「那你怎麼辦——」

「有您的電話，老闆。」保羅的祕書蘇珊從門框探頭進來說。

保羅感到猶豫。會不會是「最後通牒」——不投降就準備面對行刑隊？

「是不是……」

「是您的前妻。」

他的緊張變成驚訝。

娜塔莉的臉色更加訝異。

保羅豎起一根手指。「對，我前妻還活得好好的，我好多年沒跟她連絡了。」他轉向蘇珊，「告訴她我在忙——」

「她說有要事，口氣聽起來很驚恐。」

保羅走進外側辦公室接起電話。他遲疑一下，不知道該怎麼說，最後才開口說：「我是布倫納。」語氣聽起來比他預計的更嚴厲。

「嗨，我是，嗯，瑪麗，我……很抱歉打擾——」

「是啊，瑪麗，真的……不是時候。」

「我發現了東西，保羅。無線電波望遠鏡收到的訊號，是有組織的，像某種密碼。」

「哪種密碼？」

對話結束後，保羅掛斷電話看看大樓窗外待命的士兵。他必須離開亞特蘭大，可能還得出國，如果密碼是真的，可能改變整個情勢。這一定跟亞特蘭提斯瘟疫有關，只是保羅不知內情，密碼在瘟疫被治癒的時間點抵達不會是巧合。

他向站在辦公室裡的陸戰隊員說：「少校，假設我們可以離開這裡，能幫我弄一架飛機嗎？」

三小時後，保羅站在瑪麗的辦公室裡，努力想理解她在說什麼。

「停。」他舉起手說，「是一個密碼還是兩個？」

「兩個，」瑪麗說，「但可能是同一個訊息用兩種編碼格式——」

「別再說了，瑪蕾！」瑪麗的同僚約翰．畢夏伸手放在瑪麗手臂上盯著保羅。「我們得先談條件。」

「什麼？」

「我們要一千萬美元。」約翰猶豫一下，「不對——是一億！」他用食指朝下指著桌面。「說真的。一億——馬上給，否則我們會刪除這玩意。」

保羅困惑地看著瑪麗，「他喝醉了？」

「很醉。」

保羅向陸戰隊員點個頭，他和另一個士兵拖著掙扎吼叫的約翰走出房間。

他們獨處之後，瑪麗的表情改變。「保羅，我很感激你來，真的，我很驚訝。其實我只是希望離開這裡。」

「我們會的。」他指著螢幕，「這是什麼密碼？」

「前面部分是二進位，只有數字——地球與銀河系中心和我們太陽系的相對位置。」

「後面部分呢？」

「我還不知道。是四個數值的序列，第一個只有兩個值——○和一，開與關。我想第二個序列可能是圖像或影片。」

「為什麼？」

「CMYK。青，洋紅，黃，黑，那是傳送高解析度圖像或影片的精確方式。圖像可能是訊息，一種宇宙共通的問候，或是如何回傳訊息的指示。」

「或是病毒。」

「有可能，我倒沒想過。」瑪麗咬著嘴唇，「在訊息的前段，二進位碼我們可以解讀，顯示我們有二進位計算能力。或許可以把CMYK圖像存成電腦檔案，但我不懂它怎麼可能是——」

「不，我是指真正的病毒，DNA病毒。A.T.G.C：腺嘌呤、胸腺嘧啶、鳥嘌呤和胞嘧啶是構成DNA的四種核鹼基，也可能是RNA，用尿嘧啶替代胸腺嘧啶。密碼可能是個基因組，可能是完整的生命體或某種基因療法。」

瑪麗抬起眉毛。「噢，或許。這倒是有趣的推論。」

「他們的DNA也可能由別的核鹼基構成。」保羅踱步走開，陷入沉思。

瑪麗看看周圍。「你是不是……決定過來之前就想到了？」

「沒有。」

「那麼……」

「我想這個訊號可能和亞特蘭提斯瘟疫有關，可能在我們講話的同時已經開戰了。」

「噢。」瑪麗愣一下。「哇。」

「我們得去找一個人商量，她或許是世界上唯一能辨別這是什麼的人。」

「太好了。我們打電話——」

「所有衛星電話都不通。」

「是嗎？」

「我們得親自去找她，我聽說她在摩洛哥北部。」

海平面下一千兩百呎，摩洛哥北岸外海，大衛・維爾坐在一張金屬小桌邊，望著牆上面板閃爍的字樣。

手術進行中。

倒數讀秒緩慢跳動著。

3：41：08

3：41：07

3：41：06

3：41：05

大衛此刻只想到一個數字：百分之三十九。凱特的手術生還機率只有百分之三十九。

9

印瑪里任務基地，稜鏡
南極洲

阿瑞斯、杜利安與任務主管坐在戰情室後方，有個分析師走向他們。

「長官，我們收到中國的回應了。」

「然後呢？」

「他們說：『和威脅摧毀三峽大壩的任何敵人沒有和平可言。千百年來中國長城抵禦了蠻族入侵者，這次也一樣——』」

阿瑞斯舉起手。「好吧。未來提起時，說一個『不』字就夠了。」

「長官，我們認為這是個機會，進行談判的可能線索——他們想要什麼東西才願意談判。如果我們交還三峽大壩，或許——」

「別說了，你讓聽到的人都變蠢了。我們要求的是無條件投降。」

分析師點頭。「當然了，長官。」

幾分鐘後，同一個分析師又回來。這次，他迴避與阿瑞斯眼神接觸，把一張紙放在杜利安面前的桌上。「美國的回覆，長官。」

杜利安還沒抬頭他就跑掉了。他抓起紙張看看上面唯一的單字，嘴角上揚。真是笨蛋，不，勇敢的笨蛋。

他把紙交給阿瑞斯，他也看了內容。

「神經病。這是什麼意思？」

「是歷史典故。」

阿瑞斯望著杜利安。

杜利安微笑，很滿意這次是他知道對方不懂的事情，他決定讓阿瑞斯體會一下自己的感受。「恐怕你沒有足夠歷史知識去了解。」

「或許你可以給我上個歷史課，杜利安。如果這個要求不算過分。」

「一點也不，我們是同一邊的。如你所說的，我們共享資訊是很重要的，不是嗎？」

阿瑞斯直盯著他。

「我想想……一九四四年第二次世界大戰期間的突出部戰役，美國的一〇一空降師被德國的猛烈砲火困在比利時的巴斯通，德軍指揮官向他們勸降，他們又餓又累，寡不敵眾，毫無希望，但他們的回覆只說：神經病。」

阿瑞斯繼續盯著，面露不耐煩地等他說下去。

「德國人猛轟那個城鎮，幾乎把它夷為平地，但是美國人死守。不到一週後喬治・巴頓(注)的第三軍團和他們會合，同盟國贏得了戰爭。」

阿瑞斯咬緊下巴。「這是什麼意思，杜利安？」

「意思是他們打算戰到最後一兵一卒。」

「隨他們便。」阿瑞斯走向門口。

「你們真是愚蠢的種族，杜利安。」

對，杜利安心想，但他們是勇敢的笨蛋，這個差別對他很重要。在這一刻，為了某種奇怪的理由，雖然很瘋狂，杜利安對他們的回覆感到有點驕傲。

注 George S. Patton：美國陸軍四星上將，因第二次世界大戰先後指揮陸軍第七軍團和第三軍團而聞名於世。

戰情室的警報響起時杜利安差點睡著了。

「敵人來襲，」一名技師大聲說，「超過一百架飛機。」

房間中央的巨大螢幕切換到南極洲與周邊大西洋的地圖，藍色海上有淡綠光點在閃動，就在以印瑪里基地為中心的一條圓形白線外。蘭花聯盟的艦隊，以美國、英國、澳洲、日本和中國的航空母艦與驅逐艦為主力，緩步逼近白線，但沒人跨越。較小的黃點代表飛機，正往白色大陸移動。

「所有船艦都還在磁軌砲的射程外，長官。機群剛進來，要不要迎擊？」

「他們還要多久才能向我們開火？」阿瑞斯問。

「五分鐘。」

「發射無人機。」阿瑞斯說。

杜利安轉向他。「無人機？」

「有點耐心，杜利安。」

螢幕改變，三個較小的綠點脫離艦隊往南移，越過白線。

「三艘驅逐艦入侵。」技師停一下，研究螢幕。「我們的前進磁軌砲台打得到他們，長官。」

「驅逐艦要多久才打得到我們的砲台？」

技師操作鍵盤。「二十分鐘，頂多三十分鐘。」

「不管他們。」阿瑞斯說。

兩分鐘過去，幾乎沒人說話，杜利安感受到現場的緊張。

另一群黃點從艦隊彈出來。幾百個黃點，像沙漏的沙子，掉落越過射程線，往白色陸地和印瑪里基地移動。

「第二波飛機。這次三百，不，四百架。」技師滿臉戒懼，「他們發射了巡弋飛彈。我們必須——」

「不准開火。」

杜利安瞄瞄阿瑞斯。他有什麼計畫？磁軌砲可以擊落飛機，但是不能擊落飛彈。如果第一波機群開火，印瑪里基地毫無招架之力。即使他們撐過第一波轟炸把飛機打下來，磁軌砲的電力也是有限的，一次充電要花上幾個小時。他們必須馬上開火。

「讓我看看無人機的畫面。」阿瑞斯說。

大螢幕的右側切換到一連串顯示著遠方美國、印度和英國飛機的畫面方塊，其中三個方塊是黑畫面。

「他們擊落了三架無人機。」

帶頭的兩架飛機發射飛彈。

技師轉向阿瑞斯和杜利安。「敵機臨空。他們在瞄準磁軌砲台，我們可以——」

阿瑞斯舉起手。「夠了。叫無人機回頭，繼續錄影。」他走到房間前方站在眾人面前。「是他們發動了這場戰爭，現在我們要結束它——用最人道的方式：重拳一擊，瓦解他們的戰鬥意志。」

杜利安走近他一步。他在胡說什麼？

阿瑞斯點擊他手腕上的面板。無人機畫面顯示了結果：從冰層出現巨大的光線裂紋，隨即螢幕右端每個方塊都黑掉。

地圖上，代表飛機的幾百個光點瞬間消失。

地圖閃爍，然後凍結。

杜利安盯著，終於了解怎麼回事。鑽探隊和阿瑞斯埋下的裝置，他融化了南極洲外圍遠離印瑪里基地、靠近艦隊的冰層。他會用無人機所拍攝的照片與影片拿來當作蘭花聯盟開戰才導致洪水的證據。世人會相信嗎？阿瑞斯融掉了多少冰？一場史無前例的大規模洪水即將吞噬全世界。

人道。這是阿瑞斯的形容，杜利安可沒這麼確定。

10

阿爾發登陸艇
海平面下一二〇〇呎
摩洛哥北岸外海

「餓嗎？」米洛問。

「不餓。」大衛不確定是否真的不餓。

米洛點頭。

「你該走了。」大衛說，聲音空洞，眼睛盯著地上。「帶點食物回來，結束之後她可能會餓。」

「沒問題。」

大衛不記得米洛何時離開，他一眨眼，那孩子就不見了。他只隱約察覺自己坐在他和米洛發現凱特的適應研究實驗室地面冒出來的金屬桌旁邊，兩個玻璃缸聳立在房間中央，凱特躺著的圓柱狀空間有光點閃爍，她正在靠這艘神祕船隻進行手術。

大衛的目光往下飄，房間消散，倒數鐘似乎在跳躍。

3：14：04

2：52：39

我怎麼了？大衛把頭靠在桌上，偶爾抬眼看一下倒數。

2：27：28

米洛回來了，坐在桌旁。一堆包裹攤開，他問了個問題。

2：03：59

1：46：10

1：34：01

1：16：52

0：52：48

0：34：29

米洛默默坐著。

大衛站起來踱步，望著倒數鐘。

0：21：38

0：15：19

0：08：55

手術完成。

字樣閃爍了一會兒，接著下一段文字出現在螢幕上，大衛長嘆一聲微笑，米洛跳起來擁抱他。

生存機率：百分之九十三。

術後復原程序進行中。

保持麻醉昏迷。

距離完成時間：2：14：00。

大衛沒考慮到會有術後恢復期，這是第一次他的親友被古代亞特蘭提斯船動手術。改天他得在部落格上寫寫這檔事——讓外頭可能經歷同樣事情的人看。他不禁發笑，他的暈眩轉變成愚蠢了。他努力專心。

「阿爾發，術後恢復期之後會怎樣？」

「程序就完成了。」

大衛看看印瑪里的軍糧，他發現自己好餓，一手抓起最靠近的一包撕開。「你吃過沒有？」

「我在等你。」

大衛搖搖頭。「吃吧，你一定餓壞了。」

米洛連標籤都不看就拿起最靠近的一包塞了一口到嘴裡。

「要加熱嗎？」大衛問。

米洛停止咀嚼，滿嘴食物說：「你不是吃冷的嗎？」

「是啊，但只是老習慣。」

「因為敵人會看到火光？」

「對，而且狗也會聞到氣味。最好吃冷的，如果可以的話先埋掉再離開現場。」

「你怎麼吃我就怎麼吃，大衛先生。」

他們都吃掉兩包軍糧。

大衛不再注意倒數鐘了。現在他感覺不同，有信心凱特會順利地活下來，只是不知道能活多久。阿爾發初步掃瞄的預測結果是本地時間四到七天，他們會一起克服難關。

目前他只知道可以再跟凱特說話，再次擁抱她。

大量回憶湧現腦海中——手術期間他不讓自己去想的各種念頭，彷彿他的心智壓抑了他和凱特相處的每個記憶。他認識她那天，他們在印尼如何爭吵，過幾小時他就救了她的命。他在中國受重傷，換成凱特救了他，名符其實的在鬼門關把他拉回來。

他們真正地為彼此犧牲，在最危險的時候賭上全部，那就是愛的定義。

當時，他知道無論她做什麼都是為了保護他。

圓形洞口滑開，大衛和米洛衝上前察看。他們退開讓平板桌面伸出來。

凱特睜開眼睛望著天花板，表情有些困惑。當她看到大衛和米洛時表情改變，露出微笑。

米洛來回看著凱特和大衛。「我好高興妳沒事，凱特醫生。我……現在必須回地面上做些事。」他鞠躬離去。

大衛真的很佩服這年輕人的直覺，米洛總是讓他驚訝。

凱特坐起來，臉色清爽，血跡消失無蹤，皮膚光滑。大衛發現她耳後有一小塊區域被阿爾發剃掉了頭髮，以便深入處理她腦部。

凱特拉過一撮頭髮遮住它。「你們怎麼找到我的？」

「電力消耗量。」

「真聰明。」

「應該的。」大衛坐在堅硬的桌面上伸手攬著她。

「你沒生氣。」

「沒有。」

凱特瞇起眼睛。「為什麼？」

「我有個壞消息。」大衛吸口氣說，「妳動手術之前阿爾發做了掃瞄，妳有神經病學方面的問題，我記不住那個名稱。估計壽命……阿爾發可能錯了，但它說四到七天。」

凱特不露情緒。

「妳早就知道了？」

凱特望著他。

大衛跳下桌子面對她。「多久了？」

「這重要嗎？」

「多久？」

「瘟疫過後那天。」

「兩週前？」大衛喊道。

「我不能告訴你。」凱特說，滑下桌子走向他。

「為什麼不能？」

「我只剩下幾天了，如果你知道，每一天對你來說都會很痛苦。這樣比較好，事發突然，等我走了你可以繼續前進。」

「我沒興趣繼續前進。」

「你必須這麼做。這是你的問題，大衛。發生壞事的時候，你拒絕繼續前進——」

「妳怎麼了？」他指著玻璃缸，「這是什麼？妳為什麼快死了？」

凱特望著地上。「這很複雜。」

「說說看。我想聽全部，從頭開始。」

「這不會改變任何事。」

「妳欠我一個解釋，告訴我。」

「好吧。我在一九一八年受孕，我母親死於西班牙流感，我父親他們發掘一艘埋在直布羅陀外海的亞特蘭提斯船，無意中釋出了病原體。他把我母親放進管子裡，我留在母親體內直到一九七八年才出生。直到幾週前我才知道，那些管子是用來救活亞特蘭提斯科學家的，以防他們意外死亡。」

「妳是那些科學家之一。」

「很接近。生理上，我是派崔克・皮爾斯和海蓮娜・巴頓的孩子，但我有亞特蘭提斯探勘隊科學家之一的部分記憶。我不知道的是詹納斯——」

「亞特蘭提斯探勘隊的另一個人。」

「對。他刪除了同伴的某些記憶，我只得到一部分。他的同伴被阿瑞斯殺了。」

「另一個亞特蘭提斯人。」

凱特點頭。「一個軍人，故鄉淪陷的難民。一萬三千年前，在直布羅陀外海，阿瑞斯企圖摧毀科學隊的船——這艘船，他把它炸成兩半。詹納斯被困在直布羅陀海峽靠近摩洛哥這邊的殘骸裡。他想要幫同伴復活，但他有個祕密，直到兩週前我才發現。」

「是什麼？」

「他想要抹消她的部分記憶再救活她。」

「毀損的復活檔案。」

「對，我想是關於她做過的某件事。我相信那段記憶發生在亞特蘭提斯母星，也可能在探勘途中。」

「為何要隱瞞他同伴的記憶？」

「那件事對她造成無法修補的永久傷害，改變了她。」

「先前妳為何不知道有這段記憶存在，而現在卻知道？」

「我想她的記憶一直都在驅使著我，影響我的決定。我選擇當一個自閉症研究者，找出亞特蘭提斯基因——用這些被壓抑的記憶都能解釋。我想這些記憶是被亞特蘭提斯瘟疫啟動的，我只能在最終疫情之後看到被壓抑的記憶。」

大衛點點頭，催促凱特繼續說。

「亞特蘭提斯人找到了控制老化的基因，外太空探索人員可以阻止老化，復活程序需要一個胚胎，植入記憶讓它成長到大約我現在的年齡。」

「然後妳從管子裡出來，準備繼續中斷的工作。」大衛說。

「對，但對我來說並沒有實現。我是個胚胎，困在我母親的體內。我有亞特蘭提斯人的記憶——詹納斯要我擁有的部分——可是管子無法讓我成長到標準年齡。我以人類身分出生過著人類的生活，我形成了自己的記憶。」她微笑，「某些跟你有關。接著亞特蘭提斯瘟疫爆發，我想輻射線重新觸發了復活程序，它想要覆蓋掉我形成的記憶，但失敗了。復活程序有個安全保險，如果大腦受損或復活失敗，管子就會摧毀生物物質開始回收程序。」

「妳並不在管子裡。」

「沒錯，但預設的程序還是一樣。我的大腦，尤其顳葉會在四到七天後關閉，接著心臟會停止，我會死亡。」

「妳不會再復活嗎？」

「不會，這塊殘骸內的管子都被摧毀了。」

大衛的心思閃到四根管子破裂後變成地上一堆白粉的記憶。

「這樣比較好。如果我復活，我會成為相同年齡，擁有相同記憶與相同神經疾病的人，結果也會一樣，我會死亡無數次。」

「煉獄。就像南極洲那些亞特蘭提斯人。」

凱特點頭。「這樣比較好。我會死在這裡一去不回，而且非常安寧。」

「才怪。」

「我沒其他辦法。」

「那為什麼要做這些？」大衛指著玻璃缸。

「我在嘗試存取失落的記憶，希望它會矯正我的症狀。」

大衛望著她。「結果呢？」

「它不見了。詹納斯一定是刪除了。我不懂怎麼回事——針對復活記憶儲存有嚴格規定。或許電腦核心在攻擊中受損，造成某些記憶毀損。我原本希望能找到關於摧毀亞特蘭提斯母星的敵人線索，那些改天可能來地球的敵人。我剩下的時間只能做到這樣了。」

「這樣不對。」

「你希望我怎麼做？」

「離開。」

「我不能——」

「我不想看著妳死在這裡，在實驗室裡像隻白老鼠一樣漂浮在缸中。妳可以跟我離開——」

「我不能。」

「當然可以。呃，我在北卡羅萊納州的小農場長大，讀中世紀歐洲史博士學位讀到一半，我是個很不錯的人，以上是我的簡介。現在這些事情艱難高深到我根本摸不著邊，但我願意沿著這條路走下去——只要我們在一起。我愛妳，妳是我在這世界上唯一關心的人。我們可以離開這裡，讓我照顧妳，妳可以死得像個人。我們可以安度妳剩下的時間，充實地過每一天。」

「我不確定……」

「有什麼好考慮的？」

凱特走到遠處。「我不會逃避孤獨死去。我想奮戰，想繼續前進，我會盡我的全力去救人，所以我才當科學家。這是我奉獻一生的目標，我在人生最後階段不會為了幾天的舒適而改變，我想要盡心盡力的付出來度過我最後的時日。」

「那麼死得有尊嚴呢？一起度過我們剩餘的時間？」

「我也想要。」

「如果能讓妳好過一點，我可以把妳拖出去。」

凱特微笑。「我不怕你。」

大衛忍不住搖頭笑出來。「我得提醒妳我是受過訓練的殺手。」

「我只怕沒訓練過的殺手。」

他大笑，幾乎情不自禁。「真不敢相信。唉，我只要求妳考慮一下——離開這兒。

印瑪里輸了，瘟疫已經被治癒，妳做的夠多了。明天再說吧，我們明早再談，我很希望能一起離開。」

他走到門口。

「你要去哪裡？」

「我需要透透氣。」

保羅一直看著飛機窗外的氣象系統，猜想那是颶風或只是暴風雨。猛烈的大雨傾盆而下，把飛機往下壓，拖累了引擎，把他、瑪麗和三名士兵甩來甩去。

飛機再度傾斜俯衝，保羅被安全帶勒緊。他感覺瑪麗的手壓在他手上猛捏，他很懷疑他們能否平安抵達摩洛哥。

11

阿爾發登陸艇
海平面下一二〇〇呎
摩洛哥北岸外海

先前凱特需要自己的時間和空間，現在大衛也需要了。

他盡量不去思考，拖著沉重的腳步走過船上狹窄的走廊，走進通往地面、潮濕陰暗的豎井中的電梯。他的思緒忍不住飄到眼前的決定，留下或離開。

這是凱特要做的決定，他知道不管她選哪個，他都會陪她到最後。

他希望結局不會在這裡——在這個寒冷陰暗的外星場所。他想像他們坐在他老家的火爐邊，他看書，她在他懷中睡著，睡到隔天很晚，不必為了任何人任何事醒來，活得無憂無慮。這是他們應得的，他們曾付出過代價。

微弱的星光滲入了圓形豎井中的黑暗，大衛走到外面的月光下。幾箱補給品放在棧板上，有幾箱在大衛和米洛拿走即食餐的時候已經被打開翻找過。控制摩洛哥北部的柏柏爾人慷慨地支援他們，因為大衛先前幫他們控制了休達的印瑪里基地。

遠方，巨大的基地在閃閃發亮，警衛塔上的燈光閃爍著探索營區外圍，管理大樓與房舍的燈光在更遠處閃爍。

上方的月光與基地的明亮燈光幾乎讓大衛看不見坐在最遠處箱子邊的米洛。米洛盤腿而坐，閉著眼睛。有一瞬間，大衛以為他睡著了，但他緩緩睜開眼睛，深吸一口氣。

「你最好多睡一會兒，米洛。」

「我也想要，但我的心拒絕合作。」他站起來，「凱特醫生，她會活下來吧？」

「我不確定……」

「請告訴我。」

「她說阿爾發的診斷沒錯，她不會復原了。」

米洛別開目光。「你沒有別的辦法嗎？」

「有時候除了珍惜剩下的時間沒別的辦法，這沒什麼不對。」

之後兩人都沒說話，他們只是仰躺著，望著璀璨的星空。

過了一小時，或許更久，大衛記不清時間。在他半夢半醒時米洛打破沉默。「你會留在這裡嗎？」

「我希望不要。」

「那要去哪裡？」

「美國。」

「你的家鄉。」

「嗯。北卡羅萊納州，我長大的地方。如果她願意去。」

「我也想看看美國。」米洛看他一眼，「所以我才學英語。」

「你該去看看。」

在遠方，大衛聽見樹枝折斷聲。他凝神聆聽，沒有再傳來聲音。

「米洛，你的無線電還在嗎？」大衛低聲說。

「在。」他拍拍側腰說。

「下去，等我叫你再回來。」

米洛瞇起眼睛點點頭，走過山頂的空地，回到陰暗的豎井裡。

大衛退到最靠近的箱子後面抓穩他的手槍。腳步聲停了，有人在，他感覺得到。

凱特走到她和大衛的臥室時感到十分疲倦，她不知道是手術後遺症還是因為好幾天不眠不休地做實驗，或者是因說出瞞著大衛已久的祕密所導致的解脫感使然。她癱倒在床上，枕頭和床單上的血痕旁。

她拉掉染血的床單和枕頭套，把它們丟到對面艙房的床上，鋪上新床單。

她的頭一碰到枕頭就睡著了。

睜開眼睛之前，凱特就發現床上沒人。狹窄的船員艙房床位不是設計成雙人，大衛和她一起睡的時候暖和多了。她伸手摸摸他平時躺的冰冷空位。

這一刻，她下定了決心。

她會跟大衛度過最後的時光，無論他想去哪裡。她是為了他，也是為了自己。

她再度閉上眼睛，在她印象中……很久沒睡得這麼安穩了。

等待不是好策略。大衛假設樹叢外的敵人知道他的位置，而且可能有同夥。

他正要衝到下一箱補給品時，夜空中傳出堅定的話聲，是大衛認得的聲音。「很高興看到你的本能沒有鈍化。」

大衛站起來，看見目前控制休達的柏柏爾部族酋長桑雅從森林中現身，面露愉悅。

「妳可以表明身分。」

「我像你一樣偏好奇襲。」

大衛微笑，欣賞她提起他奇襲攻占印瑪里基地的事——靠她和部族的協助。

他指指木箱。「我想妳給我們太多東西了。」

桑雅收起戲謔的微笑。「辛苦的事還在後頭。」

大衛看看基地。對，燈光比平時夜間警戒還多，他們在準備迎接攻擊。

「有多快？」

「幾天後，甚至可能就是明天。如果間諜沒說錯，印瑪里會發動全球攻擊，每個洲都有戰爭。」

「怎麼會？我以為他們完蛋了。」

「他們集結全部武力，而且正在吸收新人。他們在全球各地開始奪取發電廠和糧食庫。」

「妳在開玩笑吧。」

「很多人不希望世界恢復舊觀。印瑪里的替代方案，他們的世界觀吸引了很多人。」

大衛再次觀察基地。「妳不是計畫防禦基地，而是打算進攻。」

桑雅點頭。「印瑪里推進到了山區，試圖占據高地以便拖長戰事。西班牙打算把他們趕下海，到我們磁軌砲的射程內，讓我們收拾他們，強迫他們投降——假設我們守得住這裡。」

大衛點頭。「好計畫。」

「這是大計畫的一部分。蘭花聯盟正在策畫最終的攻勢——永遠解決掉印瑪里。」

她指著在跑道上等待的一架飛機。「天一亮我就要前往美國，我是北非的代表。」

「什麼的代表？」

「全球戰爭委員會。」

大衛有預感她想要幹什麼。「恭喜。」他轉過身說。

「我是希望……」

「妳不在的時候由我暫時管理休達？」

「你可以再次拯救人命。」

大衛的目光逗留在通往船內的陰暗走廊。「我沒辦法。」

「因為你來這裡救援的那個女人。」

「對。她生病了，她需要我。」

「看親友受苦是世界上最慘忍的折磨。如果你們要留在這裡，最好把補給品搬下去，我不知道攻擊會持續多久。」

「我們考慮過讓她去美國度過剩下的日子。」大衛回頭看看跑道，他從馬爾他島開來休達的飛機。「除非妳需要用到那架飛機。」

桑雅微笑。「我會送你們，我至少可以這樣報答你為我們族人做的。」

「感激不盡。」

漆黑的天空開始落下雨滴，兩人都望著遠處。雨勢似乎越來越大。

「好像會下很大。」大衛說。

桑雅猛然轉頭，彷彿聽到了什麼。

大衛走近她，擺出警戒姿勢。

她伸出手指著耳機。「有飛機接近，美國軍用運輸機要求降落許可，機上的人自稱是保羅．布倫納博士，他想要見華納博士，他說她認識他。」

大衛考慮這個要求。他從未見過保羅．布倫納，懷疑他該如何證實自己的身分。大戰當前，大衛猜想呼叫者是印瑪里幹員企圖駕機穿過磁軌砲攻擊此基地的可能性。「問他華納博士怎麼治好瘟疫的。」

幾秒後，桑雅轉達布倫納的回答：「他說這是個陷阱題。他不知道，只知道她在馬爾他島發現某種東西，傳到永續組織給他，他也想問她同樣問題。」

「問他是否因此前來。」

「不是。」桑雅說，「他說是關於什麼無線電波密碼，可能跟直布羅陀與南極洲發現的東西有關。」

大衛皺眉，這時大雨已經傾盆而下。

「要我們打發他走嗎？」

「不用，」大衛說，「讓他降落，但是看著他，叫幾個人帶他過來。」不知何故，大衛認為最好讓每個人遠離太空船。

「我會帶凱特上來。」

12

阿爾發登陸艇
海平面下一二〇〇呎
摩洛哥北岸外海

大衛躡手躡腳的回到臥室，他坐到小桌旁的椅子上面向床鋪。

「我看得出來妳醒著。」

凱特坐起來。「你怎麼老是知道？」

「妳微笑了一下，好像在隱瞞什麼事。妳很不適合當間諜。」

凱特保持他最喜歡的可愛微笑幾秒鐘，然後收起笑容，大衛感覺室內所有空氣好像都被抽光了。

「我決定了。」

大衛看向地板。

「北卡羅萊納州聽起來不錯。」

「是不錯，我們在那邊會很快樂。」

「我知道我們會。知道自己來日無多給了我一些洞察力，提醒我什麼才是最重要的。我倒是……有兩個要求。」

大衛感覺腹中有點不適。「說吧。」

「首先是從我的實驗室帶出來的那兩個孩子。印瑪里入侵馬貝拉的蘭花區時，我把他們留給了一對西班牙夫婦。我……走了以後，希望你能找到他們，確保他們生活安全無虞。」

「沒問題。另一件呢？」

凱特說完之後，大衛只盯著她。「這可不容易。」

「如果你拒絕我能理解。」

「我答應。即使赴湯蹈火，也會做到。」

「希望不至於如此。」

飛機降落之後，搭吉普車穿過摩洛哥山區對保羅來說就像野餐一樣輕鬆。他坐在後座的瑪麗旁邊，兩名摩洛哥士兵在前座。他們叫保羅的護衛兵在飛機上等，手上拿著好像二戰時代的老步槍，讓保羅除了傾盆大雨和魯莽駕駛以外感到更加緊張。

遠方，他聽見一陣震耳欲聾的雷聲。

他回頭看，但雨勢幾乎遮蔽了視線。他僅能看到的部分嚇壞他了：二十呎高的大浪從海中升起撞進廣大的軍營，不到幾秒鐘又一道大浪，裡面有東西。保羅努力看清楚，看起來像……遊艇，它在浪頭上回轉，像被潮水沖上岸的塑膠玩具。它用力撞進基地，翻滾著夷平壓到的一切東西。

保羅感到口乾舌燥。

大水沖過泥巴路，他感覺到車子打滑，爬坡時失去動力。

「開慢點！」保羅大喊。

士兵對保羅舉起步槍。

司機開得更快了，保羅示意瑪麗繫上安全帶。一道大浪擊中吉普車，幾秒鐘後把它推離泥濘的路面。

「怎麼改變主意了？」大衛問。

「我看看……」凱特脫掉她的上衣。「我想可能是希望享受我們剩餘時間的那部分使然。」

大衛吻她，她伸手摸他的衣服。

「你很有說服力，你知道的。」

「沒錯……」大衛正要脫掉他的上衣，但是停住。「等等，差點忘了。保羅・布倫納來了。」

「什麼？」

「我不清楚，我們得上地面去當面談——」

船身震動，把大衛甩過房間撞到艙壁，凱特落在他身上。

她立刻雙手摸他的頭，察看有無流血。

他睜大眼睛搖一下頭，讓聲音和觸覺重新聚合起來。「我沒事。」

「船被爆裂物攻擊了。」凱特說。

「什麼？妳怎麼知——」

「我的神經植入物。」

又一陣劇烈震動傳來，但大衛有所提防。他一手抓著連在牆壁的桌子，另一手抓住凱特。

「地震嗎？」大衛在轟隆隆的噪音中喊道。

「不，我想是英國人放在海峽裡的水雷，有東西觸動了它們。」

船又再次震動，這次更加猛烈。

「那些水雷會摧毀這艘船，」凱特說，「阿爾發沒有反應。」

「來吧。」大衛扶起她，他們蹣跚地走過陰暗的走廊，設法找路出去。

保羅撥開瑪麗臉上的頭髮，想看清楚流血的傷口。她睜開眼睛，他本能地後退。
「我沒事。」她看看空蕩的前座說，「那些士兵呢？」
「被甩出車外，應該死了。」
水沖進車裡，保羅先解開他的安全帶，再解開瑪麗的。
「怎麼回事，保羅？」
「不曉得。」
「颶風嗎？」
「或許。」他說，希望謊言能安慰她。
瑪麗的反應顯示她並不相信。她想起了之前嫁給他的經歷。
「走吧，我們得到高地上。」
瑪麗抓起她的筆電背包。
「別帶了，瑪麗。」
「我不能——」

「它只會泡濕然後拖累我們。我們該走了。」

他把她拉出吉普車踏上泥濘的路面，狂風暴雨籠罩他們，把他們吹倒翻滾了兩圈才趨於緩和。

保羅站起來，第一次完整的看到下方的混亂，短短幾秒前還是休達的地方。

他看到瑪麗臉上的表情，他鼓起勇氣抓住她，把她轉身，急迫地大喊：「快跑。」

13

這時爆炸頻率減緩，但大衛和凱特仍在謹慎地奔跑。

「什麼東西威力這麼大？」大衛問。

「可能是海嘯把水雷沖進船上了。」

大衛的心思轉到他和桑雅的對話。海嘯——正好和印瑪里全球攻擊同時發生，他不相信巧合。「是阿瑞斯和史隆幹的。」

「怎麼會？」

「可能是南極洲的冰被他們融化了。那邊的船上有武器嗎？」

「沒有。等等，有應付小行星和彗星的緊急水雷。」

「能夠融冰嗎？」

「絕對能，彗星大部分是冰塊。」

「妳怎麼知道？」

凱特放慢步伐。「我不知道。」她想了一下，「我知道是因為她知道。真詭異。」

關於彗星的小知識自然而然冒出來——就像她自己的記憶。先前她治癒瘟疫的期間，只專注在科學知識的部分。每當她試圖回想亞特蘭提斯前身的知識時，常常弄得精疲力竭。

「繼續前進。」大衛說。

他們跑過走廊，偶爾發生爆炸船身搖晃時才停下來抓住艙壁。到了地面，大衛立刻察覺情況有多糟。現在是早上，他們應該看得到太陽，但是天色昏暗，幾乎一片漆黑。毀滅的聲音一波波湧現，海浪大力衝擊下方的岩石，遠方的建築物崩塌，轟隆聲迴盪在天空和他們的胸中。

他們站了一會兒，冰冷的滂沱大雨令他們麻木。

大衛俯身喊叫，聲音在吵鬧中勉強可聞。「下去，我會跟上。」

他跑進空地，經過幾堆補給品。在山腳下的海平面處，原本是休達要塞的崩塌遺跡正遭受一場超乎想像的大屠殺。

基地幾乎完全被淹沒，只有幾棟建築物冒出來，但也迅速下沉中。距離跑道幾百呎、原本可以載他們離開的噴射機被掀倒，跑道也淹水了。

雨水傾盆而下，大衛拚命遮擋臉上的雨水，想把眼睛睜開。

從視野邊緣，他看到一點動靜。是米洛和桑雅，他們跑向他，三人一起躲到空地外的樹下找掩蔽。風越來越大，迫使他們各自伸手緊抱樹木，準備對抗強風。

「我上來找你們。」米洛喊道。

「真聰明，」大衛說，「幹得好。」

桑雅湊近他耳朵。「我們似乎低估了敵人。」

「嚴重低估。」

在他們背後，大衛聽見似乎抽走了所有空氣和聲音的吸吮噪音。雨勢幾乎停止，透過黑暗，他看到一道水牆高高升起，撲向山上。眼看就要衝過山頭，捲走所有東西和所有人。

保羅感覺到混濁的水面上升，爬上他的雙腿，像在倒數計時他和瑪麗的死期。

他想要加快腳步，但每走一步都像在山區湖泊的淺岸上做水上有氧運動般困難重重。

瑪麗落後了。

「我得休息。」她說，彎下腰來不斷喘氣。

保羅試著估計到山頂上的距離。兩百，或許三百碼。

大雨逐漸停歇。或許狂風暴雨結束了，但水面仍快速地爬上他的腿——幾乎淹到膝蓋。如果水面停止上升，或許他們可以游到陸地，攀在樹梢或某個從休達漂出來的殘骸上休息一下。

一旦水面淹過山頂，他們唯一選擇只有找東西做成小筏設法深入內陸上岸。可是新的海岸線會在哪裡？可能在幾哩或幾百哩外。

山脊上有個聲音——好像地球在深呼吸。保羅感覺到一陣風刮過他，吹向海上。

「走吧。」他抓緊瑪麗的手拉著她前往高處，在及膝的水中努力移動雙腿。當他看見橫掃海面的水牆，只能忍住不倒退。

他以為瑪麗會暫時放開他的手，但她抓得更緊。

保羅從山上看到谷地——已經完全淹沒。他們可以往回跑，設法潛水，抓住某個東西。那樣安全嗎？他完全不敢肯定。

他們也可以跑到山頂上，但如果波浪超過它的話……

保羅立刻做了決定。

他拉拉瑪麗的手，她邁開腳步盡快跟上，不發一語。

他奮力前進，感覺瑪麗的力氣像自己一樣逐漸衰弱。

瑪麗腳步踉蹌，不小心跌進水裡，保羅用力拉她起來。「繼續走。」他伸手攬住她，半抬著她邊走邊踢水前進。

前方的森林盡頭是一片空地。這裡不是山頂，但是……

有幾個人影在移動，前往一處突出的岩石。

「救命啊！」保羅大喊。他放開瑪麗，她跌進水裡雙手雙膝觸地。保羅衝上前，在空中反覆揮舞雙手。「喂！」

人影停住，兩個人向他跑過來，用驚人的速度穿過水中。男子高大魁梧，身高超過六呎，看起來像軍人。女子的體魄也相當健美，不過她比較瘦，一身焦糖色的皮膚。

男子用肩膀頂住保羅腹部扛起他，抓著他的腿快速回到空地，即使加上保羅的額外重量，速度也只是稍慢一點。保羅看到女子用同樣方式扛起瑪麗，緊跟在他們後頭。

空地上一名瘦小短黑髮的亞洲青少年正從堆在棧板的大木箱中抓出小包裹。

「該走了，米洛。」男子叫道。

他放下保羅，女子也放開瑪麗。他們的救星快速跑向一面岩壁然後……消失無蹤。

亞裔青少年停在岩壁前揮手。「快來。」他一轉身穿過岩石。

保羅和瑪麗跟在後面跑，也穿過岩石，那顯然是某種雷射投影。

前方的區域幾乎一片漆黑，只有隧道盡頭一盞小黃燈，像遠處的火車。

「加快腳步！」他們前方有聲音大喊。

保羅抓住瑪麗的手，用他們疲憊的雙腿跑過黑暗。

波浪的衝擊震耳欲聾，保羅感覺像置身在發射的砲管中，一股衝力把他和瑪麗推到左邊牆上。他們翻倒在地，大水沖過他們身上，豎井向下傾斜。

保羅感覺有兩隻手放在他身上，那個男子扛起他漂過豎井。

黃燈逐漸變亮，他看見一道門打開，一行五人離開豎井，進入某種電梯。男子操作一個面板迅速關上門，但電梯裡還是有三呎深的水，他好像不在乎。電梯裡燈光閃爍，震動了幾下，保羅不確定是否斷電了。

保羅倚著牆壁，想要檢查自己的傷勢。他全身上下疼痛不已，肌肉也隱隱脹痛，很難分辨出任何特定傷處。

「我是保羅・布倫納。」他說，沒有面向特定的人。

「我猜也是，」男子說，「我是大衛・維爾。」

「謝謝你救了我們……兩次。」

「不客氣。」他望著水面，「這是我的職責。」

青少年向保羅微笑。「我是米洛。」

電梯門打開，把水排入一條乾走廊，前方站著一個女人。保羅認得她，他在亞特蘭提斯瘟疫臨床測試幾個月期間的視訊會議中看過她，通過幾次電話，但直到此刻才當面見到凱特・華納。

14

保羅打開凱特提供的乾爽衣服，開始脫下身上泡濕的上衣和褲子。他把濕衣服丟在窄床上，用枕頭吸乾身上一些水分。他濕得連自己都懷疑能否擦得乾。

「你早知道這些事？」

瑪麗望著他，仍穿著濕答答的衣服，不理會桌上那套乾淨衣物。他們在小臥室裡獨處，她的聲音在狹小空間裡迴盪。

「對。」

「在我們結婚的時候？」

保羅知道接下來會怎樣。「我知道二十年了——」

「你知道有外星太空船埋在直布羅陀外海二十年，包括我們結婚期間，但是一個字也沒對日日夜夜搜尋任何外星生命碎片與跡象的天文學家老婆提起？」

「瑪麗——」

「這是背叛和不信任——」

「我發過誓，瑪麗。我知道這艘船存在，但直到現在我才第一次進來。我對它毫無了解，現在也一樣。我在永續組織的角色是對抗瘟疫。」

「兩者有關嗎？」

「對，瘟疫源自這艘船。船上原有一個哨兵裝置，在一九一八年被挖掘出來，結果導致瘟疫開始散播。」保羅暫停，看著瑪麗脫掉她的衣服。

「我到外面去等。」

「留下。我想聽這段——趁我們獨處時。」

「我可以……」

「你以前又不是沒看過，保羅。」

保羅還是轉過身，幾乎感覺得到瑪麗為他的禮貌發笑。

「所以建造這艘船的人造成了瘟疫？」她問。

「對，亞特蘭提斯人在做基因實驗，七萬年來引導著人類進化——從托巴突變差點造成人類滅絕以後。我們認為一九一八年的西班牙流感就是他們的錯，來自他們的某種裝置，我們稱之為『大鐘』的輻射線造成的。妳遇到的那個女人，凱特・華納治好了瘟疫。她是第一次世界大戰期間發現大鐘的軍人女兒，西班牙流感盛行時，那個軍人把她死於瘟疫的母親放進這艘船另一個區段的復活艙裡。凱特生於一九七八年，她父親在八〇年代失蹤，永續組織的創辦者和主席馬丁・葛雷博士收養了她。在九〇年代初期的某場會議中，葛雷博士邀請我加入永續組織。可惜的是，他在瘟疫期間死了。」

「你相信這些人？」

保羅回頭看一眼瑪麗。「對。呃，原本只有凱特。經過山上的救援之後，我想我也能信任其他人。」

「你認為我們該和他們分享所知的資訊？」

「對，還有別的，包括永續組織與瘟疫，我一直在研究這些東西。」

瑪麗沉默片刻。「那麼，我猜應該很值得。」

保羅看著她走出雙併門到外面走廊上。

他原本也確信很值得——直到現在。

保羅和瑪麗穿著乾淨衣服走進會議室時，凱特正在檢視全船診斷結果。大衛、桑雅和米洛都蜷縮在升起的桌子末端，整理即食餐包、武器和日用品。保羅先向大衛說：「再次感謝你在外面救了我們。」

「不客氣。」

「我們想分享一些事，這也是我們來此的原因。」保羅說，再向瑪麗點頭。

瑪麗自我介紹身分和背景：專門尋找與分析地外生命的無線電波天文學家。

「大約兩週前，無線電波望遠鏡收到一個有組織的訊號，是一組密碼。」

「不可能。」凱特說。

「我親自查證過。」

「妳有訊號的副本嗎？」

「有。」瑪麗舉起一個隨身碟。「有兩個部分。第一段是二元序列，有兩個數字，標示出地球的精確位置，第二段是四個數值組成的密碼。」

凱特嘗試操作阿爾發與烽火系統的連線，希望驗證這個訊號。

大衛似乎知道她在做什麼。他看她的眼神在說：注意聽我們的客人說話。

保羅搶在她之前說：「妳為什麼說不可能？」

「十五萬年前，兩名亞特蘭提斯科學家來此研究這顆星球上的早期人類，按照他們的慣例程序，應該部署了烽火系統。它能過濾我們肉眼可見的光線，並阻擋任何訊號進出地球。」

凱特覺得瑪麗快哭出來了。「怎麼了？」凱特問。

「沒事……只是覺得我的靈魂像中子星（注）一樣在崩潰。」瑪麗說。

凱特認為這個比喻有點誇張。

「他們為什麼部署烽火系統？為何要遮掩？」保羅問。

「這是一種保護機制。科學家們知道銀河系裡有幾個威脅——」

「什麼威脅——」大衛問道，但凱特打斷他。

「我不知道，這不在我的記憶裡。」

在任何人開口詢問前，凱特用命運轉折解釋了這一點：她在一九七八年出生時帶著一名亞特蘭提斯科學家的記憶——而另一名科學家亞瑟．詹納斯博士，一直想要讓他的同伴帶著記憶復活。

「所以……」瑪麗說，「是科學家還是妳——」

「科學家，」凱特糾正，「我只看過他們做過的事情。」

「噢。他們用烽火系統是在保護我們，還是他們自己？」

「兩者都有。」

「那這個訊號是怎麼穿透的？」

凱特用她與阿爾發電腦的連線連接到烽火系統，繞行軌道的通訊站記錄了進入的訊號並讓它通過。她還發現更驚人的事。「是真的，兩週前有訊號傳輸，一個從烽火系統發送的訊息。」

「是誰？」大衛問。

「一定是詹納斯，」凱特說，「你和他進入亞特蘭提斯船救我的時候。」

注 Neutron star，依據恆星演化理論，當恆星邁入超新星階段爆炸後，中心殘骸會繼續收縮成半徑約十公里、體積小、密度極高的星球。這種星球內僅有中子存在，因此稱為中子星。

「妳看得見他傳了什麼嗎？」大衛問。

「應該可以，但是從這裡無法存取訊息。我不知道為什麼，船的損傷可能摧毀了介面。」

「另一個訊號是？」瑪麗問。

凱特嘗試進入烽火系統，但它也限制存取。不過……「是亞特蘭提斯人。」

「這怎麼可能？」大衛問。

「確實不可能。」

凱特向大家解釋亞特蘭提斯母星早在五萬年前淪陷毀滅，唯一的戰爭倖存者來到地球尋求庇護，在烽火系統保護下，他們的敵人無法找到他們。阿瑞斯帶領亞特蘭提斯的難民到此，加入了兩名科學家的行動，私下卻和詹納斯的同伴同謀控制人類進化。最後阿瑞斯背叛了女科學家，殺了她並且俘虜受傷的詹納斯。

「所以詹納斯向某人發出訊號——應該是亞特蘭提斯人，」大衛說，「而且聽起來有人回應——所以才能通過烽火系統。」

「對。」凱特說。

「知道來自誰或內容是什麼嗎？」大衛問。

「不知道。」凱特沉思說。

「可能是盟友，」桑雅說，「或幫手。」

「現在世人很需要幫手。」保羅進一步說出他的經驗，美國政府如何企圖利用永續組織消滅它認為太弱而無法抵抗或自衛的人民。「我假設其他國家也有同樣的情境，這場全球大洪水應該會增添急迫性。」

「讓人懷疑在這場戰爭中應該幫誰。」大衛說。

「沒錯。」

「我們這裡的現況如何？」大衛問凱特。

「很危急。主電腦核心毀壞，我們只有緊急電力和通訊功能，我必須靠它才能存取烽火系統，而且現在船身破裂，通往山區外面的豎井完全淹水。假設還有哪座山高出海平面，我們也必須游泳過去。」

凱特觀察大衛的表情。「不，這裡面沒有氧氣筒。雖然有很多環境防護衣，但都在這些區域。」她在螢幕上叫出地圖。「在爆炸時被摧毀了。」

「我們被困住了。」大衛說。

「沒錯，船的另一端有傳送門。」

「類似其他區域的傳送門——通往南極洲的船？」

「對。傳送門理論上可以送我們到兩個地方，南極洲或烽火系統，但是南極洲那端關閉了出口。」

「反正去那裡也太危險了。」大衛說。

「我同意。我們一踏出傳送門阿瑞斯就會知道，我們可以去烽火系統，如果到得了，就可以查看訊號並發出回應。」

「我喜歡，」大衛說，「比淹死好多了。」

「我也是。不過，要抵達傳送門可能……有個小問題。」

15

印瑪里任務基地，稜鏡
南極洲

透過居住區的大觀景窗，杜利安看著印瑪里人員拆解白色毛蟲狀建築物，還有南極洲要塞的其餘部分。阿瑞斯的拔營命令幾乎與處分方式一樣令人驚訝：把材料全丟進海裡。

幾小時來，員工們忙著拆卸磁軌砲、建築物和一切設施，把零件送上冰面跑道上的飛機隊準備海拋。

為什麼？杜利安猜想。這不合理——好不容易建造起來，卻白白扔進海裡。

阿瑞斯命令杜利安把剩餘人員撤離到南非的山區，在當地建立新的印瑪里總部。在他背後，一小群白癡中階經理和科學家正在爭論細節。杜利安早就退出對話，不想浪費他的時間。這些規劃毫無用處，他們只需執行阿瑞斯的要求就可以了。阿瑞斯從幾萬年前就計畫好這一連串事件，不過他沒透露任何詳情，似乎不認為杜利安應該知道。

「如果巴拿馬地峽淹水，大西洋和太平洋會再度貫通，我們所有的模型都錯了，全球海流會……」

他們的模型，杜利安微笑暗忖。

「地軸是更大的問題。我們知道南極的冰層重量讓地球傾斜，如果我們失去太多冰層，地軸會偏移，赤道移動——」

「如此一來會融化更多冰。」

「對，我們可能面臨冰層全面融解。或許這就是全體撤離的原因？」

「我們要多找些人來嗎？」

「他沒說要——」

「給我們的命令是要以最快速度全面撤離。」

一名技師走近杜利安。「阿瑞斯將軍請您到船上去見他。」

杜利安很想告訴「阿瑞斯將軍」去死一死，但他只是慢慢踱步走出房間。

十五分鐘後，他到了地下兩哩的廣大亞特蘭提斯船內，站在一個從沒見過的房間裡。阿瑞斯面對的終端機（注）上捲動著杜利安看不懂的文字。

「我知道你對我不滿，杜利安。」

「我佩服你輕描淡寫的嗜好。」

「我今天是在拯救人命。」

「是嗎？我相信我們原始地球人的數學完全比不上你們先進的亞特蘭提斯微積分，我以為幾百萬屍體漂浮在整顆星球的有毒海洋中就是人命損失。話說回來，這只是您謙卑的寵物穴居人我的看法。」

杜利安察覺阿瑞斯想懲罰他，就像在走廊上的攻擊，但他忍住了。他需要我做某件事，杜利安心想。

「我沒告訴你計畫是因為你會想要阻止我。」

「不對，我會想要宰了你。」

「你會動手嘗試，所以我沒告訴你，再度救了你一命。」

「再度？」

「算上一開始我的基因干預帶領你們的物種進化。言歸正傳，杜利安，我們控制了世界，大獲全勝。現在我們必須要建立軍隊才能贏得未來，外面有個敵人，遲早他們會發現這顆星球。除非我們合作，否則你們無法存活，我們可以拯救這場洪水的倖存者，

注 Terminal，可以讓用戶輸入資料並顯示計算結果的機器。

帶領我們的人民離開這顆星球迎戰敵人，奇襲他們，贏得我們在宇宙中的生存權。」他轉身，踱步離去，讓杜利安吸收他的話。

阿瑞斯再開口時，語氣變得溫和。「如果我今天不這麼做，這顆星球上的每個人都必死無疑。我們今天的確犧牲了部分人命，但在戰爭中，有時必須犧牲人命才能獲勝——而你必須獲勝才能保存你們的文明和生活方式。輸家沒資格寫歷史，他們只會被焚燒、埋葬，然後被遺忘。」

「是你在外面開戰的。」

「外面的戰爭幾萬年前就開始了，只是你看不見戰線。戰線遠及整個銀河的邊緣，涵蓋每顆人類星球。」

「你要我怎麼做？」

「你有角色要扮演，杜利安，你早就知道了。我們擊敗敵人之後，你可以回到這裡，隨你高興怎麼處置這顆星球。」

「哇，容我感謝你屠殺我幾百萬個人類同胞，再把搞爛的世界交給我。你真是幫了個大忙。」

阿瑞斯嘆氣。「你還是不懂你參與的事情有多重要，杜利安。但很快就會懂了，很快。」

「雖然我很感激這段末日後精神訓話，但我逐漸懷疑我在這裡是因為你需要我去做什麼事，那才是我在此的唯一理由。」

「我沒騙過你，杜利安。我只是隱瞞了一些事——為了你好，你在這裡是因為我們有個麻煩。」

「是我們，還是你？」

「我的麻煩就是你的麻煩。無論喜不喜歡，現在我們都有份。」

房間對面，一片面板閃爍亮起，浮現出一個暗灰色太空站的影像。

「那是什麼？」

「烽火系統。」

「烽火系統？」

「是個特殊的通訊陣列，科學探勘隊和軍方專用的。它們包覆整顆星球，阻擋所有進出的通訊和光線，基本上掩蓋了該星球上發生的事情。這個烽火系統十五萬年來一直繞行地球，這是我們還能活著的唯一理由。」

「現在有什麼麻煩？」

「麻煩在於我們的敵人企圖癱瘓它。如果他們成功，如果這個烽火系統被摧毀或關閉，敵人幾天內就會找上門來，殺光我們每個人。」

杜利安盯著漂浮的灰色太空站。「繼續說。」

阿瑞斯走近杜利安，「就用你的方式吧，你想知道什麼？」

「為何是現在？」

「十四天前有個訊號發了出去。」

「是詹納斯。」

「他摧毀科學隊的外太空船之前，在船上用他的存取碼發了個訊號。」

「給敵人的訊號嗎？」

「我不認為。我看不到訊號內容，但我假設它會被敵人攔截。他們可能知道大致來自哪個區域，但不確定是哪顆星球，他們把回覆送往每顆可疑的星球，指定位址讓收訊者認為是特地回覆，或許他們只是在等回應或哪個烽火系統關閉。你有團隊能處理這種事嗎？」

「有啊，找東西專家。」

「要找東西的是對方。」阿瑞斯說。

「這有什麼問題，只要我們不回覆或關閉——」

「問題是有人剛從阿爾發登陸艇——摩洛哥外海的科學家船艦，至少是殘骸裡試圖存取烽火系統。」

「是凱特・華納和大衛・維爾。」

「我想也是。如果我沒猜錯，現在他們正前往烽火系統，他們被困的船內區域有個傳送門可以用。」

「被困？」

「這時他們應該完全被淹沒了。」

「如果他們抵達烽火系統……」

「他們可以瞄準來源回覆訊號或關閉烽火系統。如果他們成功，我們的敵人幾天內就會找到我們，你必須阻止他們抵達烽火系統。」

「他們已經搶先了。」

「對，如果你無法在阿爾發登陸艇內攔截他們，就跟著他們去烽火系統。阿爾發登陸艇上的傳送門認得你的亞特蘭提斯基因特徵。」

「萬一任務有變數？」

「殺掉。我們不需要他們活著，別冒險，杜利安。風險太高了。」

「我們為何不能從這裡存取烽火系統？這裡也有傳送門，我可以等他們。」

「這裡的傳送門無法通到烽火系統——只有科學隊的船可以。存取權有嚴格限制，但你有我的記憶和存取基因，你可以跟蹤他們，烽火系統是你能阻止他們的最後防線。這個任務會決定我們全體的命運，杜利安。」

16

凱特還在尋找適當的措辭，大衛就揉著眉頭說：「抱歉，但是當我聽到『可能有個小問題』意思幾乎總是，我是指百分之九十九．九的機率，就是指我們完蛋了。」

「我……不會這麼形容。」凱特說，再度叫出船隻結構圖。「通常，我們會走外側走廊去傳送門室，但現在淹水了。」

「夾在中間的大房間呢？『Arc一七〇一－D』。」

「那就是潛在問題——怎麼通過。」

「那是什麼東西？」

「Arc表示生態系建築。一七〇一是收集來源的星球編號，D則是規模代號——最大級。這個生態系有五哩長三哩寬。」

「生態系建築？」

「就是自給自足的生態系。亞特蘭提斯人從他們探訪的星球收集而來。阿爾發登陸艇能把生態系機器帶到地表研究該星球，收集資料，它會收集一些當地的物種製造一個平衡的生態圈。目標在於收集回到母星展示時，亞特蘭提斯公民可能會想看的外星生物。」

「就像攜帶式的動物園。」桑雅說。

究資金。」

「對，科學家們利用這種方式來爭取支持。即使在亞特蘭提斯星球，也很難找到研

大衛舉起一隻手。「我猜這裡的關鍵是『外星生物』。」

「對，這是問題之一。」凱特說。

「其餘的問題是？」

「通常生態機器收集完畢後，登陸艇把它帶回太空船上儲存。這個生態系在船被攻擊時沒有脫落，可想而知其中生態系應該能無限期維持——它們的能源和登陸艇不同，而且生態系電腦隨時監控讀數和干預，以維持平衡。」

「所以如果我們進去，它可能會……把我們平衡掉？」大衛問。

「如果我們能夠快速通過，那就不成問題。」

「問題在速度？」

「對。嗯，是問題之一但不是最主要的。這個生態系被震動過——第一次是一萬三千年前阿瑞斯攻擊科學隊把登陸艇炸成兩半時，第二次是九個月前我父親摧毀直布羅陀外海的另一半殘骸，把這一半推到摩洛哥，還有今天，水雷震動了這艘船。很難說裡面的環境會變成怎樣，或許某些物種可能死亡或突變，更別說地形可能變得難以通過。」

保羅輪流看看凱特和大衛。「抱歉，但是聽起來越來越慘了。」

大衛又揉揉眉頭。「我們倒帶。生態系收集好的時候是什麼樣子？還有拜託，具體

告訴我外星生物是什麼。」

「好吧。」凱特深呼吸一下，「一七〇一星球基本上是個廣大的雨林，就像亞馬遜河流域。」

「裡面有蛇？」大衛馬上問。

「絕對有。」

「我討厭蛇。」

「牠們只是低階掠食者，」凱特說，「研究日誌顯示一七〇一星球位於雙星系統——意思是有兩個太陽。」

大衛和瑪麗同時看她的表情像在說：我們知道雙星系統是什麼。保羅看向地面，表情緊張。桑雅一臉茫然，無法解讀。米洛笑容可掬，和所有人形成強烈對比，像等待遊樂園機器啟動的小孩。

「生態系裡的白天很長，」凱特說，「大約二十小時有陽光。中午兩個太陽重疊通過時極端明亮又炎熱。夜晚大約有五小時，這時情況可能變得危險。」

「有外星生物。」大衛說。

「對，科學家們從未看過像一七〇一星球的掠食者，牠們是夜間狩獵的飛行爬蟲類，但特殊的是牠們的晝間行為，牠們會散布在山頂上收集陽光，身上的鱗片基本上是感光電池，在白天充電收集太陽能，在夜晚提供細胞能量。牠們用能量來隱藏自己，幾乎可以隱形。」

「好酷。」米洛說。

「我們一天內可以通過嗎？」大衛問。

「我不確定。如果地形就像在一七〇一星球，植物生長得很茂密，我們就必須靠自己開路前進，至少得露營一夜或兩夜。」

「牠們有多聰明？」

「非常聰明。牠們有社會結構，成群狩獵，還能快速適應。」

「我們兩個先商量一下好嗎？」

凱特和大衛在臥室獨處後，他說：「妳一定在開我玩笑。」

「什麼？」

「我們住在《侏儸紀公園》生態球隔壁兩個星期了，妳卻從未提起？」

「呃，我不認為……有需要提起。」

「太扯了。」

凱特坐到床上把頭髮撥到耳後。「好吧，對不起。我是說，你從未懷疑過登陸艇為什麼這麼大嗎？足足有六十平方哩。」

「沒有，凱特，我從來沒有認真猜想過登陸艇為何這麼大。」他在房裡踱步。「我感覺像《侏儸紀公園》中的男主角發現迅猛龍的籠子打開了。」

凱特不懂男性大腦怎麼會優先儲存電影場面而非其他生活細節，或許答案就在亞特蘭提斯研究資料庫某處，她忍住不問他。

「有別的生態球嗎？」

「有，」凱特說，「船上有兩個——裝在兩側以保持平衡——所以才裝了一七〇一—D。但是另一個是空的，在一萬三千年前被摧毀了，原本裝的是地球生態系。」

「長毛象或劍齒虎之類的展示品？」

「差不多。」凱特平淡地說。

「抱歉，今天真夠慘了。」大衛按摩眼皮，「有妳的新聞加上……我以為史隆和阿瑞斯被困住了……」

「如果我們能到達烽火系統聯絡上幫手，就是發訊號的人，或許可以逆轉情勢。」凱特說，「還有個問題，」她察覺大衛惱怒的表情趕緊補充，「但是我想我們可以應付。生態球的門卡住了，阿爾發打不開。」

「為什麼不行？」

「我不確定，可能是被生態電腦鎖住了，用來防止干擾之類的。」

大衛點頭。

「你認為該怎麼辦？」她問。

「我們沒有選擇。為了自己也為了全人類，我們必須嘗試抵達烽火系統，盡量多帶些糧食，即使撐不久。我們先把門炸開，進去賭賭運氣。」

三十分鐘後，大衛和桑雅把最後的炸藥裝在進入一七〇一－D生態系的門上。

「這是我們存量的一半，」桑雅說，「如果威力不夠，到時就出不去了。」

「船到橋頭自然直。」大衛說。

他們設定時間，然後撤退。

即使距離很遠，爆炸回音仍震耳欲聾。一行六人謹慎地走近瀰漫門口內外走廊上的煙霧，地面和天花板的珠狀燈光透過灰黑的煙塵發亮，指引他們去路。

大衛第一眼看到入口門之後，首先感到放心：爆炸力穿透了。但好消息僅此而已。

17

我的星球正在死去，杜利安邊想邊看著海上的暴風雨逐漸形成，準備發威，又迅速地消散。

這趟飛行宛如連續坐幾個小時的雲霄飛車，飛機一下子急降，衝入黑暗的未知，一下子又竄升，陽光照進窗子，他和六名士兵綁著安全帶，從起飛之後不發一語。大約一個小時後就有三個人嘔吐，亂流特別猛烈時，每過十五分鐘左右就會聽到其中兩人乾嘔，另外三人則是直視著前方，咬牙苦撐。

至少現在他知道如果開始戰鬥，誰比較靠得住。應該快開始了，逐漸吞噬這顆星球的大海之下某處，大衛．維爾正在等著他。

杜利安有兩次差點殺了維爾——首先是在巴基斯坦，後來在中國，最後杜利安在南極洲的亞特蘭提斯船上真的殺了他兩次。可是第一次，他在南極洲復活，就在杜利安面前重生，多虧有凱特輸血給他的亞特蘭提斯基因，他變得更加強壯，但杜利安變得更聰明，或者應該說，願意做維爾不肯做的事。維爾不是求生者，他的道德標準是他的弱點。杜利安趁機殺了他第二次，但他又在摩洛哥外海的亞特蘭提斯殘骸裡復活。

今天將是他們的決戰。

這次情況不同，凱特．華納也在，她比他們兩人都來得聰明，擁有杜利安不懂的知識，那是他們的優勢：維爾的體力加上凱特的頭腦，但杜利安具有奇襲優勢。不止如此——只有他願意不擇手段去拯救同胞。人類歷史的進步具現在他一人身上，一個完完全全的求生者，能夠挺身對抗不可能的機率，凱特和維爾只會放棄。

他心中有一部分對和維爾的最終對決感到莫名緊張。這將是真正的考驗——無論杜利安是否獲勝。

如果他贏，他會把目光轉向阿瑞斯。那個亞特蘭提斯人是個奸詐小人，十足十的操弄者，杜利安不信任他。當杜利安得知完整真相，尤其是關於阿瑞斯如此畏懼的「敵人」之後，下一個就得除掉他。

「長官，我們到達空降區了。」駕駛員在杜利安的耳機中說。

杜利安窺探窄窗之外，舉目所及盡是海面。

他感到驚嘆，眼前所看到的地方曾經是摩洛哥海岸。

「投下探測器。」他說。

他舉起平板電腦看著分割畫面上的遙測數據，右側顯示新海床的輪廓，左側是即時視訊。杜利安認得一處山頂，完全被淹沒了。他點擊平板指揮探測器，幾秒後亞特蘭提斯船，亦即阿爾發登陸艇，進入視野。這艘太空船埋得很深。

「標定。」杜利安說。

他們潛水之後會找到氣閘入口。

「列隊準備跳水！」杜利安呼叫六名士兵。

當飛機再度通過太空船上方時，他們從飛機上跳落，以超高速墜向漆黑的海面，身體形成飛鏢狀，雙手貼在體側，揹著氧氣筒。就在他們抵達水面時，最靠近的風暴退散，陽光穿透，光線照亮了他們進入的未知水域。

杜利安掉入水中，立刻左右轉身，尋找他的手下。有一個太晚轉向，撞到水下的岩石，他受傷的身體浮在被照亮的混濁水中。

其餘五個人影散開，陽光在水中映出他們的輪廓。

「以我為準列隊。」杜利安用對講機說。

士兵們游向他時，杜利安觀察眾人之間的陰暗水域。有別的東西漂浮在水中，不是殘骸。

水中的寂靜被打破。一聲爆炸，爆發的白泡沫和空氣吞沒了他，把杜利安推向被淹沒的山腰。他翻滾過岩石，試圖抓住某個東西。終於，他停了下來，雙手本能地摸向氧氣筒。完好無損，他安全了。他轉頭看向水中，混濁的景象逐漸清晰，四個手下仍漂浮在深淵中。他們用無線電呼叫，依序報數，等待他的命令。

「別動，」他說，「我會帶你們避開水雷。」

一個接一個，杜利安指引他的手下通過水中，利用他的制高點尋找疑似水雷的物體，他不能再損失更多人了。當他們安全抵達下方的太空船之後，他跟著手下在水中推進，小心迴避任何可能是水雷的東西。

黑暗逐漸吞噬從上方照下來的每一絲光線，可能是水雷的陰暗輪廓越來越難辨認。杜利安只能憑頭盔上的一小道光線來找路。

前方，他看到四名士兵漂浮著。四十呎，三十呎，二十呎。

抵達艙門。氣閘控制類似南極洲的傳送門，他一走近就自動打開，他和手下衝進去，脫離黑暗。

氣閘把水排出去，杜利安脫下他的潛水衣走到控制面板，熟悉的綠色發光雲霧冒出來。杜利安在裡面擺動手指，螢幕上閃爍著文字：

阿瑞斯將軍。

准許進入。

杜利安叫出船隻的平面圖。

船被嚴重毀損，若不是因為凱特的父親派崔克・皮爾斯所引發的核爆，就是因為水雷。整個區段失壓又淹水，船上用的是緊急能源，最重要的，只有一條路能通往傳送門。

杜利安指著地圖。「生態球一七〇一－D，南側入口。那是我們的目標。」杜利安把自動步槍上膛。

「不留活口。」

18

大衛從頭到腳沾滿泥巴。他的肌肉痠痛，甚至感到灼痛，但他仍繼續挖掘，把一鏟又一鏟的泥土碎石丟進隧道裡米洛、瑪麗和凱特的等待處，讓他們能一桶一桶運出去。

他感覺有隻手放在他肩上，轉身一看，是桑雅。

「休息一下。」她說。

「我可以再——」

「你會累垮，我也會累垮，接著保羅累垮，最後我們只能束手無策。」她拿走他的鏟子開始挖掘堅硬的地面，保持他們希望能通往地面的向上坡度——進入生態球的開口。

凱特說得對，生態系結構在這一萬三千年來改變很多，對他們非常不利。因為泥土滑向一側，入口被埋在地下。他們不知道在地下多深處，可能十呎或一百呎。大衛懷疑他們的存糧能撐多久，如果無法快點看到生態球的人造陽光，又該怎麼辦。

回到他和凱特的臥室，他癱倒在小金屬桌旁的椅子上，開始吃凱特留給他的即食餐。

他餓壞了，只有呼吸時停止進食。

凱特進來，在桌上又丟了一包即食餐。

「我不能吃妳的份。」他說。

「我不吃。」

「妳需要體力。」

「你更需要。」她說。

「如果妳能讓詹納斯送給米洛的量子方塊恢復功能，我就不需要。」

「我們討論過了。我的知識有落差，差很遠。」

大衛委屈地舉起叉子。「說說罷了。」

他快速吃完第一包，再看看第二包。「我感覺像派崔克・皮爾斯在直布羅陀海底挖坑道。」

「有點誇張了。我不懂你為什麼不用炸藥。」

「因為不夠。我們進來時用掉了一半，只夠勉強破門而已。假設我們能通過，會需要另一半。」

凱特拆開第二包即食餐。「吃吧，不然就浪費了。」

大衛來不及說話她就走了，他嘆口氣繼續吃。下一輪他要連挖兩班，無論桑雅是否阻止他。

房門打開，米洛衝進來。

「大衛先生！」米洛微笑說，「我們挖通了。」

「休息喝水！」大衛喊道，阻止蜿蜒穿過茂密雨林的一行六人。所有人拿出水壺，有的人喝得比較多。經過三小時多半是上坡路的行軍後，他們都累慘了。

大衛把開山刀交給保羅，他接替帶頭，準備繼續開路穿過高聳入雲形成天幕、即使有兩個太陽仍擋住大部分陽光的樹木之間，由濃密的鮮綠、艷紅、奼紫植物藤蔓構成的一張大網。

大衛觀察森林地面的陰影，判斷他們還剩多少白晝時間，凱特說過夜晚會很危險。

「我們該怎麼稱呼隱形飛天爬蟲類？」大衛問她。

「夜龍。」

「如果我們在這紮營，牠們會來攻擊嗎？在這麼茂密的森林裡？」

「我不知道，有可能。」

大衛察覺凱特語帶保留。「老實說。」

「牠們天性會攻擊棲息地裡的任何新物種，這是進化反應，也是牠們的學習方法，所以科學家們才對牠們有興趣。」

「太好了。」

大衛卸下背包把狙擊步槍揹到肩上。

「你要去哪裡？」

「爬樹。」

森林天幕頂上的景觀令人歎為觀止，生態球像是個大衛從未見過的大型競技場。他坐了幾分鐘，純粹觀察環境。圓頂的天花板用雲朵和輻射熱氣模擬天空，在地面中央沒有雨林，是一片綠色平原，或許方圓一哩寬，接著是一座較小的森林，那邊地形比較崎嶇與多為下坡，盡頭就是出口。

大衛看到出口沒被堵住便鬆了口氣。底層土壤完全往他們的方向傾斜，其實，他們得建造一座梯子或某種樓梯才能搆得到出口，而且還得炸開門才能出去，但也有個好處：門沒被堵住就可以少用一點炸藥，在前往的過程中就有些額外的分量可用。

綠色平原有三側被熱帶雨林包圍，右側盡頭是一條緩慢流動的寬溪，一群類似河馬的大型四腳動物聚集在岸邊泡水。水面上方，一道岩壁覆蓋了生態球的整個右側。

在岩壁的最高突起處之一，大衛第一次看到夜龍。他算出一共有十一隻，分散在岩石上，動也不動，閉著眼睛，外型看起來好像銀色玻璃製的翼龍在太陽下閃閃發亮。除了其中兩隻，大多數的夜龍全身都像銀色玻璃，例外者身上的鮮豔色塊則好像彩繪玻璃窗。他暗自記住晚點要問凱特。他估計牠們的翼展有十二呎，但從這個距離，他看不清別的細節。

第一個太陽正在落下，森林邊緣形成兩個明顯的陰影：一個覆蓋住開闊平原和出口前面的小片森林，另一個則覆蓋住他們一路上走過的森林，這就是他們的選項。

如果他們橫越平原時天黑了，夜龍就能輕易抓走他們。

「你看到了什麼？」桑雅問他。

她在大衛去偵察期間仍繼續開路，他很慶幸她的領導力不遜於他，或許更優秀：她帶領過由許多不同派系倖存的戰士和老人組成的柏柏爾人部落，在休達戰勝印瑪里。她是標準的積極主動者。

大衛說明他們的狀況，六個人站在濃密遮蔽的森林裡，等待決定。對大衛而言，整群人看來好像山寨版的超級英雄。

米洛、瑪麗和凱特帶著幾大包糧食，還有凱特簡單形容是科學家的探勘裝備、但對大衛而言只是個神祕箱子，或許能成為一天結束後的驚喜——如果他們能活這麼久。

真正的問題是保羅和瑪麗，他們抵達摩洛哥時就已經很疲倦，所以大衛和桑雅只讓保羅做短時間的挖掘和開路工作。

保羅似乎察覺大家看著他和瑪麗。「我們跟得上，我同意我們應該以最快速度趕往另一座森林。」

「越過平原時桑雅和我會負責拿背包。」米洛微笑，很高興能保住他的背包。這年輕人似乎精力源源不絕。

大衛繼續說：「我們就朝著對面樹林前進，希望夜龍不會看到我們。」

大約一小時後，他們砍掉雨林裡最後的植物和藤蔓，走到外面的平原上。瑪麗和凱特卸下背包，一行六人開始往遠方樹林行軍越過平原。每個人都盯著右邊岩壁，還有即將起飛準備狩獵、能在晚上隱形的掠食者。大衛從來沒這麼害怕過夜晚。

凱特趕上來跟他並肩。

「我可以扛背包。」

「絕對不行。」在他內心深處，他懷疑這對她的健康狀況會有什麼影響，她是否會疼痛、過度的勞累是否會縮短她的餘命——地球時間的四到七天——他努力不去想這一點。

他往夜龍歪歪頭。「那兩隻為什麼顏色這麼鮮豔？」

「那是驕傲循環的重點。食物充足的時候，顏色就會顯現出來。當生活和狩獵輕鬆時，牠們就專注在求偶、突顯自己。但有些會保留實力——寧可不浪費力氣在顏色上。當循環結束時，比較花俏的個體會先死光，那些保留能量的夜龍狩獵成果較好。看起來最近的數量剛剛減少過。」

「所以那些是倖存者，最強的獵人。」

「是啊，而且牠們可能餓了。」

「太棒了。」

眾人繼續前進，休息喝水變得越來越頻繁，他們喝的水越來越少，多半只是喘息和按摩腿上肌肉，也有人放下背包伸展放鬆一下。

大衛和桑雅輪流打頭陣，設定全體能應付的最佳步調。他們正好在第二個太陽開始日落時抵達森林邊緣。

大衛帶大家深入森林，到樹木較貼近、地面植物較濃密的區域。

「我們在這裡紮營。」

凱特打開第一個背包攤出一個黑色長方形箱子，裡面發出熟悉的藍光，凱特伸手進去操作。

幾秒鐘後，箱子開始一片一片張開，變成大約十二呎見方的地板，有個突出的小洞口。箱子繼續張開，這次向上，形成沒有窗戶的牆壁，直到牆壁在頂上形成一個平滑圓頂。這是帳篷的正面吧，大衛猜想。有個閃亮的黑色門戶出現，他探頭進去。真神奇。

他走進帳篷，凱特跟進。左上角地面浮起一張大床，右側牆邊甚至還有小桌和凳子。

「真不錯。」他說。

凱特架起一座帳篷給米洛和桑雅，大衛從來沒看過米洛動作這麼迅速。

凱特伸手進入箱子設定保羅和瑪麗的帳篷，有些猶豫。「我可以設定成兩張床或一張大床。」

保羅不安地蠕動。

瑪麗別開目光說：「我想兩張床……」

凱特點頭，帳篷開始成形。

大衛躺到類似登陸艇上的床，用某種彈性泡沫材質製成，感覺彷彿置身在天堂。他得強迫自己坐起來，他不能讓自己睡著，時間寶貴。

凱特坐到床上對他微笑。

「這些亞特蘭提斯人真講究。」大衛說。

「彷彿回到年輕時代？」

「有一點。」

「童子軍時期？」

「試過，但是退出了。」

「我以為你從不放棄自己喜歡的事物。」她引用他的話取笑他。

「呃，我不喜歡童子軍。我們可沒有亞特蘭提斯的露營裝備。我在Webels（注）階級之後就退出了。」

「什麼是Webels？」她拿出一罐乳霜坐到他旁邊的床上。

「那……不重要——這是什麼東西？」

「把褲子脫了。」

「欸小姐，我不知道你們老家的露營是怎麼回事——」

「很好笑，這是保護你雙腿的熱帶抗發炎藥——」

「哇，妳的嘴真甜，但恐怕我得叫暫停。」他坐起來，抓起他的手槍，努力表現得很輕鬆。

「我馬上回來。」

「你要去哪裡？」

「我得處理一件事，馬上回來。」她來不及阻止大衛就走了。

大衛快步走出營地，抵達森林邊緣後，他聽到有東西悄悄地跟著他。

注 年滿10歲的童子軍可晉級成「威備樂士」，為Well'll be loyal Scout（我們將成為忠誠的童子軍）的簡寫。

他轉身看到桑雅，肩上揹著槍。

「妳最好回去。」

「你最好別命令我。我們把話說清楚，我們都知道必須怎麼辦，不是牠們死就是我們。」

19

杜利安大步走過亞特蘭提斯船陰暗的金屬走廊，步槍指著前方，靴子鞋帶綁在一起，掛在胸前，鞋帶咬進他的後頸。

四名手下同樣赤腳前進，小心避免發出聲音，以免在空曠又幾乎伸手不見五指的走廊造成回音。

杜利安不太確定這樣是否對他有利，維爾可能在任何角落等他自投羅網。逐漸逼近的戰鬥令他興奮又恐懼，這將是結局，他和維爾的最後一戰。如果他失敗，凱特和維爾抵達烽火系統，他的星球會淪陷。

杜利安試過找出凱特和維爾的位置，但船上的電腦多半斷線了。他不確定是因電腦損壞還是船正在執行省電措施。如果跟能源有關，他可不想冒險啟動船上系統暴露自己的存在。

等處理掉凱特和維爾之後，他當然會重新使用這艘船。那會開啟另一個可能性，杜利安認為已經近在眼前的：答案。

亞特蘭提斯船把他當成阿瑞斯，或許船上會有關於阿瑞斯的計畫，或是令他萬分畏懼的敵人線索。如果杜利安得知完整真相，他也許能扭轉權力平衡，控制地球上的狀況，這可能是人類唯一的希望。

正前方，打頭陣的兩名士兵停下來。

他們來到生態球一七〇一-D入口，情況出乎杜利安預料。走廊上散布著幾堆黑土，原本是門的位置只剩扭曲的金屬伸入門內。是被炸開的。

維爾在這裡跟誰作戰嗎？

杜利安示意手下穿上靴子聚集到他身邊。

他爬到入口向內窺探，潮濕溫暖的空氣冒出來，他不懂自己看到的景象：大型的綠色和紫色植物，可能是某種生態球、氣耕法實驗室或溫室。他原本猜測這個廣大空間是儲藏室或另一個復活管陳列室。

他選了一名士兵帶頭穿過狹窄的泥土坑道，這可能是陷阱。他可能損失一個人，但仍有三個手下可以對抗維爾，值得賭一賭。

所幸沒有任何陷阱在等他們，只有日落時分的一座濃密雨林。維爾和凱特砍出了一條小徑穿過森林，杜利安認為這樣更容易逮到他們。

大衛瞄向正前方的岩壁。這時他只看得見色彩華麗的夜龍，其他的不是已經飛走，就是啟動了隱形能力，準備等最後一道陽光消失後狩獵。

牠們是完美的掠食者，這裡沒有月光，黑夜中沒有影子，牠們可以任意選擇時機和地點攻擊。大衛希望牠們沒這麼勤勞。

「我們最好快點。」桑雅說。

「我同意。」大衛調整他的瞄準鏡，對準目標。

「你想這樣有用嗎？」

「我們很快就會知道了。」

桑雅退到他旁邊的草叢裡，當大衛一開槍就跟著一起開槍掃射。幾秒鐘後，平緩的河水被染得血紅。

從樹梢上，杜利安聽見響亮的槍聲，他花了幾秒才找到來源：大衛和一個非裔女人——接近完美的偽裝——臥倒在平原對面的樹林邊緣。他們在射擊什麼？

接著杜利安看到了——巨大的野獸，不到大象那麼龐大，也沒有長鼻子——從平原邊緣的泥地和河裡冒出來，牠們一面流血一面哀嚎。

他們沒食物，在打獵嗎？杜利安猜想。這下他們的愚行會讓自己成為獵物。杜利安滑下樹幹。

「他們在平原對面的樹林邊緣。快點，我們天亮前可以解決他們。」杜利安說。手下聚攏跟在他背後，他們沿著小徑疾走。

瑪麗陷進床鋪閉上眼睛。她不記得曾經有這麼累過，呃，或許當初她和保羅搬到亞特蘭大，整理行李之後也如此精疲力竭。她的東西，再加上他的，搬著那堆東西上下樓梯真是累死人了。

她為什麼想起那回事，因為太過疲倦嗎？當時也是個興奮和未知的時刻。密碼。他們很快就會知道了。

她伸出手，越過分隔兩張床的窄小空間，放進保羅的手裡。

他默默坐起來。「沒事吧？」

「我很高興你來救我，把我帶出波多黎各。」

「我也是。那邊現在可能在海面下了。」

帳篷外，他們聽見幾聲槍響。

米洛興奮得睡不著也吃不下。他盤腿坐在凱特醫生用箱子做出來的帳篷裡。這又是一個奇蹟，他想要充分享受旅程的每一秒。

他確信他有個角色必須扮演好。

隨著時間每一秒過去，凱特更加堅信，她最後的時光會和大衛一起度過。此時此地，在她生命的盡頭，什麼才真正重要的，變得更加清楚明確。人際關係、愛情、如何度過這一生、她真正的身分。她等不及他回來了。

當第一陣槍聲傳出時，她已經熟睡，進入夢鄉。

大衛從樹林邊緣開始匍匐前進，足以掩藏他們的位置，他看見在泥巴中掙扎、因為槍傷痛苦哀嚎的巨獸。桑雅爬了過來。

「不是牠們就是我們死。」大衛低聲說。

「通常如此。」她回答。

大衛靜靜等待，希望夜龍會飛下來吞噬已經受傷的獵物。

大衛看著巨獸在夕陽下沉入泥漿之後，他有了推論：夜龍在夜晚狩獵，原則上靠紅外線尋找熱源和動態。泥漿和土壤可以隱蔽這些動物躲避夜龍、平衡生態系，除非有個體在夜間亂跑，或像現在因痛苦而慘叫暴露出躲藏地點。

大衛全神貫注地緊盯著每一個反光，每一個瞬間——

最靠近的野獸身體忽地爆出了幾條血痕，彷彿三把巨大牛排刀劃過牠的側面。牠打滾著往四面八方噴濺泥漿——或許這是個天生防禦機制。大大小小的泥塊滿天飛，有的落地，但有更多停留在空中。

虛無中逐漸出現雙翼、長尾，末端是尖刺的頭部。大衛看到了完整、沾滿泥巴的夜龍群，把兩隻巨獸撕裂。

另一個慘烈場景令他更擔心：有三隻飛行怪物把另一隻受傷的動物拖走，打斷牠的腿，把牠壓倒，用尖刺戳進去。大衛心中有數，牠們想要誘出泥漿裡其他被迫看著同伴死亡的動物。

大衛希望牠們忍得住，安全的留在泥漿裡。

夜龍比他想像的更聰明，也更加殘暴凶狠。

大衛匍匐著往後爬，桑雅跟在旁邊。

等到遠離河邊的血腥場面之後，才站起來慢跑回營地。

此時，第一顆子彈輕輕擦過大衛的肩膀，第二顆則擊中三呎外的小樹，把它擊碎，碎片噴到大衛身上讓他倒地。他隱約聽見桑雅開火還擊，她的手摸到他身上，把他拖到掩蔽處。

杜利安看著大衛倒下，但他繼續開槍，不想冒任何風險。

那個女人在還擊，但她只有一個人，他們有五個。

他可以輕易隔開那女人和大衛，甚至引他們出來。營地一定就在他們進入森林的小徑上。

杜利安想要親自開最後一槍，他要親手了結這一切。

他指示兩名手下留在原處。「繼續向維爾和那個女人開槍，壓制他們。我會占領營地然後攻擊他們。」

杜利安帶著另外兩人越過平原，女人向他們開了幾槍，但是誤差很大——她在盲目射擊。

在一處岩脊上，杜利安初次瞥見河邊的大屠殺。長翅膀的怪獸滿身泥巴和血漬，正在撕碎大型動物，血肉模糊的場面連杜利安也感到驚駭。這是什麼鬼地方？

他努力驅使雙腿。他快到空地了，當他向營地開槍，維爾和那個女人別無選擇只能進攻，來到他面前自取滅亡。

20

一陣快速的槍聲驚醒了凱特。她靜心傾聽，有兩處來源，各在前後方，正在互相射擊。

她跳下床，抓起背包，發現米洛、保羅和瑪麗都在他們的帳篷外。

「收拾東西。」凱特大聲交代他們。她跑過每一座帳篷，迅速在面板輸入拆解指令。

這時已經完全入夜，一片漆黑，唯一的聲響是槍聲、森林裡濃密枝葉的窸窣聲，還有遠處野獸的哀號聲，讓凱特渾身起雞皮疙瘩。

她努力集中注意力。他們四人急忙收拾行李，同時帳篷自動摺疊收攏。

「現在怎麼辦？」保羅問凱特。

他們只有一件事可做。

「躲起來。」凱特說。

大衛開始恢復正常呼吸，有些碎片刺穿了亞特蘭提斯防護衣，但是相當多被擋住了，他並未受到重創。

他們背後的一堆岩石遭到另一波掃射，碎石灰塵灑了他們一身。

大衛搜尋他的背包。他能用什麼？

對了。

他收集了幾根枯枝，點根火柴，生起一團火。

「別讓火熄了。」他說，從背包掏出一顆手榴彈。「掩護我。」

他蹲低身子，奔向河邊的夜龍群。

杜利安和兩名士兵即將抵達樹林邊緣的空地，右邊的人突然離地痛苦地慘叫。那名士兵身上猛然濺出鮮血，雙腳把杜利安踢倒在地。他飄浮了幾秒鐘，懸在空中開始掙扎，滾燙的鮮血灑滿一地。

一隻怪獸。

杜利安開火，擊中怪獸和他的手下，再左右掃射。

兩隻怪獸掉到綠草地上。牠們閃爍著發出爆裂聲，鱗片好像小鏡子。那是機器還是生物？牠們會流血，應該是活的，而且可以隱形。

野地同時發生爆炸。

一顆手榴彈在平原邊緣引爆。一波泥漿揚起，出現另外六隻飛行怪獸的輪廓，原本在泥漿中打滾的巨獸衝了出來，沾滿泥巴的怪獸們更加憤怒。

原野對面，原本在裸露岩石上向大衛開槍的手下大叫著飛上空中，另一人轉身跑向背後的森林，但他也被抓走，高高飛起，身體被撕碎。怪獸抓到他的幾秒鐘內，慘叫聲就消失了。

杜利安轉身來回搜尋維爾和那個女人原先的位置，野地邊緣升起火焰，越燒越大。

怪獸應該是藉著體溫狩獵，維爾想要干擾牠們，杜利安心想。

他在背後看到了救命對策，杜利安指著洞穴。

「進那個洞穴。趕快。」他向最後一名士兵說。

大衛抓起另一塊木頭，在火焰中點燃，丟進野地裡。

及膝的草叢是綠色，但他希望地上有足夠的枯草可以燃燒，至少樹林邊緣的地面植被可以燃燒。

他們需要一道火線。

凱特感覺得到周圍的叢林在改變，萬物似乎都在蠢蠢欲動：每片葉子、每根樹枝和每棵樹都爬滿了生物，彷彿牠們正在逃離某種看不見的敵人。

接著凱特聽到爆炸聲，煙味隨聲而至。發生什麼事了？她想到一個新危險，這裡是密閉環境，他們可能會窒息。

她只想做一件事：跑到火焰處找大衛。她很清楚如果她這麼做他會很生氣，她也知道必須怎麼做才是最安全的。

她回頭看著保羅、瑪麗和米洛。

「我們得趕快。如果我們不到出口去……」

保羅上前拿走凱特手裡的開山刀。

「我輪第一個。妳先休息。」

杜利安緩緩爬上岩石地。此時四周已經煙霧瀰漫，他的雷射光束切入霧中像燈塔的

紅光在黑夜中來回移動，當紅光被阻斷時他會立刻開槍，如果有怪獸向他襲來，這是他唯一命中的機會。

目前沒有絲毫動靜。他們抵達洞口，裡面空間大約四呎直徑，他探頭進去迅速打開手電筒。沒人，而且夠深。

「收集石塊。」他向士兵說，「我掩護你。我們必須堵住洞口免得牠們看到我們的體溫。」

幾分鐘後，洞內堆起一堆岩石。他和手下爬進去把石塊疊在洞口，直到完全堵住。只要不窒息，他們就安全無虞。

杜利安倚著洞壁，面對手下。他好像聽見對方發出呼嚕聲。打鼾嗎？杜利安不記得這個人在飛機上有沒有嘔吐。希望這是他最強的士兵，他需要好幫手以對抗維爾和那個女戰士。

杜利安的心思飄到洞內，開始胡思亂想：哪種野獸會住在這裡？

手下又打呼嚕。

「喂，別用嘴呼吸。」

呼嚕聲變成咻咻聲。

杜利安踢踢手下的腿。肌肉僵硬，太硬了。杜利安再次用靴子去摸索，也太軟了。那條腿感覺周長不超過八吋，士兵身材沒這麼瘦。皮膚太光滑，幾乎是滑溜。

一秒後另一條粗繩勒住杜利安的脖子，在他和洞壁之間滑行，繞過他身邊，把他的雙臂緊釘在體側，拉倒在地上。

巨蛇用力擠壓他，杜利安感覺喘不過氣來。

21

大衛和桑雅背靠背走過叢林，輪流用狙擊步槍上瞄準鏡的紅光以橢圓形掃瞄，注意任何夜龍的跡象。

煙霧和疲勞步步進逼，他們只能一呎又一呎繼續前進。

凱特對米洛驚嘆無比，他有著她前所未見的無窮精力，握刀的雙手上纏著布，一路砍倒凱特認為沒完沒了的植物和藤蔓開路，只有長水泡能讓他慢下來。

眾人後方，她聽到叢林裡有騷動，生物從樹上和地面散開奔逃的聲音。

保羅、瑪麗和米洛轉頭看著她。

「躲起來。」

杜利安感覺生命力逐漸流失。巨蛇用身體纏住他的脖子到膝蓋，漸漸加緊擠壓。

他只能再做一個動作。他試著蠕動，翻滾側躺，向前彎腰、推擠，用身體向後猛撞洞壁。

巨蛇堅持不放，但是肌肉抽搐了一下，放鬆了幾分之一秒的空檔——杜利安只需要這樣。他從腰帶拔出刀子向下戳。

巨蛇的嘴咬住他手臂，用下顎擠壓，但這一咬是牠失策。杜利安把刀子換到另一手再次戳刺，尖銳的刀鋒鑽入蛇頭刺進了他自己的手臂。他無視疼痛拔出刀子，鋸齒狀刀背經過時撕裂了蛇頭。他放輕力道再刺一下，纏在身上的巨蛇逐漸鬆弛。

杜利安伸手拿背包，在黑暗中迅速摸索，手仍握著刀子，準備迎接另一次攻擊。

他抓著一支小圓筒敲打，火焰照亮了狹小的空間，同時冒出煙霧。

被煙霧遮住視線前，杜利安只短暫瞥見他的手下，他的眼神令他發涼，茫然空洞的眼神。那條巨蛇扭轉擺動，放開士兵。牠退回洞穴深處時擦過杜利安，快速逃離火焰和煙霧。

杜利安越過死蛇撲過去摸手下的脖子。脈搏微弱，他需要空氣。

他爬到洞口將堆疊的石堆推倒，洞外一片火海。怪獸秀場地中央的原野火光明亮，跟冒出的黑煙形成強烈對比。

杜利安把手下拖出洞穴外攤平。他還活著，至於能撐多久，杜利安不曉得。

他抬起他走向一處岩石凹陷——杜利安認為可以防守的地方。他放下手下，取回兩個背包，又收集了一堆石塊。

杜利安躲進縫隙中把手下疊在自己身上，用他的身體充當盾牌。如果他死掉，至少還能提供一點偽裝。如果怪獸真的攻擊，他可以稍微阻隔怪獸的利爪。杜利安把石塊堆在周圍，希望能遮掩他們一部分的體溫。

他抓著槍但是懶得來回揮動雷射瞄準鏡。巨蛇已經耗盡了他最後一點精力。他感覺疲憊，幾乎像每次跟阿瑞斯談話後一樣糟糕。那個亞特蘭提斯人把他和全人類玩弄於股掌之間——就像在洞穴裡抓住杜利安的巨蛇，在黑暗中沉默隱形，抓住他拚命擠壓，想要榨出他最後的生命力，最後吞噬屍體。

他看著火焰吞沒原野，隨著火焰消退只剩餘燼發亮，杜利安感到體內燃起一道新火焰。

當凱特看到大衛沿著他們開出來的小徑穿過森林，她全身如釋重負。

「大衛。」她喊道，離開躲藏處奔向他懷中。

他呻吟一聲稍微轉過頭。

他受傷了。她雙手摸索他的身體，檢查傷口。

「我沒事，只是被一些碎片刺到。」

大衛察看團體中的其他人。

「我們得趕快。」他邊說邊和桑雅帶頭開路，其餘人連忙跟上。

兩小時後，一行人來到生態球一七〇一－D的出口。

只有一個問題：出口離地約二十呎。

大衛走到深色泥土和生態球堅硬材質交會的地方。這裡的土壤沒事，好奇怪。

大家專注在眼前的兩個困難：如何把炸藥裝到門上。假設爆炸能炸穿門，讓每個人都能出去。他們迅速交換如何爬上門邊的點子，具體地說，如何砍樹讓他們爬得上去。用開山刀太花時間，若用少量炸藥又太冒險——或許需要全部炸藥才能破門。要是威力不夠，就會困在這裡。或許可以射擊樹木，但我們需要子彈來對付史隆和夜龍，而且噪音可能引來其他麻煩。

最後，他們同意用最低科技，不用子彈、不用手榴彈，用無噪音的方式把炸藥送上門邊。

大衛站在底下，桑雅站到他肩膀上，盡力保持平衡，向上伸出雙臂，雙手撐住米洛的雙腳。當米洛伸手把炸藥裝到厚門上啟動按鈕時，她有點搖晃。

桑雅讓米洛落到她圈起的雙臂，衝擊力讓大衛呻吟了一聲。她放下米洛再跳下地面。他們找好遮蔽物躲起來，緊張萬分地等待爆炸結果。

待一切塵埃落定後，他們看到外面走廊上昏暗的緊急燈光，眾人歡呼擁抱。大衛擁抱凱特，再抱住衝進眾人之間的米洛。瑪麗情不自禁地抱著保羅，大衛向桑雅點頭致謝，她嘴上露出一抹微笑。

他們重組人肉疊羅漢，這次要把團隊送出去：米洛先走，接著瑪麗、凱特、保羅和桑雅，她指示大家抓著她，讓她抓住三個背包的背帶，垂下來給大衛。他助跑，大步跳躍，抓住背帶把雙腳踩在牆上，攀爬到足以抓到桑雅的手。她拉住他的手，其餘人七手八腳把他們拉上去。

突如其來的爆炸聲驚醒了杜利安。他充滿恐懼——他原本沒打算睡著。

手下轉頭看他。「長官？」手下低聲說，聲音沙啞。

「待在這兒。」

杜利安跑到懸崖邊緣，用他的步槍瞄準鏡追蹤噪音來源。

有道門，是出口——維爾的隊伍把它炸開了。杜利安看著隊伍，總共六個人——除了凱特，杜利安都沒見過，他們向上爬了出去。

他嘆口氣觀察環境。很安靜，在遠方角落，雨林和入口鄰接處，有個太陽冒出來。對面的岩壁上，兩隻沾了泥巴的怪獸散開，正在曬太陽。

杜利安懷疑太陽出來時牠們是否會待在原處。如果是，他就能放心去追趕凱特和維爾。

凱特等人奔過走廊，離開生態球出口和裡面的危險。在傳送門室，凱特操作綠色的光霧，然後走到拱門。

「我們準備好了。」

「妳能夠關閉嗎?防止史隆追來。」大衛問。

「不行。船上是緊急事故狀態，這是最後的撤離路線，無法關閉。」

大衛點頭。米洛、兩名軍人和三名科學家一個接一個走過白色閃爍的光之拱門，登上亞特蘭提斯烽火系統。

第二部

亞特蘭提斯烽火系統

22

瑪麗・卡德威爾走出傳送門之後，心臟差點停住。珍珠白的地板，灰暗的牆壁，正前方寬廣的觀景窗深深地吸引了她的注意。地球懸在空中，像顆藍白綠三色的彈珠放在黑色帆布上。

這是僅有極少數人類有幸目睹的景象：太空人。他們是敢冒一切危險的英雄，為了拓展人類知識賭上生命。

小時候，瑪麗曾夢想過這一刻，上太空在廣大未知的地方旅行，但對她而言風險太高了。她的職涯最終安頓在天文學，希望貢獻她所能同時又不用離開地球，而此刻，正是她向來渴望的景觀和夢寐以求的任務。

她知道，無論接下來會發生什麼事，都死而無憾。

一個念頭閃過保羅・布倫納腦中：我們死定了。

他打從亞特蘭提斯瘟疫爆發以來幾乎天天有這種想法，但這次不一樣，現在他感覺自己有點錯亂。不久之前他和泰倫斯・諾斯發生衝突，還殺了他，差點讓他瘋掉。

接下來為了逃離摩洛哥洪水，一路風塵，又在亞特蘭提斯船上詭異競技場裡發生各種怪事，還有現在：繞行地球，俯看著它。

他習慣於設法圍堵與掌控難以控制的事，例如病毒，因為他早明白遊戲規則：病原體、生物學和政治鬥爭。

在這裡，他弄不清楚自己的處境。

他幾乎難以克制地東張西望，看見站在身邊的瑪麗。他似乎好久好久……沒見過她如此喜不自勝了。

米洛眼前所見皆證實了他來到此地必有因緣、有角色要扮演的信念。

看到小時候曾經認為廣大得無法想像的世界，變成一顆小球飄浮在眼前，被無限的宇宙吞噬，讓米洛想起自己多麼渺小，一生多麼微不足道——像大水桶中的一滴水，轉眼即逝，唯一留下的只有短暫微弱的漣漪。

他相信一個人的涓滴之力能成為整個時代病痛的毒藥或解藥——而時代只是短暫存在於表面上薄薄的那層水。

米洛不是戰士、領袖或天才。他看看周圍的同伴，看到了那些特質。他可以幫助他們，他很確信他有重要的角色要扮演。

大衛觀察通過傳送門後的小等待區，跑過一條圓形走廊，舉著槍來回轉身搜索。沒人。

烽火系統中可居住區域似乎是呈碟狀的一層樓。

他們剛走出來的傳送門占據了整個內圈，好像摩天大樓中央的圓型電梯井。

他又巡視了一圈，再次從傳送門口和觀景窗開始，順時針方向，依序檢查烽火系統包括四個類似登陸艇上乘員艙的起居室，房間內設置單人窄床、桌子和密閉的音波衛浴室——他簡稱作「淋浴室」，但技術上而言比較像五顏六色閃爍燈光的無水浴室。在傳送門背面，有兩個大衛猜想是實驗室的大房間。在最後的密閉區域，觀景窗的左手邊，有間裝滿銀色箱子和幾件防護衣的儲藏室。

大衛第二次巡視完烽火系統回到傳送門之後，其餘人仍出神地站在原地望著窗外。他得設法讓大家專心在眼前的任務。大家都身心疲憊、精疲力竭，他想要抓住這些成人大力搖晃他們警告說：各位，專心點，追趕我們的殺手隨時可能過來！

米洛就算了吧。大衛無法想像自己青少年時代若是站在太空站上瞭望地球會有什麼反應，他可能會嚇得尿褲子。

凱特露出大衛認得的茫然表情：她在用神經植入物和亞特蘭提斯船溝通。她面向他時茫然的表情變成擔憂，這下他開始擔心了。

大衛指著傳送門。「這是唯一的出口嗎？」

「對。」凱特說。

這句話讓桑雅回過神來。「要設路障還是埋伏？」

大衛在腦中清點剛才看到的補給品，即使全部加起來也不足以堵住傳送門。

「埋伏。」他說。他往四間居住艙的方向歪頭。「我們就設在傳送門這邊。」

他走到儲藏室，和桑雅把所有銀色箱子搬出來，垂直堆疊在傳送門前方，大衛希望這樣能擊中史隆和他剩餘的手下。他不確定這樣是否安全，但史隆很可能從門裡衝出來正面開槍，所以……

凱特抓住他手臂。「我們商量一下。」

「我輪第一班。」桑雅說，坐到箱子後面去。

凱特拉著大衛到最靠近的居住艙。

「還有三個居住艙，一人可以用一間。」大衛說。他們有四個人卻只有三個房間，但他們會自己搞定。

保羅癱坐到窄床上開始脫掉亞特蘭提斯防護衣。房門打開，瑪麗走進來放下她的背包。

保羅以為瑪麗會和另一個女人同住。

「我可以跟米洛住。」

「不用，這樣就好。」

「妳該不會想要——」

「抱歉。桑雅……我有點怕她。」

保羅點頭。「是啊，我也怕。」

至少還有好消息，杜利安心想。這個差點被巨蛇勒死的士兵還可以走路，而且他在飛機上沒嘔吐，或許他原本就是六個人之中比較強壯的。無論如何，現在只剩下他了。

這個士兵名叫維多，不是很健談。這就有點美中不足了。

他們走進叢林幾小時後，維多終於問：「長官，請問有什麼計畫？」

杜利安停下，用水壺喝水再遞給手下。他們看得見遠方被炸開的出口慢慢剝落的金屬。

「我們進兔子洞裡，把事情做個了結。」

「我們有個問題。」門一關上凱特就開口。

大衛坐在桌上，終於感覺到強烈的疲倦。「拜託能不能別再這麼說，即使我們窮途末路了。這個字眼比真正的問題更讓我緊張。」

「那你要我怎麼說？」

「我不知道。或許『我們有個議題』？」

「我們有個議題。」

大衛微笑，對凱特露出完全投降的倦容，表情變得溫柔。

「詹納斯的訊息跟我們預期的不同。」

大衛看看周圍，等她說完。

凱特開啟桌子上方的螢幕，播放詹納斯的訊息。

「這，」大衛說，「是很大、很大的問題。」

23

大衛坐在灰牆內建的桌上，努力用疲憊的腦筋解讀詹納斯的訊息。

「再放一遍。」

凱特坐在窄床上，用神經連結播放影片。

「你想怎麼辦？」凱特問。

「我們最好告訴大家。」

大衛看不出他們有什麼選擇，他覺得大家應該一起做決定。

大衛再次巡視了一圈，叫大家集合在烽火系統背面較大的實驗室。凱特設定了門保持開啟，這時她和米洛、瑪麗、保羅跟桑雅站在開啟的房間裡。大衛去接桑雅的班，認為她應該要先看影片。他坐在傳送門旁的臨時崗位，用步槍指著入口通道。

影片開始前，保羅走到螢幕前向凱特說：「抱歉，但是我可以先說一件事嗎？我只是……不確定在這裡是不是可以開槍。」他刻意避免和大衛眼神接觸。

「我同意。」瑪麗小聲說。

桑雅愣住。

大衛高聲回答他們，「如果杜利安・史隆走出那道門，我會射死他。討論結束。」

瑪麗清清喉嚨，「呃，我覺得……或許我們最好把箱子堆靠近傳送門前比較妥當，當他通過時我們就會知道，你可以往門裡面開槍——那麼，至少子彈會回到另一艘船上。」

「妳是假設傳送門可以傳送子彈。」桑雅說，「如果不行，子彈會射穿中央的傳送門結構，把我們困在這裡，那比失去空氣迅速死亡痛苦多了。當然失去空氣也是另一個假設。這麼先進的船艦一定能承受外來的衝擊，這不是我的專長，但我相信太空充滿了大大小小的漂浮岩石，有些移動很快，可以合理推測或許這座烽火系統也打造得能承受從內部造成的穿孔，如果不能，真的發生破洞也能自我修復。」

「呃，我倒沒想到這一點。」瑪麗紅著臉說。

「該想的還很多，」桑雅說，「我們都累了，有很多未知數。」她轉向凱特。「當然，除非這些未知數有人已經知道。」

「唉，的確是未知數。」凱特說。她的亞特蘭提斯記憶有殘缺，她也不知道烽火系統能做什麼，包括能否承受一場槍戰。

「妳剛說有影片？」米洛問。

「對，算是吧。」凱特啟動大螢幕，影片開始，五人退後圍著螢幕形成一個半圓。

詹納斯站在和亞特蘭提斯科學家同伴乘坐來到地球、藏匿在月球背面、埋在土石幾千呎下的太空船艦橋。

詹納斯說話時的表情平淡。

「我是亞瑟．詹納斯博士。我是科學家和消失多年的某文明遺民。許多年前我們犯了大錯，因此付出了昂貴的代價——幾乎是我們整顆星球上的每一條人命。我們殘餘的同胞逃亡到此，躲在這顆星球上等待，但我們又再次重複了錯誤。」

船隻搖晃，詹納斯背後艦橋上的面板閃爍，發出爆裂聲，然後熄滅。

「我敬告你們，摧毀我們星球的人，我們虧待過的人，請不要繼續對這顆星球上的居民復仇，他們也是受害者。」

艦橋到處爆出火焰，一秒後影片結束。

「是啊，所以……」保羅開口，「不算是給盟友的訊息。」

瑪麗咬著嘴唇。「我們怎麼知道回應——我收到的訊息——是針對這段話，妳知道進來的訊息是什麼嗎？」

「不知道，」凱特說，「其實，妳收到的也在傳輸記錄中。有時候烽火系統會翻譯進來的訊號，但這次沒有。」螢幕改變，顯示出訊息進出的存取記錄。「這是詹納斯發出的訊息，十四天前從主船上送出。怪的是他用的路徑是量子通訊浮標——」

「量子通訊……」

「類似亞特蘭提斯人長程通訊時使用的轉接站。想在太空中傳送訊息不難，困難的是摺疊空間製造臨時蟲洞和所需的能量。浮標能在極短的瞬間建立那些蟲洞並傳送資料，現今已經有千千萬萬座構成一個過剩的網路。」

現場眾人茫然地互看，只有瑪麗在點頭。

「這為什麼很重要？」保羅問。

「因為這表示詹納斯在掩蓋他訊號的來源——他經過好多浮標轉接，我根本無法從這裡追蹤目的地，顯然他不想要收訊人知道訊息來自何處。」

「但他們還是追到了。」桑雅說。

「或許有，或許沒有。」凱特回答。她圈出通訊記錄中的下一行。「他發出訊息的二十四小時後傳來回應，有亞特蘭提斯的存取碼，所以烽火系統讓它通過。我覺得怪的是，它並沒有用亞特蘭提斯格式編碼。這個訊息很……『地球化』，內容比預期的單純又落伍多了，亞特蘭提斯的電腦根本無法閱讀。」

「彷彿發訊人知道亞特蘭提斯人躲在一顆比較落後的星球……」保羅說。

「這是誘餌！」大衛從他在傳送門邊的位置喊道。

「我同意，」桑雅說，「如果這是給強敵的訊息，而且他們追蹤不到來源，他們可以發假訊息給任何可疑的星球，把我們引出來。」

保羅點頭。「等我們回應，透露出位置，甚至關掉烽火系統讓他們能看見地球上發生了什麼事。」

「這個訊息有我們的位址。」瑪麗說，又迅速補充，「不過，我猜他們可能發出特製的訊息到每顆星球。」

凱特感覺這個領悟對她打擊很大，彷彿她懷抱的某種希望落空。

保羅揉著太陽穴踱步走開。「我累得無法思考，顯然我們不能回應，至少現在不行。我們也不能關掉烽火系統，詹納斯想必認為亞特蘭提斯的敵人還在外面。我們能怎麼辦？」他看了傳送門一眼。

「我同意，」桑雅說，「我們被困住了。」

24

凱特閉上眼睛按摩酸澀的眼皮。一個小時以來她坐在居住艙的小桌旁直盯著螢幕，感覺累得要命、精疲力盡。但是……她總覺得好像遺漏了什麼，或許只是一廂情願，她太想要找到辦法脫離他們目前陷入的困境。

房門打開，大衛半閉著眼睛慢步進來。

凱特微笑。「親愛的，工作還順利嗎？」

他勉強走到床腳就倒了下來。

「我感覺好像亞特蘭提斯的大賣場警衛。」

她俯身到他身上。

「有死小孩在美食街搗蛋嗎？」

「主管因為我值班打瞌睡叫我滾蛋。」

她開始脫下骯髒的上衣。「唉，他們不能解僱你，」她用假裝同情的語氣說，「這個亞特蘭提斯烽火系統太需要你。呃，你把泥土沾到床上了。」她收好他的褲子和靴子塞進角落的衣物消毒器。

大衛用目光跟著她，一動也不動。「亞特蘭提斯洗衣機怎麼用呢？算了，別告訴我，我不在乎。」

她交給他一個柔軟的袋子，打開末端的蓋子再往他嘴裡塞。

「這是什麼？」

「晚餐。」她擠出一些凝膠到他嘴裡。

大衛坐起來把橘色凝膠吐到牆上。「天啊，好噁心！搞什麼——我哪裡惹到妳了，小姐。」

凱特抬起頭。「真的？」她吃了一點凝膠。「這只是預先消化的胺基酸、三酸甘油脂——」

「味道像大便，凱特。」

「你又沒吃過——」

「現在我吃過了。味道簡直糟糕透頂，妳怎麼吃得下去？」

凱特也懷疑這點。對她來說，幾乎沒有味道。她猜想是否因為她改變了，變得比較……亞特蘭提斯人？她暫時拋開這個念頭。

「我最後一餐不會想吃這個，我寧可餓死。」

「說得太誇張了。」

大衛伸手去拿背包。「我們還剩什麼？」

凱特打開背包檢查即食餐包。「燉牛肉、黑豆馬鈴薯烤雞、辣味……」

大衛躺回床上。「算了，跟我說些甜言蜜語吧。」

凱特搥他胸口。「你瘋了。」

他微笑。「妳喜歡的。」

「我是喜歡，所以我也瘋了。」

「妳不吃的都丟給我吧。」他說。

「別以為我還能分辨太多差別。」

大衛皺皺眉頭，似乎聽懂她的意思而收起笑容。

他隨便抓了一包撕開，狼吞虎嚥起來。

凱特希望他吃慢一點，以便釋放多一點消化酵素來分解食物，提供給他更多可用的熱量，她餵他營養密度比較高的亞特蘭提斯食物也是這個目的。

他戲謔地捏她鼻子，想緩和氣氛。「不流鼻血了。」

「對。」

他正要吃完這包，但是停住。「因為那些實驗，對吧？電腦模擬。」

「沒錯。」

大衛吃完最後幾口。「先前阿爾發說妳只剩四到七天，它很確定妳的健康狀況，但它無法控制妳會用自己的身體做多少實驗。妳剩下的時間已經不是它所預估的時間了，對嗎？」

「我想是的。」

「很好，」大衛說，「希望至少有七天，總比只有四天好。」

「我同意。」凱特低聲說。

「好吧，我們來談談……議題。」

凱特抬起眉毛。「議題？」

「長程傳球（注）。」

凱特討厭用運動比喻。「我們要長程傳球？」

他用手肘撐起身子。「妳知道的，在第四節賭賭運氣的傳球。這就是我們的處境，凱特，我們都很清楚。妳說這座烽火系統連接到無數個量子浮標，對我來說，我們只有一招：發出求救訊號，就說……我不曉得，『我們的星球遭受來自先進的外星占領軍攻擊。』」他暫停一下，「我本來想讓它聽起來急迫又戲劇化，但是百分之百真實。」

凱特靈機一動。就是這個。大衛還在說話，越說越沒勁，疲勞和暴飲暴食迅速影響了他。

「我是說，沒錯，是會有些壞人會看到，或許他們會出現，但也許銀河裡的某些好人會在乎，總之，如果我們這麼做會很慘，同樣的我們不做也一樣……」

凱特把他推到床上。「休息吧。你剛給了我一個點子。」

「什麼點子？」

「我會回來。」

「一小時後叫醒我。」她離開時大衛大喊。

凱特不可能一小時後叫醒他，他現在非常需要休息。如果她沒猜錯，大衛必須恢復到巔峰狀態。

在房間外，她發現桑雅和米洛守在傳送門旁邊的臨時堡壘裡。或許是生平第一次，米洛沒向凱特微笑。他嚴肅地點頭，表情在說：這很重要，我們有責任在身。

凱特經過時點頭回禮，幾乎是用跑步到烽火系統背面的通訊區。她叫出先前讓大家看過的傳輸記錄。這次，她輸入新的資料範圍：大約一萬三千年前。

螢幕上的資料捲動，凱特簡直不敢相信她的眼睛。

杜利安向下往維多伸手。「我拉你上來，我們得趕快。」

維多攀爬倚在生態球出口大樹的速度只有杜利安的一半快。這個呆子永遠不可能參加奧運了。

注 Throwing the long ball，橄欖球術語。

杜利安把手下拉進陰暗的走廊，他們再度出發。他很高興脫離了那個有巨蛇和隱形怪獸又潮濕恐怖的地方。天曉得還有什麼東西。

他想在出口設路障，確保沒有東西會跑出來，但是沒時間了。

兩人緩慢地走過走廊，仍像他們走向生態球那樣小心翼翼，不發出任何可能敗露形跡的聲音。

杜利安不怕面對現實：維爾身材壯碩、頭腦機敏，因此把凱特送上烽火系統，自己留下來看守，等著敵人觸發陷阱才合乎他的作風。

如果凱特已經發出訊息或關閉了烽火系統，一切就太遲了。這個念頭讓他心情沉重，像俗話說的肩負全世界，但他不能急著進攻。如果還有機會，只有他能阻止他們。如果失敗，他奮戰保護、犧牲掉許多事物的世界也完蛋了。

阿瑞斯說對了一點：杜利安確實有角色要扮演。

現在他適應了黑暗，雖然緊急燈光微弱，但逐漸能看見越來越深入的走廊。

正前方就是傳送門室。

他和維多在門檻處暫停，互相打訊號，看準時機衝進去，用他們的步槍掃射室內。沒人。

杜利安在面板前操作綠色光霧，光之拱門亮了起來。

維多走向它。

「等等，」杜利安下令，「我們必須小心行事。」

瑪麗和保羅躺在窄床上，一起望著天花板。

「我緊張得睡不著。」保羅說。

「我也是。」

「不知怎麼搞的，我也不想洗澡。」

「同感。」瑪麗回答。

「為什麼？我不禁認為是恐懼敵人來襲展開槍戰時，我卻身在浴室裡，或許是因為裸體的關係，人總不希望在裸體時挨槍。」

「對，絕對是裸體的緣故。」

「還有愧疚感。妳知道的，一切結束之後，如果外星人來了，妳不會希望他們在日誌裡記載，」保羅改變嗓音模仿電腦音效，「這個矮小人類在他的星球毀滅時全裸。他在擦洗左腿時另一個邪惡人類入侵殺了他的隊友，導致滅亡。他也沒有把他的背洗乾淨。」

瑪麗大笑。「我們超搞笑的。」她翻身滾向他，把臉埋在他的手臂下。「我一直在想密碼的事。」

「怎麼了？」

「為何分兩段傳送？如果是誘餌，何不直接了當用二進位碼就好？」

保羅微笑。

「複雜神祕的訊息實在不像是誘餌。」

「好像是考驗，想看看我們能否解讀。」

「或者加密讓別人看不懂，也解不開。」

「有意思……」保羅說。

房門打開，是米洛。他笑著抬起眉毛。

「凱特醫生有重要的宣布！」

眾人集合在烽火系統背面的大通訊室之後，凱特說：「我可能有辦法了。」

「什麼辦法？」桑雅問。

「離開這座烽火系統。」

25

凱特在通訊區的大螢幕上叫出傳輸記錄，現場每個人的反應都不同，米洛微笑，桑雅的表情無法解讀，瑪麗專心地瞇眼，保羅顯得很緊張，彷彿結果將會判定他還能活多久。

大衛看守著傳送門，伸長脖子越過中央圓柱，想要看螢幕。

「這是大約一萬三千年前的傳輸記錄，」凱特說，「正是傳說中亞特蘭提斯城沉沒的時間，也就是阿瑞斯攻擊直布羅陀外海的阿爾發登陸艇之後。因為這次攻擊，那艘船裂成兩半，詹納斯被困在靠近摩洛哥的那一截裡。」

「我們進去過的部分。」瑪麗說。

「對。我們知道詹納斯的同伴死於那次攻擊事件，他急著想使用靠近直布羅陀的另一半玻璃管救活她。在亞特蘭提斯瘟疫末期，我得知他救活同伴的嘗試只成功了一部分，因為我有她的記憶，但只有片段。詹納斯渴望抹去某些記憶再救活她。這兩週以來，我一直試著回想那些記憶……希望我能夠……」凱特迎向大衛的目光。

她轉向螢幕繼續說：「我一直試著回想那些記憶，但記憶已經從阿爾發登陸艇的資料庫被刪除了。如此一來詹納斯的同伴應該不可能復活，因為儲存記憶資料，必須遵守亞特蘭提斯的嚴格規定。不久前我得知詹納斯並未真的刪除記憶，復活系統不允許他那麼做，所以他拿走不希望同伴記得的記憶，轉移到這座烽火系統，再將記憶分割成三塊傳送到另外三座烽火系統，刪除掉儲存在這座烽火系統的記憶，副本則留在登陸艇上。

只要有其他運作中的副本在烽火系統網路裡，他就可以把記憶搬到檔案儲存區。轉移之後，他摧毀了實體儲存區，毀損資料。他也關閉了與這座烽火系統的資料連線——因此我們從登陸艇上看不到他發的訊息和瑪麗收到的訊息，詹納斯確保了記憶副本無法從烽火系統網路復原。」

「桑雅！」大衛在走廊上喊，「跟我換班。」

她二話不說走出通訊區，大衛繞過來之後，專注地看著凱特。

「休想。」

「你根本不知道我要說什麼。」

「我知道。答案是不行。」

保羅和瑪麗尷尬地望著他們腳邊的地板，米洛也收起平時的笑容。

「先讓我說完好嗎？」

大衛雙手抱胸倚在門框上。

凱特在大螢幕上叫出烽火系統網路地圖，顯示出宛如上千張重疊蜘蛛網的畫面。

「亞特蘭提斯人在整個銀河系放滿了這些遮罩烽火系統——包括新興人類星球、研究現場和軍事隔離區——只要他們有任何東西不想被別人看到，或不想讓烽火系統範圍內的人看到外面銀河系的時候就會使用。」

「真不可思議。」瑪麗走向螢幕說。

保羅輪流看看凱特和大衛。「所以呢？」

「我們可以用傳送門前往任何一座烽火系統。」

米洛懂了。

保羅走到瑪麗背後，或許準備在她跌倒時接住她。「聽起來好像……」他說，「不太確定。」

大衛哼了一聲。「這是亞特蘭提斯烽火輪盤。」

「是我們唯一的選擇。」凱特反駁。

「我們對烽火系統的目的地有任何了解嗎？妳說這座烽火系統的記憶庫被刪掉了，所以這些烽火系統可能受損甚至門戶洞開，它們可能位於戰區之中，也可能被神祕強敵監視。我們一走出來，敵人就能抓到我們找出地球的位置，遊戲結束。這招出差錯的機率高得離譜，我大概可以馬上說出一百種，而我的想像力並不強。」

保羅打斷凱特和大衛的辯論。「有沒有可能目的地的烽火系統是關閉的，傳送門會把我們送到太空中或鳥不生蛋的地方？」

「不會，」凱特回答，「如果傳送門能建立連結，表示另一端有個可用的烽火系統。」

「我們可以先送個探測器之類的嗎？」瑪麗問，「先看一下另一端的狀況？」

凱特搖頭。「這裡沒有這種裝備，我認為回登陸艇拿太冒險了。」

「我們可以派個人探頭出去偷看，」大衛說，「看會不會被打爆頭。真的，烽火輪盤絕對是這個主意的正確形容。」

凱特不理他。「有理由相信詹納斯傳送記憶的三座烽火系統很安全。」

「理由？」大衛用懷疑的語氣問。

「詹納斯是天才，他做的事情都有用意。」凱特看著大衛，「你也知道的。」

「或許吧，但他也故意企圖逆轉七萬年來的人類進化。他不太喜歡現代人類。」

「沒錯，可是我們不知道他為什麼想這麼做，而答案就在外面。」

「這才是重點。為了去找一些答案，把七天壽命減到四天，或許更短。」

「大衛，我們無處可去了。如果詹納斯選擇那三座烽火系統是有用意的，它們可能是後備計畫的一環——用來拯救我們的最後努力。」

「他也可能挑選三座即將被摧毀的烽火系統——他的意圖是摧毀記憶。」

「我不認為他會這麼做。」

「重點是：如果我們走進那座烽火系統，可能會沒命，萬一我們洩漏了地球的位置，人類會全部完蛋。風險太大了，凱特。」

杜利安考慮了安全衝進傳送門的幾個選項：丟顆閃光彈，先派維多進去，還有比較匿蹤的方式。

他從腰帶拔出刀子，跪在傳送門邊緩緩把刀插入發光拱門與暗色金屬地板交接處。他把刀子劃過底部，整個傳送門的四呎寬度，小心不碰觸地板或兩側，以防聲音可能驚動敵人。

刀子沒碰到阻擋。他們沒在門上設路障，至少底部沒有。他趕緊繼續畫過整個門框，刀子沿著邊緣移動，直到超過八呎高的頂端。

「他們沒有堵住門。」他向維多說。

幾分鐘後，杜利安倚著牆壁，讓維多站在他肩上。維多重心不穩左右搖晃，趕緊一手撐牆穩住。

「小心點，」杜利安怒道，「記住，要快。」

維多在圓拱頂端把臉湊進光亮中僅僅幾吋，又縮回來。他瞪大眼睛。「他們都站在附近，爭論中。」

「全部六個人？」

「是啊。」

「有武裝嗎？」

「那個男的和女黑人。」

「太好了。」這是個突破——超出杜利安的期望。不必再搜索烽火系統，也沒人躲起來等著埋伏他們。他衝向放在房間中央地上的槍。

「動作快，維多。」

保羅覺得他們毫無進展。眾人的討論——現在成了互嗆——轉移到了傳送門區，想必是方便大衛和桑雅聯手，她確實站在他這邊，反對亞特蘭提斯烽火輪盤。

「給我個更好的辦法，」凱特說，「什麼都行。」

「發求救訊號。」大衛回答。

「保證會洩漏地球的位置。保證。」

「我們也保證可以多活一天。」

「未必，」凱特反駁，「收到的敵人可能當天抵達。」

「我看這樣下去沒有結論。」保羅說。

瑪麗湊向他。「我好像看到了什麼東西。」

「什麼？」

「在傳送門。」

這時傳送門閃爍了一下。

大衛看看凱特。「是妳設定的嗎？」

「是詹納斯的第一個目的地。我去看看再回來——」

「不行。就算有人要去——」

大衛東張西望。米洛不見了。

接著事情發生得很快，幾乎讓保羅跟不上。

大衛走進傳送門，但凱特抓住他手臂。他轉向她。

桑雅跑過傳送門，大衛甩掉凱特的手，走了進去，凱特也跟著進去，剩下瑪麗和保羅站在原地，目瞪口呆。

在杜利安正準備穿過傳送門時，傳送門的光已經消失了。

「怎麼回事？」維多問。

阿爾發登陸艇上的緊急程序應該保持傳送門連線暢通，以確保最後的逃生出口可用。杜利安使用控制面板，上面閃爍著幾個字：

目標傳送門連線中斷。

杜利安再試一次連線。

目標傳送門使用中。

使用中？敵人可能正在入侵烽火系統，或者……杜利安焦急地操作面板，不斷嘗試連接到烽火系統的傳送門。

瑪麗往傳送門前進一步。

發光拱門的表面冒出一張臉，只露出幾吋。

是米洛。

他閉著眼睛，表情痛苦。「快逃啊！」

瑪麗抓住保羅的手臂，指甲掐了進去。

米洛睜開眼睛笑了起來。

「開玩笑的啦。來吧，沒問題了。」

傳送門重新建立連線的瞬間，杜利安跑進去搜索這個小太空站。沒人。

他們一定去了別座烽火系統。一群呆子，他們知道那邊潛伏著什麼危險嗎？

杜利安走到通訊區啟動記錄。他很快就會知道他們的位置，希望還來得及阻止。

26

對米洛而言，新的烽火系統又是另一個奇蹟。是他把隊伍帶到這裡。直覺上，他知道這個行為一直就是他的目標。他感覺如果沒在那一秒鐘踏過傳送門，就會發生可怕的事情。

當他轉向同伴們時，察覺氣氛有點不對勁。

大衛馬上發現這座烽火系統不太一樣。遮蔽地球那個站是科學性的烽火系統——珍珠白地板，灰暗色牆壁，每個特徵都極簡又慎重。

這座烽火系統感覺比較軍事化，陰暗又粗糙，地板牆壁都是黑色，看起來非常古老且破舊不堪。上一個烽火系統的寬廣觀景窗設在傳送門對面位置，這裡則是相對較小，工業式的窗子眺望著黑色的太空，只有幾顆星星在閃爍，沒有特別顯眼的東西。

大衛舉起槍開始到處搜索，桑雅緊跟在他後面，掩護他的背後。

這裡格局類似上一座烽火系統：傳送門在中央呈碟狀。不過，有個兩層式樓梯間。這裡的房間和裝備比較多，而且空無一人。

大衛感覺到有微弱的移動。這座烽火系統在旋轉嗎？

他回到傳送門，保羅和瑪麗也來了。

大衛抓住米洛的肩膀。「別再這麼做了。」

「非我不可。」

「什麼？」

「我是最適合犧牲的人。」米洛點點頭說。

「你不能犧牲。」

「我不是科學家或戰士。我——」

「你是小孩。」

「不，我不是。」

「從現在起你走在最後面。」

「為什麼？」

「因為，」大衛搖頭說，「等你長大後……就會懂。」這段話對他感覺好像幻夢，說出父母對他說過無數次的話，他總覺得那是迴避的爛台詞。

「我現在就想了解。」米洛說。

「我們最不能用來冒險的人就是你。」

「為什麼？」

大衛嘆氣搖搖頭，「我們以後再說吧。現在先……回你的房間，米洛。」大衛對自己的話暗自叫苦。米洛慢步走向居住艙時，他看到凱特憋著笑。

大衛向桑雅點頭，她開始設置路障看守傳送門。

他伸手攬著凱特，帶她到一間臥室。

「青少年啊。」關門之後她說。

「我對妳也有意見，」他說，「妳幫他開了門。」

「我不知道他會跑進去。」

「先說重點，史隆可以跟蹤我們到這裡嗎？」

「可以，但他很難找到我們。」

「有多困難？」

「千分之一的機率。」凱特暫停，「除非他真的真的很聰明。」

大衛不喜歡這個語氣。他討厭杜利安．史隆，他付出了大半輩子時間想報復史隆，但他不會低估敵人：史隆相當聰明。

「那麼他會是個大問題。」

房門打開，保羅探頭進來，畏縮地說：「很抱歉打擾了，但你們兩個最好來看一下。」

凱特和大衛跟著他回到傳送門區，其餘人都背對他們站著，望著小窗外面。

大衛發現這座烽火系統真的在旋轉。透過窗戶，空蕩的太空景觀改變了。場景中央有顆明亮的太陽，一大片從烽火系統幾乎延伸到燃燒恆星的殘骸碎片，讓大衛屏息。這些是太空船的殘骸，至少有幾萬個，或許幾百萬個碎片散布開來。

大衛心想，即使有一百個地球在太空中被摧毀，還是不足以填滿這些破碎船艦占據的空間。漂浮的殘骸多半是灰或黑色，到處有零星的白色、黃色或藍色點綴。碎片堆互相碰撞，一大片藍白色的光芒延伸開來好似閃電，短暫地連接它們。整體看來，閃亮的深色碎片好像太空中一條通往太陽的柏油路。

上一座烽火系統大家只能呆站著驚嘆地球的景觀，現在輪到大衛了。對軍人與歷史學者來說，這是神奇超凡的一刻。

他感覺有一部分的自己放鬆了。或許是這宏偉壯觀的規模，讓他有了人類在浩瀚宇宙中是多麼微不足道的領悟，也可能是看到宇宙中有某種強大力量，強到足以摧毀星球的證據。無論什麼原因，這一刻他有些不一樣的想法。

凱特說得沒錯。

他們不能躲藏或等待機會。

他們存活的機會渺茫。

現在必須冒險。這是他們唯一的希望。

27

杜利安真想開槍打爛烽火系統的電腦，還有凱特．華納。在傳送門與阿爾發登陸艇短暫斷線的幾分鐘內，她連上了其餘一千座烽火系統。每筆條目都以同樣的時間間隔串連，防止杜利安分辨這個傳送門連接到每座烽火系統有多久。她可能在第一秒鐘連接到九百九十九座烽火系統，用其餘的時間連接真正的目的地，他們可能在一千個位置中的任何一處。

他在房裡焦躁地踱步。*該怎麼找到他們？有什麼工具？*他徹底檢查過了，這裡沒有監視系統。逃到另一座烽火系統是個險招，連杜利安都驚訝維爾和凱特居然這麼大膽。

他們會怎麼選擇目標，隨機挑選？不可能。她知道了什麼嗎？她有什麼工具？凱特有某個亞特蘭提斯科學家的記憶，那是她唯一的線索，她記得什麼能幫他們的事情嗎？或許是盟友？這個想法讓杜利安開始起疑。如果他們知道得比他多……

他迅速操作電腦。對，烽火系統有復活記憶的備份。共有三筆：詹納斯，他同伴的，標示為已刪除，還有……*阿瑞斯*。

杜利安查詢電腦，問道：*我可以看復活記憶嗎？*

你只能存取自己的記憶，阿瑞斯將軍。

烽火系統把他認作阿瑞斯。他繼續詢問電腦，我該怎麼觀看？

房間側面打開一道小門。

通訊包廂可以設定為復活記憶模擬器。

杜利安走進方形小房間。牆壁和地板發出光亮，彷彿包廂是用光線建造的，幾乎無限大。他眨眼，包廂消失，變成一個很像火車站的地方，上方掛著一塊空白的大板子。

「指定記憶日期。」電腦合成語音大聲說。

記憶日期，杜利安心想。該從哪裡開始？他真的沒概念。片刻之後，他說：「顯示最痛苦的記憶。」

火車站消失，杜利安在弧形玻璃中看到自己的倒影——但那不是他的臉，是阿瑞斯的臉，看起來幾乎跟在南極洲時一模一樣，不過五官稍有差異，沒那麼僵硬。

起先，杜利安以為他又進了玻璃管，但是尺寸太大。他看看周圍，是電梯，其餘的倒影透露出他的穿著：左胸上有階級章的藍色軍服。

幾秒鐘內電梯上升，杜利安感覺自己的思想和存在逐漸消溶。這時站在電梯裡的只有阿瑞斯，杜利安只是旁觀、體驗發生過的事情。在這段記憶中，他就是阿瑞斯。

電梯一陣抖動，接著劇烈搖晃，把阿瑞斯甩到背後牆上。語音和聲響在他身邊迴旋，他努力保持清醒。

模糊的視野和含糊的噪音逐漸聚焦，有個人在他耳邊大喊：「司令，他們抓到我們了。准許傳送到主艦隊嗎？」

電梯門滑開時阿瑞斯站直身子，船再度震動。他站到面對弧形螢幕的艦橋上。現場周圍有十幾個穿制服的亞特蘭提斯人正在指著終端機喊叫。

螢幕上，四艘大船正在逃離數百顆圓形深色物體，深色球體逐漸逼近，向船艦射擊，集中攻擊殿後的船，球體變成黃色光球，發出藍色火花迅速穿過船身。

「准許傳送到主艦隊嗎，長官？」

「不准！」阿瑞斯大吼，「部署逃生艇，送他們出去。」

「長官？」

「照做！逃生艇離開之後，命令輔助艦射出他們的重力水雷，所有船艦放出小行星電流。」

螢幕顯示從剩餘的船艦滑出上千個小碟子，僅僅幾艘船連接著圍攻船艦的圓球群。

爆炸撕裂了圓球，但它們數量太多了。

我們為了保護艦隊而死，阿瑞斯心想，同時充滿光亮與熾熱的螢幕炸開，壓到他身上。

他睜開眼睛，發現自己站在長方形小船上，只有一個窗口能看見一波強光——他剛才打的戰役殘局。

他在逃生艇上——身上的緊急撤離標籤把他和另外九個人傳送到此：他自己艦橋的大副，和麾下次級艦隊其他船艦的艦長與大副。他們都站著，退入他們的醫療艙裡。有幾顆頭探出來，觀察狀況。

光波追上了他們，閃電般的高熱、疼痛和震撼的力量再度掃過阿瑞斯全身。

他再次睜開眼睛，身在另一艘逃生艇。光波變遠了，撤離標籤把他們傳送到最接近上一艘被摧毀掉的逃生艇處。當光波再度衝上前時阿瑞斯已經懶得畏縮，他靜靜等待，做好心理準備。一波衝擊力、高溫和疼痛又掃過他，轉眼間他站在第三艘逃生艇上。到了第五艘，他開始畏懼那道光波。

在第十艘，他已經睜不開眼睛。時間似乎靜止了，只剩痛苦與虛無的震動波。船隻開始搖晃，但高溫與疼痛沒追上來。他努力睜開眼睛，逃生艇在太空中翻滾旋轉，他看到重力波不再那麼強烈，快速翻騰離去，扭曲了遠方恆星發出的小光點。

阿瑞斯閉上眼睛。他猜想逃生艇會啟動醫療性昏迷或乾脆讓他死去，他不知道該選哪個。他不確定之後會發生什麼事，只體驗到虛無、沒有感覺與思想的時間深淵。

艇門打開時發出金屬軋軋聲，空氣湧進來，強光照在阿瑞斯身上，刺痛了他的眼睛。

他在一艘廣大的貨艙內，四周站了幾十個呆愣無語的軍官。藍白色衣服的醫療人員衝上逃生艇的平台，期待地向他點頭。

他擠出凹陷的醫療艙走出來，雙腿發軟，他拚命努力站著卻不由自主地倒在地上。他下意識地雙手環抱住小腿，蜷縮成球狀往側面倒下。醫療技師們把他抬上擔架搬出逃生艇，其餘九個軍官仍留在他們的凹洞裡，閉著眼睛。

「你們為什麼不救我的部屬？」

技師把一個裝置按到他脖子上，令他陷入昏迷。

28

阿瑞斯的記憶結束後，杜利安發現自己回到了繞行地球的烽火系統中，有白光的閃爍房間。如同阿瑞斯，他蜷縮成球狀側躺在地上，全身發抖，血從他鼻子流出來，一陣強烈的作嘔感。他心跳加速，鼻血越流越多，彷彿自己的恐懼感要把每一滴血擠出體外。

他奮力保持清醒。*這段記憶把他怎麼了？*幾週以來，杜利安一直在看阿瑞斯的記憶。亞特蘭提斯瘟疫期間，他看過阿瑞斯攻擊阿爾發登陸艇，還有一萬三千年來塑造人類進化的事件。他知道阿瑞斯向他透露了那些記憶，允許他看必須知道的事，以便救援阿瑞斯。

接下來的幾個星期，他開始流鼻血和半夜盜汗，而且經常做惡夢驚醒，但是馬上就忘記夢中內容。

杜利安懷疑重新經歷這些記憶會不會害死他，也懷疑還有什麼其他選擇。他必須知道阿瑞斯過去的完整真相，他急著想看這些驅動他自己人生和潛意識中怪物的壓抑記憶。

他看看四周，房間似乎廣闊得無窮無盡。杜利安記不得門在哪裡，但那不重要，因為他不打算離開。

這些記憶只有一點是確定的：外面真的有個敵人。阿瑞斯沒說謊。

不過有點兜不攏。在記憶中，杜利安明確的知道阿瑞斯並非軍人，至少當時不是。和幾百顆球的戰況似乎是隨機應變：小行星電流、重力水雷——聽起來好像探索工具而非武器。船員和船身沒有戰備，也不是戰艦。

杜利安用語音指令重新啟動復活記憶模擬。在虛擬的火車站，他載入下一段記憶，開始接續剛才的斷點。

阿瑞斯睜開眼睛，他躺在醫務室的床上。

一個中年醫生從角落的椅子起身走過來。「感覺怎麼樣？」

「我的部屬呢？」

「我們正在救他們。」

「狀況如何？」阿瑞斯問。

「不確定。」

「告訴我。」阿瑞斯命令。

「每個人都陷入昏迷。生理上，他們沒事，照理說他們應該會醒來，但是沒有人清醒。」

「我為什麼醒了？」

「我們不知道。目前推論是你的心理痛苦門檻，也就是精神耐力比較高。」

阿瑞斯望著蓋在身上的白被單。

「感覺怎麼樣？」

「別問了。我要見我妻子。」

醫生避開他的目光。

「發生什麼事了？」

「艦隊委員會必須聽你的報告——」

「我要先見我妻子。」

醫生走到門口。「衛兵會護送你。如果需要我就過來這裡。」

阿瑞斯小心地下床，懷疑四肢能否正常運作，所幸手腳都能靈活使用。桌上放著一套折好的標準軍服。他不知道他的探勘艦隊制服到哪裡去了，身分階級章也不見了。他打開單薄的衣服不情願地穿上。

門外，衛兵帶他來到一處演講廳。十幾位將領坐在中央架高的桌邊，舞台前面，還有兩百個公民，穿戴著不同的制服和徽章，坐滿他們背後每個座位。阿瑞斯不認識的一位上將指示他提出詳細的任務報告。

「我是塔爾根・阿瑞斯，現役軍官，隸屬於第七探勘艦隊。目前的職務……」被摧毀的艦隊影像閃過他腦中。「我最新的職務是太陽神號艦長和第七探勘艦隊西格瑪團隊的次級艦隊指揮官。我們的任務是收集目前稱作『哨兵』的球體樣本。」

「你們成功了嗎？」

「是。」

「我們想要比對你的報告、艦上日誌和我們從逃生艇回收的影像記錄。」

阿瑞斯背後，巨大螢幕從黑色變成阿瑞斯站在艦橋上的影像。螢幕顯示出一個球體，獨自飄浮著。

影片顯示他的四艘船跟隨球體，隨後球體轉而跟著他們。

「你如何引誘它離開哨兵行列？」

「我們研究它們的行列幾個星期。我們觀察範圍遠及八十光年（注），證實了哨兵網絡已經完全包圍我們銀河系一大塊的現行推論。球體均勻分布，就像蜘蛛網，但它們會移動，逐漸向我們靠近。目前還不是迫切的威脅，但如果它們保持現在的移動速度，在遙遠的未來，大約十萬年後，哨兵會抵達我們的太陽系。」

全場低語聲此起彼落。

「你如何捕獲這個球體？」

「我們發現球體偶爾會脫離行列，但很快就會回去。我們比對了太空探測器迷路的狀況——通常是已滅絕文明的古老遺物，多半是太陽能驅動，能發送單純的宇宙招呼。每次球體都會攔截探測器，進行某種分析後再摧毀它們。我們的任務簡報指出，球體會攻擊嘗試越過哨兵行列的船隻，但從未有船隻被摧毀，所以我們很好奇為什麼球體會摧毀探測器，也認為應該視為警告。我們製造了一個重複發出簡單二元訊號的探測器，用來引開一顆球體。」

螢幕顯示一顆球體跟隨艦隊的影片，逼近漂浮在前方的一個小物體。畫面切換到稍後艦隊繞行球體的場景，以及球體被摧毀的過程。

「我們嘗試捕獲球體時失敗過幾次，最後設法捕獲了一顆，但是過程中把它癱瘓了。」

螢幕切換到阿瑞斯艦上的貨艙，一顆巨大黑球聳立在他面前。船身搖晃，阿瑞斯倚著牆站穩。

「這是攻擊的開始。十幾顆球體瞄準太陽神號，發射電漿攻擊，我們甩掉了它們。前線哨兵似乎很單純，它們比我們的船慢多了。我們的任務參數要求通訊緘默，我們照做。幾小時後，一個穩定的蟲洞打開，來了一群新型哨兵，應該有好幾百顆。它們非常

注 Light year，定義為光速行動一年的距離。

先進，而且極具侵略性。」

他背後的螢幕重播戰鬥畫面。

「你為什麼不傳送到主艦隊？」

「因為恐懼。我怕我會把新型哨兵引到第七艦隊，甚至帶回母星，我推斷我們的損失有正當理由，我對傳送資料回艦隊也有同樣的顧慮。我部署了逃生艇，希望指揮官們可以倖存，讓我們把情報帶回來。我希望重力水雷能摧毀哨兵群，後續的震波會把逃生艇推離較晚加入戰鬥的哨兵攻擊範圍。我隔開了逃生艇，如果有一艘被摧毀，我們的撤離標籤會把我們傳送到連鎖的下一艘。我不確定有沒有效，但我希望逃生艇至少可以把我們的日誌和錄影帶回來。」

「在這方面，我們判斷你的任務成功了，阿瑞斯。你提供的情報可能在這場戰爭中拯救我們。」

「戰爭？」

演講廳裡鴉雀無聲。

「有人會告訴我任務結果嗎？」

「當然，會在私下告知你。現在，有個人急著想見你。」

29

衛兵帶領阿瑞斯來到一個比他在太陽神號的艦長室更氣派豪華的大房間，他們把他當作將領禮遇。他使用資料終端機，希望找到答案，但是它沒開。*他們在隱瞞什麼？*

探勘艦隊知道哨兵存在已經一百多年了，若假設球體只是早已滅絕的文明遺物，那可能只是研究星際現象的科學浮標。

顯然它們不僅如此。

房門打開，他的妻子米拉走進來，充血的眼中含著淚水。

阿瑞斯跑向她但突然停步。他盯著她隆起的腹部，努力理解。

她走過來緊緊擁抱著他，他也回抱她，腦中上百萬個疑問交纏，最後只剩一個念頭：*我還活著，她也在這裡。*

他們走到沙發，她先開口。

「你離開後我就發現了。我提出好幾次要求撤銷通訊緘默命令，但是被否決。」

「我才離開〇．一年。」

她嚥一下口水。「他們要我親口告訴你，其實你已經離開〇．七年了，被判定失蹤，推斷在前線陣亡已經半年。我們辦過你的喪禮。」

阿瑞斯望著地上。離開了半年多，他發生了什麼事？一旦停止在連鎖逃生艇之間傳送，震波過去後他應該能夠有意識的走出艇上的醫療艙。但他搞不懂，彷彿時間消失了，他的心智脫離了現實。

「我不懂。」

「醫生認為你的一部分心智基本上關閉了——所有軍官都有這種狀況。其他人還在植物人狀態，但肉體上，他們沒事。醫療團很擔心你，他們要我……評估你。」

「評估什麼？」

「任何精神變化。他們認為這個經驗可能——改變你的心理。」

「怎麼會？」

「他們不確定。他們認為這次經驗可能擴張了你的心智痛苦容忍度，甚至永久改變你的大腦線路，讓你能做出各種……我不想說出來，反正他們很擔心。」

「我沒有毛病，還是老樣子。」

「我懂，我會告訴他們。即使有……毛病，我們也會一起矯正。」

他有點不一樣了，阿瑞斯感覺體內有股醞釀中的憤怒。

他的妻子打破尷尬的沉默。「你失蹤以後，我轉調到皮洛斯號。他們搜尋了〇・二年。接著是喪禮，但我說服船長讓我使用一艘調查快艇繼續搜尋。我用光了所有休假，我猜艦隊醫生以為如果我找得夠久，直到我滿意，對我和懷孕狀態會比較健康。」

「是妳找到我的？」

「不是，我可能永遠找不到。宇宙這麼廣大，逃生艇的緊急訊號又關閉了……」

「我是被迫的。」

「我知道，會被哨兵發現。」

「我不懂。」

「我發現了別的東西。我的長程掃瞄顯示哨兵行列有重大改變。它們的隊形打破了，逐漸撤退。我們相信你在行列中打開了一個缺口，有人想要通過，哨兵在跟他們作戰。海軍部和全球議會認為哨兵的敵人可能是我們的盟友——如果我們能和他們會合。」

她從袋子裡拿出一個平板電腦遞給阿瑞斯。「我對哨兵行列的發現說服了艦隊司令部派出所有探勘艦隊到哨兵行列的這一邊。每艘船都放出探測器找你，協同搜尋發現哨兵行列的破口越來越大。」她點出一個畫面。「這就是原因。」

阿瑞斯看了幾乎嚇退一步。幾千艘船艦的碎片延伸到一顆巨大恆星的戰場。

「這是什麼——」

「這個戰場，就是我們的潛在盟友嘗試突破的地方。不只如此，他們也試圖連絡我們。我們的探測器收到了一個訊號，結構很單純，二進位後面是四個基本碼構成的某種密碼，目前還在研究中。我們認為這支軍隊為了打開這個缺口犧牲慘重——他們集中在你最初打破，把球體引出行列的地方。我們的艦隊正趕往那裡，預計明天就會抵達。」

「我們的任務是？」

「嘗試接觸。看看我們是否有盟友，還有如何在哨兵戰爭中提供協助。」

「此外我們還知道什麼？」

「不多。哨兵摧毀了我們每一個探測器，但還有個影像。」她點擊平板，出現一幅船隻碎片漂浮的粗糙影像。阿瑞斯盯著那個圓形徽章，是一隻大蛇咬著自己的尾巴。

「是蛇……」

「我們稱之為蛇軍。」

「他們是人類嗎？」

「根據我們在通道交叉處看到的走廊尺寸，很有可能。而且他們的編碼我們可以辨識，應該很快就能破解。」

30

對大衛而言，需要極大的意志力才能把目光從軍用烽火系統延伸到熾熱恆星的廣大殘骸場中移開，這景觀太吸引人了。這裡曾經發生什麼事的謎團、是什麼東西能摧毀幾千或幾百萬艘船的各種可能性——還有恐懼，充滿他腦中。他看到的瞬間，對眾人處境的整體認知就全盤改變，或許他的人生觀也因此截然不同了。

他轉過身，保羅、瑪麗、米洛和桑雅正在等待，但他只看著凱特，她嘗試解讀他的臉色時，表情從恐懼變成困惑。

「好吧，」大衛說，「凱特說我們在這裡暫時安全了，我們要趁這個機會拿到需要的東西。」

眾人露出憔悴喪氣的表情。過了幾秒鐘，根本沒人猜測「需要的東西」是什麼。

「先休息，」大衛說，「每個人都要吃飯、洗澡和睡覺——接下來的八小時不做其他事情。」

桑雅瞄一下傳送門。

「這次不派守衛，」大衛說，「我們直接堵住傳送門。這座烽火系統有很多補給品，可以在延伸出去的兩側走廊上設置次要路障，如果史隆通過會有很多預警時間。」他停一下，讓大家吸收他的話。「好啦，我們動手吧。桑雅，請妳幫我設置路障，還有米洛，你也是。」

米洛微微一笑，接著嚴肅地跟著桑雅和大衛，吃力地幫他們從儲藏室搬出沉重的銀色箱子，抬上樓梯到傳送門區。

等路障完成、大家回到居住艙之後，大衛一手放在米洛肩上。

「米洛——」

「我知道，我……」

「先讓我說完。之前我跟你說過等你長大後就會懂的話，其實是我小時候爸媽老跟我說的。」他觀察米洛的表情，「我知道你不是小孩子，但是成人碰到孩子還不能理解的事情時就會這麼說——這種情況可多了。可是這次狀況不同，我們不希望你通過傳送門是因為我們不能用你的性命代替我們自己去冒險。」

「為什麼？」

「因為我們是成人，也很關心你。我們有機會長大變成現在的樣子，但你的人生還很長，所以比我們更重要。這不是軍事決策，重點是做正確的事，做出心安理得的決定。如果我們愛惜自己的生命超過你的，我們都會良心不安。你懂嗎？」

「懂。」米洛小聲說。

「我可以信任你嗎，米洛？」

「可以，大衛先生。」

大衛走進居住艙時，凱特坐在小書桌邊抓頭。

「我知道你生我的氣。」她說。

「我沒有。」

她抬起眉毛。

「好吧，我有。但都過去了。」

「真的？」

「看到那片殘骸、這個地方，讓我領悟了一件事。」

凱特等著，表情仍充滿懷疑。

「如果那個訊號真的來自潛在敵人，他們也知道地球在哪裡，我們就必須設法求助。假設地球上還有活人可救的話。」

凱特看著地上。「我同意。你想怎麼做？」

大衛開始脫衣服。「現在，我想先休息，然後一起想個計畫。我希望率先發動攻勢。這段時間，從發現妳生病開始，我一直苦撐，努力不要失去妳和我們剩下的時間。我很害怕，直到這一刻仍然膽戰心驚，但我想如果我們想度過難關，就必須冒點風險。」

「你說對了一點。」凱特說。

「嗯？」

「我們應該享受剩下的時間。」

保羅在不知不覺中睡著了，他感覺很疲倦，在半夢半醒間似乎聽見某種聲音，他睜開眼睛尋找聲音來源。

瑪麗走出浴室，一臉輕鬆地舉手遮住胸部。

保羅趕快閉上眼睛努力壓抑失控的脈搏。

「那個浴室超詭異的。」

「是啊，」保羅仍然閉著眼說，「好像沒有水的單人迪斯可包廂。」

保羅聽見她從籃子裡拿出衣服穿上，坐到椅子上。

「嗯，讓我想起人工日曬機。」

他坐起來好奇地看著她。

她無辜地聳肩。「我去過一次。大學時代的春假之前，以免曬傷，也可能是因為同儕壓力，因為其他女生——」

保羅舉起雙手。「無意批評。我是說，從健康的立場那是不安全的方法。不過每天曬一點太陽相當健康，紫外線會把皮膚裡的膽固醇轉化成維生素D的前身，其實那是一種荷爾蒙，不是維生素，但也很重要。不管是季節性情緒失調、自體免疫疾病、某些癌症，都需要攝取健康的維生素D。」

「是喔。嗯，我只是想說我沒有改變，你知道的……我沒有開始曬黑或改變穿著，那也不重要啦。在波多黎各的阿雷西博沒什麼適合的交往對象。」

「當然，我想也是。我覺得妳一點也沒變。」

「什麼意思？」

保羅清清喉嚨，「我……妳就像我印象中的樣子。」

瑪麗瞇起眼。

「是好的方面。」保羅補充。

保羅感覺接下來的沉默至少持續了三四個小時。

「你還是常加班嗎？」瑪麗問。

「一直都是，尤其最近這幾年。」

「我也是，這是我唯一覺得快樂的事情。」她把手肘撐在桌上伸手摸過頭髮。「但我想我漸漸變得沒那麼快樂了。」

「我懂那個感覺。幾年前，離婚以後……」

瑪麗點頭。「你有再婚嗎？」

「我？沒有。我見過的另一個天文學家……他，你們倆是不是……？」

「不。天啊，不是，我沒交往對象。」她停頓片刻，「你身邊有女人嗎？」

保羅盡力顯得輕鬆。「不算有。」

「噢。」瑪麗表情驚訝。

「我是說，我跟某人住，但是——」

瑪麗往後仰。

「不，不是那樣。」

「是嗎？」

「她只有一天下班後跟我回家。」

瑪麗別開目光。「早猜到你的狀況大概是這樣。」

「不，那不是我的意思。」

瑪麗開始咬嘴唇內側——保羅很清楚她的老習慣。

保羅清清喉嚨，「其實很單純，我們有個小孩——」

瑪麗驚訝得張開嘴巴。

「呃，不是我的小孩，但現在是了。沒錯，他不是小嬰兒，他叫做馬修。」

「馬修是個好名字。」

「對，當然，很好很好的名字。但馬修不是我的親生後代——基因上我們是親戚，可是他是——」

「保羅，我想我們該睡了。」

凱特靜靜躺在大衛旁邊思考，她睡不著，心思不由自主地回想所有她知道的事情想尋找一絲線索，或可能解開下一個階段的關鍵。她本能地感覺她遺漏了一個細節，某個搆不到的關鍵。

大衛打呼了一會兒但又停住。凱特驚嘆他睡覺的能力——即使他們有迫切的危險，已經持續了，呃，差不多從他們認識以來這麼久。

凱特覺得每當必要時，大衛似乎能夠直接關掉大腦立刻入睡。那是從哪裡學來的特技嗎？是因為多年來從事祕密任務跟敵人作戰，或他天生就這樣？他有好多事情她還不知道，或許永遠不會知道，如今已沒時間去問了。

這個念頭讓凱特有點悔恨她知道即將發生的事。她內心有一部分希望大衛醒來，但更多部分希望他休息。

她溜下床，穿上衣服，悄悄走出房間，經過這座軍用烽火系統陰暗不祥的走廊到達通訊區。

從哪裡開始呢？詹納斯選這座烽火系統必有用意。為什麼？這裡有什麼特別或發生過凱特的亞特蘭提斯前身曾經目睹的戰鬥嗎？

記憶檔案透露答案：沒有。

其實，詹納斯儲存在此的記憶是從烽火系統部署在此的幾千年後開始，凱特的前身從未來過這裡。

凱特決定備份。她查詢電腦，尋找跟碎片場有關的歷史記錄。

關於蛇軍戰場的所有資訊根據公民安全法案屬於機密。

蛇軍戰場。機密。

搜尋電腦三十分鐘之後沒發現其他資訊。其實，她幾乎毫無進展。這座烽火系統沒有任何資訊，似乎也沒有線索。是故意的嗎？為了防止任何敵人來到這裡存取資料庫？這是詹納斯的動機？他把記憶送來這裡是因為沒別的東西好找嗎？那就太高明了，他可是很聰明的。

凱特正要離開通訊區時螢幕暗掉，一個紅框開始閃爍。白色粗體字顯示：

通訊傳入。

凱特勉強抓著桌子阻止自己暈倒。

31

重新體驗阿瑞斯的記憶對杜利安來說是種折磨，而亞特蘭提斯食物幾乎一樣糟糕。

他和維多坐在儲藏室裡的銀色箱子上，吃著亞特蘭提斯人視為「食物」的橘色凝膠。

「這玩意真噁心。」維多說。

「你真是觀察入微。」杜利安咕噥著，吃完他那包。

「我們該怎麼辦？」

「我猜只好在評分卡上痛罵一番了。」

維多表情困惑。其實，杜利安開始認為維多只有這副表情。

「您要去哪裡？」杜利安踱步到走廊上時維多問道。

「家庭作業。」他說，關上通往通訊區的門。

杜利安害怕展開下一段記憶，但他沒有選擇。探索阿瑞斯和烽火系統外的敵人真相是地球的唯一希望，他從來不逃避責任，非做不可。

他走進通訊包廂，開始從上次的斷點播放阿瑞斯的記憶串流。

阿瑞斯被例行的艦隊警報聲驚醒。他聽過很多次了——多半是做實驗的隊伍，無論在船內船外，只要有麻煩的時候就會響起。上次他聽到時，幾百顆哨兵在追擊他的次級艦隊，它們摧毀了他的艦隊和麾下的每一個人。

他坐起來把雙腳放到冰冷的金屬地板上。他發現自己在冒汗，但他的皮膚並不溫熱。心中出現一股恐懼感，他感覺不太對勁。

他掙扎著站起來，身體在反抗他，不願意回應。

播音系統發出聲響，一個冷靜的聲音開始複誦：「所有人員就緊急位置。」

緊急位置。每個服役的人都知道，至少每五天演習一次，在探勘艦隊裡安全至上。阿瑞斯生平第一次沒有緊急位置，沒有任何崗位，他不再是艦長或次級艦隊指揮官，連主管職務也沒有。他只是個沒有任務的軍官——在這一刻，即使發生了什麼事也毫無線索。

他穿上標準軍服衝進走廊，各單位的人們在他周圍奔跑。他想問他們發生了什麼事，但每個人都甩開他的手快速跑掉。

阿瑞斯擠過人群，奮力抵達電梯。

在艦橋上，他看到螢幕時猛然停住。

延伸到恆星的巨大戰場……是米拉給他看過的同樣場景，但並非靜止，而是充滿了各種活動。亞特蘭提斯的第一與第二探勘艦隊停在遠端——總共七十三艘船。但一支更龐大的艦隊在殘骸的黑色平面上方逼近，巨大的船艦漂浮著，有的體積等於整支亞特蘭提斯艦隊，擋住了幾大塊陽光，投射出長長的影子在相對較小——全都是探勘艦的亞特蘭提斯船身上。

亞特蘭提斯人派出第一批外太空探勘船的時候，船上有武裝，但隨著幾十年、幾世紀過去，沒有任何敵人出現，越來越難合理化武裝船艦占用的成本和空間，武裝船艦也被某些人視為笑柄。他們逐漸相信夠先進能在外太空探索的任何種族必然也很文明。

站在艦橋上，望著從上方逼近亞特蘭提斯船的龐大艦隊，阿瑞斯發現了他們有多麼錯誤和愚蠢。這些都是毀滅性的戰艦，就像哨兵球體一樣。

「再播一遍。」艦長從他站在艦橋中央高腳桌的位置大聲說。整個艦橋上所有軍官和技師都專心盯著螢幕。阿瑞斯上前，站在艦長身後，也專注在螢幕上。他看著場景重設，右上角的時間標示回到稍早的時候。他們在看錄影，在蛇軍戰場的艦隊所攝。我們一定還在半路上，阿瑞斯心想。

第一艦隊司令官的聲音從擴音器傳出。

「艦隊注意，我們收到一個來自蛇軍的訊號。我們正在設法解碼，但我們重複傳送了這個訊息，以確認對方能收到我們希望可以解釋成友好跡象的訊號。」

螢幕開始向前播放。蛇軍艦隊後方，一個蟲洞打開，更多船艦開始湧進來，全是同樣的形狀與尺寸。他們在傳送門前面暫停了片刻，開始繞行，互相首尾銜接，形成一個環，或是一隻蛇。第二個環在內圈形成，一個接一個直到七個環，全部疊在一起，像個甜甜圈擋住陽光。阿瑞斯看到一個閃光，發現他們在收集陽光，像巨大的太陽能板，聚集能量。

上將被錄下的聲音又說：「艦隊注意，訊號的第一段是二進位。太空中的這個位置和另一個區域，目前沒人探測過，可能是蛇軍的母星。第二部分據推測是DNA序列，可能是病毒，長度還不足以構成完整的人類基因組。」

螢幕上，幾艘小船從蛇軍艦隊深處一艘大船裡出來，緩緩駛向第一艦隊的旗艦。

「艦隊，我們有訪客。掃瞄無法辨識內容物。重複，他們不是阻擋我們掃瞄就是船裡沒有東西。待命，所有艦艇留在原位。」

呆子，阿瑞斯心想。上將在打安全牌，推測他們不能交戰，所以何必逃走？阿瑞斯看法不同。他妻子在皮洛斯號上，第二艦隊的探索者級艦。他安靜等待，希望聽見上將下令撤離艦隊。

小黑船停在蛇軍和亞特蘭提斯艦隊中間。

「艦隊，我們要派出拖船帶第一批船進來，這可能是和平提議或某種溝通。全體待命。」

拖船把幾艘船帶進最靠近的探索者級艦，接著影像記錄快轉過沒事發生的部分，最後停在一個靜止畫面。

阿瑞斯環顧艦橋。每個人都在他們崗位上使用平板，有些人在交談。

「繼續播放，」艦長說，「所有人注意看，任何細節都可能很重要。」

「怎麼了？」阿瑞斯問他。

「我們和第一、第二艦隊失去了聯絡——就在他們接觸蛇軍的船之後。」

「這是攻擊。」阿瑞斯堅定地說。

「我們並不確定。可能是通訊相關系統故障，也可能是哨兵阻斷了通訊，或恆星異常現象，很難說。我們要全軍前進到蛇軍戰場上。」

「你報告委員會了沒有？」

「有。」

「他們要撤離嗎？」

「不。他們決定在我們確定怎麼回事之前不做宣布。」

「呆子，這可能是入侵的序幕。我們應該分散艦隊，召集所有採礦與貨運船，盡量撤離人員。」

「如果這只是誤會一場呢？撤離也會損傷人命。恐慌會讓我們癱瘓——而且在最壞的時機。已經決定了。」

「給我一艘船。」阿瑞斯說。

「危機期間無緣無故解除現役指揮官職務給你一艘船？我不相信我看到的心理報告，阿瑞斯，但是內容感覺越來越正確了。我們幾分鐘後就會抵達蛇軍戰場——」

阿瑞斯衝出艦橋，進了電梯。各種情境、意見閃過他腦中。他必須去皮洛斯號找他妻子，然後儘快逃離。

走廊上還是很多人，但不像先前那麼擁擠。

當第一次爆炸震撼船身，把他甩到走廊牆上時，阿瑞斯距離傳送門室還有二十呎。他臉頰腫起，差點昏迷，肋骨和手腕隱隱脹痛。他翻身仰躺在地上，同時船身彈跳、穩住又搖晃，因為防震系統恢復又故障了。震動退去後，他蹣跚走到傳送門區快速操作面板。如果他能轉移到皮洛斯號，就能找到她。

他啟動連線，但是螢幕顯示：

傳送門鎖死程序實施中。

艦隊封鎖了自己，很棒的主意，但他也被困住了。

他奔過走廊到了小艇碼頭的門。門打開，露出一座又寬又深的機棚，十艘小艇有半數翻覆，有些撞毀在牆壁上，只有一艘登陸艇仍正常無損。阿瑞斯上船進入發射程序。

他穿上三套防護衣之一，希望省點時間，幾秒鐘可能就是關鍵。他走回座艙時，第一眼透過開啟中的艙門看到外面。

軋軋作響的門緩緩現出大屠殺的恐怖與規模。整個亞特蘭提斯第一與第二艦隊殘破不堪，船體逐漸崩解，飄進殘骸場，加入先前被摧毀的幾百萬艘船中。

那些新加入戰鬥的艦隊碎片翻滾經過小艇碼頭，碎裂著捲入風暴中，船隻殘骸發出火焰和光亮，但很快就被黑暗吞噬，就像第一與第二艦隊。

阿瑞斯看著癱瘓的船隻互相碰撞，爆炸發亮，漂浮時隨著空氣失壓，鋸齒狀邊緣的隔艙崩潰，往太空吐出空氣、雜物和他的同伴。

比起殘骸場上空的激戰，亞特蘭提斯艦隊毀滅的奇觀顯得相形失色。在遠方的太陽前面，一圈蛇軍船艦旋轉，藍白光芒構成的巨大人造蟲洞在中央開啟——此舉需要難以想像的龐大能源。一支新的蛇軍艦隊逐漸浮現，船隻都是統一尺寸，在傳送門中央，飄出一座船艦連結組成的大圓柱，像從太空的破洞出現一條金屬巨蛇。

震動的蛇身到處發出閃光。阿瑞斯放大倍數，看見船側的標誌，一隻自我吞噬的蛇。他也發現跟它戰鬥的東西，是哨兵球體，幾千顆球陸續湧出各自的蟲洞，它們一落入戰區蟲洞就消失。球體列陣，穿過巨蛇，像大型散彈進入它側面，撕開一層又一層的船艦，蛇軍艦隊結構逐漸鬆脫，但核心並未崩潰。被咬掉的部位立刻有其他船艦增援補上，填滿被摧毀的連結。

球體趕來的速度在加快，它們逼近蛇軍艦隊，逼退大圓柱。阿瑞斯看出它們的目標：在太陽前面支撐蟲洞能量的艦隊環。

這個場面給了他一絲希望，或許贏家會放過殘餘的亞特蘭提斯艦隊。他把登陸艇的觀景螢幕轉向顯示周圍的戰況，希望幻滅。球體群鑽入漂進防線的亞特蘭提斯剩餘船艦，打破所有居住區。他操作面板，聚焦影像。蛇軍艦隊在向逃生艇開火，殺掉倖存的軍官。兩支大軍彼此交戰——也都在攻擊亞特蘭提斯人。

這裡沒有盟友可以召集，沒有希望。完整的真相跟絕望的重量令他在防護衣裡感到窒息、無法呼吸。

32

撕裂小艇碼頭的爆炸把阿瑞斯震回了現實。他的登陸艇漂進太空，進入艦隊殘骸群和延伸到太陽的蛇軍戰場。

他的心智緩慢地檢討現狀。無路可逃，沒有希望，但他腦中有個強烈的慾望。米拉，我要見她，一起葬身此地。

他輸入命令。他的登陸艇被撕裂，遲早會變成延伸到太陽的廣大殘骸海灘上另一顆沙子。

阿瑞斯保持專注，駕著登陸艇閃避漂流的船體，慢慢前往皮洛斯號。它斷成三大塊，無疑還有幾千個小碎片，阿瑞斯不知從何找起，她的崗位通訊區或她的起居室嗎？皮洛斯號的殘骸替他做了決定：通訊區已經不見了。

他把登陸艇停泊在含有半數居住區的一塊殘骸上。他走近氣閘時隱約知道自己有多麼不理性，他的邏輯心智已經關閉。此時他走過陰暗的走廊，頭盔上的燈光照亮了漂過身邊的懸浮物體。船上電力已經全部喪失，連緊急燈光或人造重力都失效，維生系統也關閉。即使他能在房間找到她……

他決定要留到最後，陪她一起漂流，被她的雜物，還有原本顯示他們照片的空白螢幕圍繞。

她的房門打開，一件環境防護衣虛弱地漂浮空中。它翻轉，阿瑞斯看到了裡面的臉孔。是她。他擠過房門，迎向他的妻子，緊緊擁抱她。

她的聲音在他頭盔中耳語，很微弱但是平靜。「阿瑞斯……」

他抱緊她。「太好了，妳穿了防護衣。」她沒有回抱他給予回應。她快沒空氣或是呈現半昏迷嗎？

「我們離開這裡。」

她雙手抓住他的手臂，力氣大得令他大吃一驚。

「我們必須留下。」

他把她拖出房間，推著她穿過走廊。她很震驚，一路反抗，他們漂浮前進，閃避擋路的屍體、箱子和物品。在氣閘處，他先推她進去。她在登陸艇的減壓室裡倒在他身旁，完全虛脫。

阿瑞斯試著脫下她的防護衣。

登陸艇的減壓警報響起，門開始關閉。

阿瑞斯在門猛然關上前衝出去，他跑到門邊從通往減壓室的小窗看進去，旁邊的螢幕上閃爍著：

啟動生化威脅檢疫。

他打開通訊器。

「米拉。」

她緩緩起身轉向他。在室內的明亮白光中，他第一次看清楚她的臉。她的皮膚暗淡，幾乎是灰色，細小的藍色血管蜿蜒遍布皮膚，阿瑞斯好像看見皮膚下有東西在爬。

螢幕上出現全身掃瞄圖。

發現異種生物病原體。類型不明。

下方出現兩個按鈕：關閉檢疫與全室消毒。

阿瑞斯不禁嚇退一步。

「開門，阿瑞斯。沒事的，不是你想的那樣，那個環會救我們。」

阿瑞斯的目光飄到掃瞄圖。她失去了孩子。

「他們移除了胎兒，阿瑞斯。開門，你會發現，他們這麼做是為了救我們。」

阿瑞斯退後一步，又一步。他感到麻木。船身正在劇烈搖晃。怎麼會這樣？

他躺在地上，往上看。船燃起熊熊大火。

他蹣跚走到座艙，看到三顆哨兵球瞄準他的登陸艇，它們在向船尾開火。

米拉的位置。

他得救她。他——

下一波爆炸把船切成兩半。螢幕捲動著緊急程序，列出關閉的艙門，斷線的系統。登陸艇前段轉向，他看到了哨兵正在撕裂毀損的尾段，包括減壓室裡全宇宙中他唯一愛的人。

哨兵無視阿瑞斯，無情地摧毀她。

他癱在座椅上，無法移開目光。他選擇等待，準備迎接這一切的終結。

33

對杜利安而言，通訊包廂裡的亮光像灼熱的太陽，毫不留情地鑽入他體內。光似乎直接滲過眼皮，直接重擊他的大腦。阿瑞斯在蛇軍戰場失敗的記憶對他造成了深邃似井的創傷，杜利安感覺迷失在井底。

他翻身俯臥撐起身子，望著滴在亮白地板上越來越大的血泊。記憶在毒害他，或者他已經死了？

幾週前杜利安就感覺到緩慢蔓延的疾病逐漸吞噬他，但現在危險更加迫切。

他努力專心。阿瑞斯的記憶再度呈現了更多疑問而非答案。蛇軍顯然用某種東西感染了阿瑞斯的妻子，而哨兵在攻擊蛇軍——和被感染的亞特蘭提斯人。

其中一邊——不是蛇軍就是哨兵——是襲擊亞特蘭提斯母星的強敵嗎？杜利安想要啟動下一段記憶，但是有些遲疑。還有其他更好的方式能查出來嗎？或許不用選擇每次窺探都傷害健康的方式，那是最理想的。他不知道自己回顧阿瑞斯的過去還能撐過幾次。

他走出來通訊區使用電腦，要求關於蛇軍戰場的資訊。每次查詢，螢幕都閃爍紅色警示：

根據公民安全法案本資訊保密。

亞特蘭提斯人很小心地抹消了關於哨兵和蛇軍的所有資訊。其實，連來自經過該區域的外太空探測器的所有遙測錄影和資料都被刪除了。但是……有座繞行戰場的烽火系統。這筆資料出現時杜利安感到震驚不已，凱特二十小時前把這裡的傳送門連接到那座烽火系統，就在她紊亂輪流的一千座烽火系統裡面，但是……這也太巧了。

杜利安在房裡踱步，腦中檢討各項事實。凱特和維爾知道傳來地球的訊號——阿瑞斯害怕的訊息。他們來到這座烽火系統試圖回應，甚至關閉烽火系統，讓發訊者找到地球。

可是這裡有某種東西讓他們猶豫，因而重新評估，他們沒發出訊號也沒有關閉烽火系統。他們知道敵人是誰了嗎？他們前往蛇軍戰場的烽火系統應該會知道更多資訊，或許他們想跟地球以外的盟友商討，但萬一猜錯了難保不會有嚴重後果。

阿瑞斯記憶中的大屠殺對杜利安而言很逼真，他可以理解為什麼阿瑞斯這麼恐懼蛇軍或哨兵。

杜利安點選蛇軍戰場的烽火系統，日誌裡只有兩筆記錄：昨天的傳送門連接，還有大約一萬三千年前的資料傳輸。

有意思。那個日期有什麼意義？詹納斯大約在那時候被困住——阿瑞斯攻擊直布羅陀外海科學家的登陸艇期間。詹納斯為了求救，發了訊息給潛在盟友嗎？很有可能。杜利安查詢日期，這座烽火系統有三筆資料傳輸。詹納斯想要增加獲救的機會嗎？凱特來過這裡，看到一些嚇人的東西，有了勇氣跨過傳送門——到宇宙中不明位置、現況無法想像的烽火系統。另一頭的報酬一定很大，她一定相當程度確定那邊沒有迫切的危險。

詹納斯留下的記號。杜利安發現那是什麼了：記憶。凱特跟他在做同樣的事：企圖解開亞特蘭提斯人的過去，得知他們的敵人和盟友的真相。

她的團隊去了三座烽火系統之一，而且很顯然他們還沒離開。杜利安暗自記下烽火系統的位址。現在要找到他們只是遲早的問題了。

「慢點。」大衛說。他看著聚集在通訊區的每個人。他猜得對，凱特向大家揭露事實的速度太快了，或許除了瑪麗，她顯得如癡如醉。

「這是來自戰場的訊息。」凱特說。

「怎麼會？」大衛問。

「一定是來自殘骸。」凱特打開螢幕，迅速捲動訊息，大家根本看不清楚。「就像瑪麗在地球收到的那則——剛開始是二進位數字序列，後面是四個基礎碼。」

「是同樣的訊息嗎？」瑪麗立刻問。

「我不知道，」凱特說，「不過是相同格式。」

「所以至少發訊人可能是同一個。」保羅說。

凱特點頭。

「我們知道什麼？」大衛問，「我是說，妳說過關於這裡的資訊是機密。」

「對，」凱特望著大衛說，「我查過了，詹納斯的同伴沒來過這裡。其實，她完全沒有蛇軍的記憶。」

「但是詹納斯臨死的幾秒鐘前發了個訊息給某人，然後把同伴的記憶傳到這裡——她沒來過的戰場，竟然有個好像回應他的訊號被重複播送了幾千年。」大衛抓抓腦袋。他想不通到底遺漏了什麼，這有點不對勁。「他們把這些烽火系統放在他們不希望被人發現的地方，對吧？」

「對，」凱特證實，「或阻止裡面的人看到外界。」

對，就是這個。大衛確信。

他們頭頂的上層有個機械聲音，打破了寂靜。

大衛瞄凱特一眼。「傳送門。」

「不是我。」她退後。

「把門鎖好。」大衛說完便跑出通訊區，桑雅也跟過去。

一座樓梯間從底層通往傳送門、大儲藏室和居住艙所在的上層，底層則有通訊區和一連串小儲藏室。

大衛的選項只有壞和更壞：爬上樓梯在樓上面對史隆和他剩餘的手下，或在這裡等，希望在他們下樓時埋伏。

他迅速決定埋伏。他示意桑雅在一個小儲藏室裡占據位置，他則迅速躲到另一間。等史隆走下樓梯時，他們會從這兩處向他開槍。

大衛聽見樓梯間傳出一個金屬撞擊聲，類似罐頭滾動。史隆肯定不會這麼笨……走道對面，大衛看到桑雅從門口探頭。三個黑色圓柱體從樓梯彈跳到狹窄走廊上，是閃光手榴彈。

大衛轉身躲在門框後，摀住耳朵、緊閉雙眼。閃光和爆聲一瞬間吞沒他的視覺和聽覺，一切都變成慢動作。大衛扶著牆張嘴喘氣，拚命眨眼，努力想恢復感官。

他看看外面。桑雅，閃光完全逮到了她。她蹣跚前進，進入走廊。

一個人影衝下樓梯間，一步跨三階。人還沒到底部就向桑雅開槍。

大衛舉起步槍向他開火，但是太遲了。

桑雅倒地，身上淌血。男子在她對面的地上翻滾，一面發抖，仍然扣著扳機，子彈灑向四面八方，包括背後的樓梯間。

一個小物體在樓梯間牆上彈跳，接著又一個，邊彈邊滾動。大衛瞪大眼睛，是手榴彈。

他急忙退後，被一個箱子絆倒，坐起來剛好從狹窄門縫看到濺血的走廊上桑雅和史隆的士兵倒臥不動。片刻間沒有聲音，然後……一面閃亮的橘色光壁形成，沙沙作響，擋住了手榴彈的爆炸。是能量力場。

儲藏室的小門關上，衝力把大衛甩到背面牆上。室內的人造重力突然失靈，他和銀色箱子一起緩緩飄升。

好像沒有聲音的怪夢。大衛在旋轉，望著窗外的軍用烽火系統。原來這房間不是儲藏室，只是他們用來放東西，這是個緊急逃生艙。現在它漂進廣大的殘骸場，混進其他幾百萬個敗戰者的殘骸碎片。

大衛呆望著窗外，景觀和寂靜感覺怪異又令人不安。史隆會抓到凱特和其他人。他失敗了，最後的挫敗。他永遠無法再看到凱特。

34

凱特和米洛、保羅、瑪麗在通訊區裡等待，聆聽著槍聲變成爆炸聲。牆上的螢幕亮起，出現一個紅色對話框。

即將失壓。

隔離程序啟動。

一個字眼閃爍。

撤離。

凱特觀察烽火系統的狀態。它被撕成了兩半，力場擋住了太空的真空狀態，但烽火系統撐不了太久，所有逃生艙都在力場的另一邊，而且已經被烽火系統發射了。

她沒有選擇，只能趕緊設定傳送門到詹納斯傳送記憶的下一座烽火系統位置。她從這座烽火系統下載了記憶到攜帶式記憶體，再走到門口。

「來吧，」她盡力鼓起最大的勇氣說，「跟在我後面。」

門打開。桑雅和另一個陌生士兵死在黑色的地板上。凱特悲喜交集，大衛不在，或許還有一線生機。

一道橘色發光力場模糊了太空和遠方殘骸場的景觀。

凱特看看周圍，唯一出路是樓梯間。她踩過血泊，跨過屍體，爬上第一階，她猶豫著是否該拿把槍。保羅的目光停在倒地士兵的步槍一秒鐘，馬上撿起來，繼續前進，走到凱特前面的位置。

「你會用嗎？」她低聲說。

他聳肩。「不太會。妳呢？」

「不太會。」

他們停了一下，確認上面毫無聲響。凱特內心深處一直希望大衛會繞過轉角，探頭到樓梯間說：「敵人淨空。我們走吧。」

但他沒出現。她爬上金屬樓梯間，其餘人跟著她，保羅在她旁邊。

緊急撤離警報的音量大到差點嚇得她跌倒滾下樓梯。

在樓梯頂端，她看見發光的傳送門，透過對面小玻璃窗的倒影，那個陌生士兵躺在傳送門另一側的走廊上。她看看窗外，碎片場正在擴大，烽火系統的碎片緩緩漂過。

她無法動彈。

她感覺保羅的手抓住她手臂。

「我們得走了，凱特。」他說。

她的心智這時變成慢動作，但她強迫自己舉步走過傳送門。

傳送門的目的地不是另一座烽火系統。凱特馬上發現這裡面積寬廣巨大，很不像空間狹小、具實用性的烽火系統。

凱特、保羅、瑪麗和米洛來到的大房間裡有一面延伸至少一百呎寬、五十呎高的大窗戶。

外面的場景讓眾人全都嚇呆了。對凱特而言，地球的景觀令人驚嘆，而蛇軍戰場則是既可怕又遙遠的存在，早已消失的危險，但這個地方卻是活生生的。

一排又一排的黑色球體延伸出去，動也不動，上方懸浮著小燈光，像夜間停車場排列的車陣。

陣列中間堆疊的靜止球體上空，一根長圓柱在空間中延伸出去，凱特看不到末端。球體正透過它移動，從另一端出來時被調整得更大更完整。這是球體的組裝線，每秒可以生產幾千顆，或許幾百萬顆，端看製造圓柱延伸多長而定。大型船隻駛過球體行列，停泊在圓柱上。是補給船嗎？為了製造過程提供礦物和原料？

這不是烽火系統，而是太空中的工廠，製造球體大軍的工廠。規模大得令人無法想像。

凱特努力專心。他們不能在此逗留。

她相當確定在上一座烽火系統躺在走廊的士兵不是杜利安。她忍不住想起大衛，他們能否回去設法救他。但大衛可能已經死了，她會害大家冒生命危險。她必須專心。我知道什麼？

杜利安從她故布疑陣的一千座之中發現了上一座烽火系統。如果他能發現詹納斯的訊號，就能輕易找到這裡。

他們必須離開這裡，到安全的地方。或許第三座烽火系統可以提供某種庇護。

她啟動攜帶式記憶體下載詹納斯傳送到此的記憶。

她設定傳送門到最終的目的地。

她跨過去，眾人不發一語地跟上。

凱特一踏進詹納斯藏匿記憶的最後第三座烽火系統，就知道他們有麻煩了。難以想像的高溫迎面撲來，這裡正在燃燒，這是另一座軍用烽火系統。

她窺探窗外，比起工廠的景觀顯得好小。

一顆紅色岩石構成的死亡星球出現在下方，地表上布滿黑色燒灼痕跡。凱特認得這裡。對，她以前看過——大衛救她之後，她在阿爾發登陸艇上看過的最後記憶中。這個念頭又帶來一陣哀愁，但她暫時拋諸腦後。詹納斯企圖抹消這顆星球發生什麼事的記憶。在記憶中，這顆星球被軍事封鎖中，詹納斯的同伴搭乘貝塔登陸艇到地表上調查……

「我想我們最好離開這裡。」保羅說。

此時每個人都在冒汗，聚在傳送門附近，抱著希望，認為還有另一個目的地。

凱特連上烽火系統。對，它有個位址就在附近，貝塔登陸艇還在地表上。她設定另一套烽火系統連接序列——這次一萬座——以防杜利安來到這裡。如果她猜對了，杜利安不知道地表上有貝塔登陸艇，他們就安全了。這是唯一的辦法。

她走過傳送門，接著是保羅、瑪麗和米洛。

在他們周圍，貝塔登陸艇地上和天花板的珠狀燈光變亮，這艘船醒了過來。

「我們在這兒安全嗎？」保羅問。

「我想很安全。」凱特看看四周，船似乎完整無損。神經連結告訴她目前船上的系統都啟動了，她專心回想記憶。「但是不要出去。」

她不發一語地離開眾人，無精打采地閒逛到船員居住區。她隨便選個居住艙坐到床上，呆望了片刻，這裡好像她和大衛在阿爾發登陸艇上的艙房。

她蜷縮在床上，怎麼樣也睡不著。

杜利安翻身仰臥，希望烽火系統的緊急警告能夠閉嘴。他當然看得出必須撤離。這次攻擊不如預期。他怪罪兩件事：第一，維多死了之後還繼續開槍，沒必要的亂掃射。這白癡連死了都不安分。杜利安要感謝他的流彈把杜利安逼退，離開前線，迫使他丟出手榴彈急著想要解決他的敵人，結果無效。烽火系統的力場把爆炸衝擊力推回樓梯間，進入樓上的小空間，把杜利安甩到牆上。然後他什麼也不記得，醒來之後發現自己沒事，槍還在，但凱特那群人不見了。

但是……他知道他們去了哪裡，她只有兩個選項。他走到傳送門前，操作面板，發現有個破綻：他們離開之前她沒有做隨機傳送門連結。欲速則不達，凱特，杜利安心想。這下他可以跟蹤他們了。

他回頭一看，初次看見蛇軍戰場。真不可思議，阿瑞斯是怎麼倖存的？這個謎題改天再說吧。杜利安大步走進傳送門。

延伸的哨兵組裝線立刻引發他一陣恐懼。他本能地舉槍，屏息以待，忽然領悟。這是亞特蘭提斯的傳送門——設在哨兵組裝線上。他們在製造哨兵以對抗他看過的哨兵，或是亞特蘭提斯人早已征服了哨兵軍團，轉變成他們的軍隊？

專注眼前的任務，他心想。他迅速搜索這座工廠。沒人。凱特一行人不可能回去蛇軍戰場，杜利安有把握。他在傳送門輸入最終目的地然後跨進去。

高溫撲面而來，窗外的景觀證實了這座烽火系統正落入行星的大氣層，而且正在加速中。

杜利安衝過軍用烽火系統的深色金屬走廊，快速搜索兩層樓。沒人。通訊區的螢幕閃爍著紅色警告訊息：

軌道崩潰中。即將進入大氣層。

撤離。

杜利安查看電腦。這次凱特比較謹慎，有一萬筆傳送門資料，一萬個可能性。傳送門連線用掉了烽火系統的最後一點能源，它墜落得更快了。杜利安必須離開。

他再度走進傳送門，回到他認為唯一安全的地方。

杜利安望著哨兵組裝線。他被困住了，但或許這裡有答案，對他有用的東西。

凱特呆望著窄床對面的牆壁，她不曉得看了多久。

門打開，保羅走進來。「妳最好來看看。」

他帶她回到艦橋，只能容納五個人和幾個工作站的狹小空間。小螢幕顯示雲層中有發光的餘燼移動。

「是那座烽火系統嗎？」保羅問。

「對。」凱特說。

隨著天上的烽火系統燃燒，她發現他們真的受困了。貝塔登陸艇的設計是用在船際和行星地表移動，艇上的傳送門也是。他們無法離開這顆星球。

「妳在想什麼，凱特？」瑪麗問。

「我想我們必須賭賭運氣了。」

第三部
雙星記

35

杜利安再度搜索哨兵工廠。真的空無一人，而且看起來好像已經閒置一陣子了。對他來說，漂浮在太空的這座巨大基地感覺像醫院，只是沒有病房，環境也很骯髒，周圍擺設既工業化又粗曠。寬敞走道構成的對稱方格貫穿四層樓的結構，通往放著他猜想屬於原型哨兵的怪設備和機械零件的房間。這裡就像一座工廠，事實也是如此：他們研發哨兵，修改公式分發到生產線做「下個版本」的地方。這是個研究實驗室。

所有終端機都把他當成阿瑞斯將軍，整座工廠毫無限制地對他開放。

杜利安評估過他的選擇，結論是回到地球旁邊的烽火系統、向阿瑞斯求助，或是看完其餘的記憶。無論哪條路他都感覺死定了，但其中之一有答案，可能也是解開阿瑞斯生平之謎和改變地球命運的機會。這個決定很容易。

他把儲存阿瑞斯記憶的資料核載入通訊包廂，走了進去。

對阿瑞斯而言，時間像一條長河，不停地流動，無法阻止，沖掉他情感核心的最後殘渣。他每一秒、每一分、每個小時都在喪失感覺。

他看著蛇軍大戰哨兵，哨兵聚集到破洞處。黑色哨兵球體似乎以倍數在增加，但蛇軍成長更快。控制恆星能量的蛇軍船艦黑環在內部形成一個藍白色的傳送門，幾乎擋住太陽，像日蝕般只剩微弱的一圈黃橙色火焰從它邊緣冒出來。穿過傳送門的巨蛇卸下它的外殼，由船艦構成的碎片剝落，與哨兵交戰。球體群鑽入大蛇的軀幹與分離的船艦，撕裂它們，變成黑灰色小碎片漂落到巨大的殘骸場，宛如灰燼掉落在公路上。

戰鬥的動能來回流動，大蛇變寬伸長，新一波球體吞噬其側面壓迫它退後，最後大蛇頭部在戰場另一邊形成另一個環，又一個傳送門成形。大蛇流過戰場，船艦在兩座傳送門之間無限地行進。剩餘的球體紛紛退避，顯然戰敗了。

阿瑞斯無視他的飢餓，沒有半點食慾。

他看著一小群蛇軍船艦在殘骸徘徊。他們在搜索想同化倖存的亞特蘭提斯人或在尋找轉投到亞特蘭提斯人的同類嗎？米拉怎麼稱呼他們的？「環」。想到他們殺米拉和她腹中胎兒的手段就讓阿瑞斯心痛，原來他並非所有情感都喪失了。他目光離開蛇軍船艦，拒絕再看。

阿瑞斯原以為所有哨兵都走了，但他發現有一顆漂浮在他的船邊，似乎在望著他，讀取他的靈魂。

阿瑞斯毫無情緒地回看著它，只有一個念頭：殺了我吧。

球體裂開一條縫，它上前吞噬掉阿瑞斯的登陸艇。

一片漆黑。阿瑞斯穿著環境防護衣漂浮，對他的命運只剩一絲好奇心。

穿透黑暗的光芒亮得刺眼，阿瑞斯舉手遮眼。球體退開，他所在的登陸艇碎片漂浮在四周。

阿瑞斯的視力稍微適應了亮光，透過座艙的窗子，他隱約看出一隊哨兵球體，但一艘巨艦令他大吃一驚。遠處三顆星星的光亮足以讓他看出輪廓但細部不明。艦身很長，阿瑞斯猜想它是不是哨兵的控制艦，也可能是航空母艦或工廠。

幾顆小球黏在他船上，催他往等待中的巨艦前進。一道艙門打開，哨兵群把他的船推進去。

艙門關閉後，突來的人造重力把阿瑞斯摔在船的地板上。有一陣子，他以為衝擊力會把他震暈，但是防護衣緩衝了力道。

他爬起來走出船外，進入廣大空蕩的房間。有燈光，人造重力似乎是亞特蘭提斯的標準，阿瑞斯認為這是個有點詭異、令人不安的巧合。他的防護衣告訴他空氣可以呼吸，但他決定不脫防護衣。

碼頭末端的雙併門打開，阿瑞斯走出去到了一條窄走廊，灰色金屬牆壁，地上和天花板有珠狀燈光。

他遲疑片刻，不確定該前進還是退回他的船上。最後好奇心贏了，他慢步深入走廊，盡頭是個大交叉路口，向左右邊分出兩條走廊，正前方則是一道大型雙併門。門打開，露出船內的一個巨室，比他的船降落的碼頭還要大。

阿瑞斯緩緩前進，暗自猜想是否正深入某種陷阱。大房間的內容物令他不解，一排又一排的玻璃管，從地面堆疊到上方的黑暗中，延伸到視線可及的房間深處。每根管子看起來大到足以裝進一個亞特蘭提斯人。

「你可以脫掉防護衣了。」

阿瑞斯轉身，第一次看到俘虜他的人。

36

阿瑞斯仔細打量對方，再看向無盡排列的玻璃管。這個男人，至少阿瑞斯認為他是男人，站在房間入口的雙併門內，走廊上的燈光在他背後形成一個光暈。

「這是什麼？」阿瑞斯問，仍不敢脫掉他的防護衣。

「你已經知道了。」

阿瑞斯回頭看看管子，外太空旅行用的冷凍艙。是殖民船嗎？

「對。」

阿瑞斯不禁退後。他會讀心術。

「對，我可以。你的身體散發出這艘船能解讀的輻射線，讓我看得見這個組織化的資料串。」

「你是誰？」

「我跟你一樣，只是我已經死亡幾百萬年了。」

阿瑞斯努力整理他的思緒。他說出了腦中浮現的第一個疑問。「你不在……這裡？不是活人？」

「不是。你看到的是我的化身，我昔日的形象。我的種族滅絕很久了，剩餘的所有人全變成蛇軍。」

「你是其中一個？」

「不，我從來就不是。我只是他們穿越時間的行進中殺死的人之一。很久以前，我的星球犯了個大錯。我們尋求終極的答案，有關於我們的起源和宇宙命運的真相。我們選了錯誤的工具去尋找：科學和科技，各種超出你能理解的方法。在追尋終極知識時，我們創造的科技最終奴役了我們，不知不覺間奪走了我們最後一點人性。我們的文明毀滅，抗拒的人都被同化了。蛇軍成員們自稱為『環』，他們認為他們是這個宇宙的宿命與新種族的開始，貫穿時空的一個環。

「他們認為他們的環遲早有一天會包圍所有人類星球，結合所有人類生命，藉以控制他們稱作『起源實體』的一股力量，讓他們能創造一個新宇宙、新法律，使他們永遠不會被摧毀。」

阿瑞斯嘆口氣脫掉他的防護衣。他完全無法理解，他猜想如果這個過去人類的鬼魅有意殺他，他根本不會來到這裡。

「你想要我怎樣？」阿瑞斯平靜地說。

「救贖。糾正我同胞所犯錯誤複製到你們同胞的機會。」

兩人之間的黑暗空間升起一個雷射投影影像。阿瑞斯的母星懸在空中，一圈黑船在前面築成一道傳送門，一條粗繩狀的蛇軍船艦湧出來，繩子末端分叉，把船艦灑到地表，好像黑色淚珠滴在阿瑞斯的星球上。

幾千顆哨兵球和大蛇作戰，但如同在蛇軍戰場，它們屈居劣勢，亞特蘭提斯母星即將淪陷。

「在最後的日子裡，我們發現自己的愚蠢後，創造了你們稱作『哨兵』的武器，希望拯救其他人類星球。如你所見，哨兵在蛇軍戰爭中寡不敵眾。最後我們把策略改成隱匿人類星球。」

「哨兵行列。」

「對。它形成一道障壁，隱匿你們太空的某種烽火系統網絡，防止蛇軍看見有人類生命的星球，行列也能防止超空間隧道越過它。」

阿瑞斯霎時頓悟。「我在哨兵行列開了一個洞，讓蛇軍能夠通過。」

「對，但那就是歷史循環。」

阿瑞斯發怒。「你們早該警告我們。」

「我們試過了。很多年，很多次。可惜的是災難的警告遠不如災難的記憶有效。」

「記憶？」

化身走到玻璃管旁。「你得帶這艘方舟回去你的星球，傳遞你們思想的輻射線也可以用來傳遞你們身體的細胞藍圖，包圍這艘船的哨兵艦隊會送你進入軌道。蛇軍病毒，是他們用來同化人類的生物科技，但有個侷限：目標必須屈服。

「他們的技術強大，但在大量人口中，總有少數勇者可能反抗。那些不肯屈服的，蛇軍就殺掉他們。這艘船會捕捉他們的輻射線訊號，幫他們復活，他們是你的同胞，你得靠他們重建你們的文明。他們已經親眼目睹過蛇軍的恐怖，能了解危險性。你必須見過黑暗才能理解光明。」

在復活方舟的艦橋上，阿瑞斯看著超空間的藍白色波浪溶化，他的星球浮現在螢幕上。

方舟遭到砲火命中時搖晃。蛇軍圍攻阿瑞斯的星球幾乎密不透風，大型深色船艦覆蓋著每一塊大陸。哨兵和他們交戰，但它們在慢慢敗退。

阿瑞斯看著方舟駛過廣大的戰場，承受砲火，但絕不還擊。每當有蛇軍船艦的密集隊伍突破哨兵戰線，就會出現更多球體，把它逼退。

化身帶領阿瑞斯走出艦橋，回到大房間，他們像裝了亞特蘭提斯人的管子一樣默默佇立。

阿瑞斯心中的不安越來越強烈，最後人影轉向他。

「時候到了。」

阿瑞斯踏入最靠近的管子，霧氣緩緩吞沒他。他同胞的流亡很快就會完成，他們會降落在新家。化身告訴過他這艘方舟也會膨脹時間，這裡的過程比起外界的時間微不足道。

終於，化身回來了，管子嘶嘶開啟。阿瑞斯走出來跟著他回到艦橋。螢幕顯示一顆未開化的星球，呈現翠綠、蔚藍、白皙的美麗樣貌。

「萬一蛇軍找到我們怎麼辦？」

「我們建立了新的哨兵行列，在這星球的軌道上放了烽火系統，它會遮蔽你們，但無法保證。我們能給你們的東西就這樣了，我們告訴了你們危險，也救了你們。我可以給你最後一個禮物：人類守則。可以確保你們不重蹈我們的覆轍。」

化身滔滔不絕，分享他族人的哲學、和平生存的藍圖。「遵循守則的簡單生活是我們拯救你殘餘同胞後要求的唯一回報。新哨兵行列之內有很多人類星球，發展程度全都不如你們，遲早他們也會出來探索，尋求答案，干擾新的哨兵行列。你的同胞見證過蛇軍的危險，可以拯救無數星球上的無數人命。只要傳播人類守則，你們都可以安全地住在這裡，這是你們共同存活的關鍵。」

阿瑞斯想起他和妻子相處的最後一刻，他們對她和母星所做的暴行。母星被黑色船艦覆蓋，數十億人被殘忍屠殺。他嘗試努力仍無法平息心中的怒火。「你們創造出來的怪物屠殺了我的同胞，你們還提出要求？」

「我們提供指引，通往平靜安寧的道路。一個防止別人重複你們錯誤，遭受同樣命運的機會。」

阿瑞斯望著漂在方舟旁的一小群哨兵。

我們不會躲起來祈禱敵人離開，我們會反抗。他猛然想起，化身能看穿他的心思。

「你的想法是你自己的大錯。」

「一個長期監視人類星球，已經被屠殺了幾百萬年的死人的話，我不信。」

「你的恐懼和仇恨會背叛你。」

阿瑞斯不理會化身，他腦中的計畫開始成形。

化身走近他。「記住我們的故事，我們建立的科技最終奴役我們。小心，阿瑞斯，你們安全的代價可能是你們的自由，但這可能是你們唯一的生存機會。」

「你知道我的想法：你們這場仗輸太久了，所以你們只知道這些，你們根本忘了當人類的感覺——只有這樣你們才會允許我的星球上那麼多人被殺。對你們只是個數學問題，但他們對我而言是活人，重要的人。我們受夠你們的幫助了，現在我們會保護自己。」

「隨你吧，阿瑞斯。」化身露出哀傷的表情慢慢消失。

阿瑞斯獨自站在暗室裡許久，望著無盡排列、裝著他最後同胞的管子。他們很快就會醒來。阿瑞斯只剩他們了，他會不計代價確保他們的生存。

大衛從逃生艙看著蛇軍戰場的烽火系統力場閃爍然後消溶，空氣猛然散逸到太空中，讓烽火系統砸進殘骸場裡。

烽火系統的碎片崩塌、互相撞擊，慢慢形成碎片場中的幾個破洞。大衛感覺碎片場的質量在拉扯他的逃生艙，他知道自己的屍體很快就會成為這裡的永久裝飾。

他想到凱特。她會怎麼度過最後的日子？他只有一個願望：再見她一面，即使只有一秒鐘。他對她最後一眼的印像閃過腦中：她站在螢幕前面，解釋某種他不太懂的科學。

他向她說的最後一句話是什麼？「把門鎖好。」他微笑。不知何為什麼感覺很恰當，他們最後的互動就像他們相處的大多數時候。時間真是珍貴的東西，現在他們兩人都沒時間了。

他突然發現，其實他很害怕活著卻沒有她。知道自己不必面對這件事讓他有種奇怪的冷靜感。

碎片場上方，一艘小艇打開，像空間的黑色纖維中一條鋸齒狀藍白色裂縫。一艘船溜出來迅速飛過碎片場，直奔大衛的逃生艙方向。

是烽火系統毀滅讓那艘船看見了這裡的情況，發現他擱淺了嗎？

船越來越靠近，大衛看到它前方有個徽章：一個環。不對，是一條自我吞噬的大蛇。

37

杜利安躺在地上，渾身冒汗。上一段記憶糟糕透頂，但他不能停止。他有預感，他很接近了。那艘船——方舟——就是阿瑞斯埋在南極洲地下那艘。蛇軍又找到亞特蘭提斯人了嗎？他們就是阿瑞斯畏懼的強敵？

杜利安走進巨大的工廠，看著量產哨兵的組裝線。或許是哨兵背叛了他？

杜利安短暫用餐，準備好觀看最後的真相。

方舟降落在新亞特蘭提斯母星之後的幾天來，阿瑞斯的同胞證實了化身說過的一切。從復活方舟出來的重生者充滿熱情與使命感，阿瑞斯從未看過這麼團結的人們。他們齊心協力要打倒蛇軍，付出所有的精力，方舟和哨兵上的科技則提供了其他所需。

方舟周圍形成第一批聚落，接著宏偉的城市和嶄新的文明崛起。他們法律的基礎來自化身的故事，他對科技失控危險的警告。阿瑞斯拒絕了化身的要求，但他知道他的同胞若無視真相就太愚蠢了：無論是否被同化，對科技毫不設限的先進文明必定會發展成蛇軍星球。反蛇軍法律禁止可能導致單一化的任何創新，對抗無法控制的科技成為共同的箴言。

在追認典禮上，阿瑞斯站上舞台，向群眾疾呼：「我們是自己的最大敵人，蛇軍潛伏在我們心中，我們防備哨兵行列外的敵人同時也必須防備自己。」

之後的記憶只有片段。阿瑞斯站在繞行軌道的船上，望著漂浮在新亞特蘭提斯母星上空的一座哨兵組裝設施。

「我們需要更多。」

他站在另一座工廠裡，望著延伸到看不見盡頭的新哨兵組裝線。

「再多。」

記憶冉冉流過。其他工廠、新型哨兵，創新的腳步逐漸減緩。他站在一個房間裡，為他的計畫懇求增加研究和技術人員，但他本身已經毫無動力，熱情早已消失殆盡。利用時間膨脹和管子的治療力，他跳躍過許多時代，直到自動化採礦船和機器人工廠製造出多到連亞特蘭提斯人也數不清的哨兵。

流亡的成員，那些在管子裡重生的人都活得很長，像阿瑞斯一樣喜歡用管子恢復最佳健康狀態。但他們都死了，早已喪失活下去的意願。有些活到八百歲，有些則活到一千歲，最後除了他以外的所有人都迎向了真正的死亡，遠超出復活管的效力範圍，再也沒回來。

他發現自己變成孤單一人，成為僅存的開創者，唯一一個親眼見過蛇軍屠殺、建立新世界的勤奮公民。

舊世界淪陷後幾千年來，每年都在方舟舉行紀念儀式，然後變成每十年、每個世紀，到最後，他們不辦了。

每次阿瑞斯從管子裡醒來參加委員會議，在自己的星球感覺越來越像外人。他的同胞已經習慣悠閒和舒適的生活，專注於藝術、科學和娛樂。哨兵工廠沒人，全交給機器人打理。蛇軍威脅變成了傳說中的妖怪，純屬虛構的駭人故事。

他被視為古蹟，出自遙遠過去，過度偏執又好戰的時代中黑暗篇章的人物。

阿瑞斯向委員會宣布他希望迎接真正的死亡，他們勉為其難同意。

但隔天的公開宣布背叛了他：委員會投票決定永久保存他，表彰他的貢獻並永遠記住他和其餘流亡成員做出的犧牲。

衛兵出現在他的住所，背後是大批新聞攝影機。

人們湧上通往方舟神殿的道路旁，男女老幼都推擠著想看他一眼。石造門面上的刻字寫著：我們最後的士兵在此安息。

阿瑞斯停在門檻前向委員會主席說：「每個人都有死的權利。」

「傳說永遠不滅。」

他好想伸出手掐死她，但他只是安靜地走進去，經過他上次在舊世界淪陷日看過的走廊，踏入管子裡。

時間膨脹讓他免於時間流動的痛苦，但沒有任何辦法能夠治療阿瑞斯感到的空虛和孤獨。

幾個人影出現在大房間的入口，跑到他的管子旁。

阿瑞斯走出來不發一語跟著他們。或許他們重新考慮了。希望——好陌生的感覺——在他內心湧現。

他們走出存放方舟的神殿，無聲地走進黑夜中。阿瑞斯從未見過的一座城市聳立在遠方。摩天大樓高聳入雲，用空橋互相連接，雷射投影廣告在夜空中捲動，好像魔鬼在月亮前面跳舞。

一聲爆炸炸斷了空橋，另一聲則出現在大樓之間，兩棟都起火燃燒。火焰在高樓之間延燒，似乎急著想要趕過滅火系統。遠處，另一聲爆炸傳出。

「這是怎麼回事？」阿瑞斯問。

「我們有新敵人了，將軍。」

38

阿瑞斯幾乎認不得他帶領垂死同胞來到並協助建造的這個世界。景觀光鮮亮麗但是擁擠，人們都很憤怒。他們湧到街上，互相推擠，舉著標語喊叫。

「蛇軍禁令等於奴役。」

「進化等於自由。」

「阿瑞斯才是真正的蛇軍。」

委員會議場裡，一群白癡細數阿瑞斯所熱愛的世界慘狀。智力歧視分裂了亞特蘭提斯社會，形成兩個派系：知識份子和勞工。知識份子代表總人口的將近百分之八十，在阿瑞斯看來，整天都在用腦力做東西：藝術、發明、研究和阿瑞斯看不懂也懶得問的各種活動。剩下的百分之二十人口就是勞工，只能用雙手謀生，如今的他們感到厭煩，討厭讓他們永遠屈居人下的工資補貼和福利國家。

問題核心是教育已經到達了能提升天生智力程度的極限。在雙方陣營，兩個階級都發現知識份子永遠是知識份子，包括他們的子女，而勞工也一樣。階級通婚越來越罕見，沒有知識份子敢冒險讓後代落入下層階級，永遠回不來。

經濟與社會衝突越來越緊繃，只能透過一些調解和協議來維持平靜。但妥協終究會失效，暴力成為勞工談判的唯一手段。

螢幕詳細列出勞工派系擴大的騷動，從抗議升高到暴動、隨機攻擊和造成數千人命傷亡的恐怖組織。

阿瑞斯在腦中思索問題，幾乎沒聽見委員會主席諾莫斯的話。「問題癥結是我們的警力。」

「怎麼了？」阿瑞斯問。

「我們已經三百年沒有警察了。犯罪率微乎其微，有公民執法，加上大量監視，有任何違法者就會馬上被拘捕。這次不一樣，這些人願意為他們的目標賭命，以確保他們的子孫不會有同樣遭遇。」

另一個委員開口：「更大的問題是新警力必須從勞工徵召——我們絕對無法信任他們，他們可能推翻政府全面接管。我想那是我們都害怕的結果，即使只有我願意說出來。」

一陣沉默。

終於，諾莫斯說：「阿瑞斯將軍，我們議定的對策，叫醒你商量的原因……就是放寬蛇軍禁令。」

阿瑞斯壓抑不住怒火。「制定那些法律是有道理的——免於我們自我毀滅。」

諾莫斯舉起手制止。「我們只是考慮稍微放寬其中兩條：廢除基因工程禁令——僅此一次，用單一療程讓勞工與知識份子平等。其次，我們會撤銷機器人工學禁令，允許簡單的勞務機器人處理所有肢體勞動。這些改變會創造一個單一永續的社會——」

阿瑞斯站起來。「如果你們這些呆子在這星球上打開基因工程和機器人工學的箱子，就保證我們遲早會變成蛇軍星球——根本不用等到外人入侵。這是無可避免的，當初蛇軍災難就是這麼發生，我們會重蹈前人的覆轍。我不會支持，放我回去冬眠，或者乾脆讓我真正死去。我看不下去了。」

「換成你會怎麼做？」

「我們的問題很簡單，」阿瑞斯說，「我們百分之二十的人口正在殺害其餘人，必須除掉他們。」

阿瑞斯環顧他訓練中的軍隊。如果烽火系統不是漂浮在軌道上，遮蔽他星球的光亮不被外界看到，他們會成為宇宙間的笑柄。

委員會說得對：從勞工階級徵召維安部隊肯定是愚行。阿瑞斯傾向可能符合條件的知識份子，例如模特兒，模樣好看、身體健壯、訓練有素懂得不論實際能力如何都表現得無所畏懼，或者是舞者、特技演員，他們動作優雅精準但無法打仗自保，最後的選擇是運動員，他們在激動的群眾中擅長冷靜與瞄準，但是當人群開始死亡無疑就會軟化。

阿瑞斯看著他們訓練。他們從來不是也永遠無法成為軍隊，但憑著制服和練習過的動作，幾可亂真，他只需要如此。

阿瑞斯懷念在探勘艦隊的日子，但那也是蛇軍禁令下的另一個禁忌。太空探索可能導致未知的危險，或最大的風險：再度被蛇軍發現。

這個念頭令他想起自己在導致滅亡的任務中的角色：他捕獲一顆哨兵球體在行列中打開一個破口，讓大蛇得以通過來到亞特蘭提斯人的第一個母星。他絕不允許重複這個錯誤。

亞特蘭提斯人的夢想是單一星球的單一社會，躲在周圍太空構築障壁的烽火系統和哨兵大軍後面安全無虞。一個和平豐足的亞特蘭提斯星球，直到永遠。夢想建立在棄絕三大誘惑上：靠機器人代勞、基因工程的虛假進步、對外太空探索的渴望。

阿瑞斯發現諾莫斯站在身邊，但他沒主動開口說話，希望這呆子也別來煩他。照例，阿瑞斯失望了。

「他們越來越像軍隊了。」諾莫斯開心地說，讓阿瑞斯對他的智力更加鄙視。

「對，他們會扮演好他們的角色。」

阿瑞斯不知道下次攻擊何時會來，但這不太重要。未來對他只是個預定的結論，導向已知結果的方程式。

他很少進入睡眠，就算入眠時間也很不固定。他坐在他們送他的公寓書桌後，翻閱妻子寫給他的信，看她的錄影，在腦中重演無窮的各種情境，猜想情況會有何不同。但事實是他只是扮演了他的角色，就像許多前人和後輩一樣。化身說得對，現在阿瑞斯懂了。阿瑞斯猜想他曾經看過多少顆星球崛起與衰落。或許一千顆、一百萬顆或更多？

化身鼓吹簡單的生存方式，遵循共同的守則。阿瑞斯想像其他星球的情況，每個公民都是知識份子也是勞工，每個生命都受到尊重。他們做得對。

阿瑞斯對當年自己的話發笑：我們會反抗。

但是沒有敵人可以打，只有幾個無助的被害者。他們家門口沒有惱人的威脅讓他的同胞團結。蛇軍一直沒來，因為沒有威脅，他的同胞喪失了戰鬥意志。其實，幾千年來只要面對一丁點暴力跡象，他們的對策就是把他從冬眠叫醒：利用幾乎被遺忘的歷史化石，回來克服野蠻人的威脅。

不，他們不想要戰鬥。這是人類現實的黑暗面：沒有衝突，沒有挑戰，內心的熱情變成槁木死灰，社會僵化，落入緩慢衰敗。這星球的問題只有一個對策：切除癌細胞。

阿瑞斯畏懼，但這個衝突挑戰正是他存在的理由，他懷疑這是不是他活著的唯一理由。

他走到窗前欣賞他們建造的城市——幾乎占滿每一吋地表的幾千座之一。他們精心規劃，不像他長大的舊世界城市，這些大都會融合了大自然與鋼鐵、玻璃，兼具藝術與功能性。

從他的一百四十七樓公寓，阿瑞斯俯瞰著覆蓋大樓屋頂的綠褐色森林、原野和花園。屋頂下方，空橋像蜘蛛網連接各大樓。人群和座艙在空橋上移動，像昆蟲窩蜿蜒散布在閃爍的金屬與玻璃迷宮，每盞燈都設定成最適當的景觀和功能。某些大樓頂上有巨大溫室，茂密的植物被促進成長燈和夜間燈火照亮。

如此先進的文明怎麼會有如此多的缺陷——一路腐化直到核心。

眼前的城市到處發生爆炸，空橋搖晃墜落，大樓崩塌毀壞。

大部分的市區陷入一片火海，煙霧瀰漫，擋住了光線、玻璃和鋼鐵的大畫布。

阿瑞斯背後的門打開。

「將軍，四區和六區發生爆炸。」

阿瑞斯迅速整裝帶領著新組成的軍隊前進。他在戰區前面停下。又一個爆炸，引發一波慘叫，逃命的公民向他們跑過來。

阿瑞斯身旁的士兵清清喉嚨低聲說：「我們要開始了嗎，長官？」

「不，再等一會兒。讓世人看看我們對抗的是怎樣的人。」

39

凱特醒來時全身痠痛又滿身大汗，每動一下都很吃力，彷彿身體是鉛做的，但最強烈的疼痛卻不是來自身體。她拖著身子下床，穿上衣服。

她的房間外，眾人之間的氣氛沒什麼不同。自從認識以來第一次，凱特看到米洛的愁容，他一直盯著地板。保羅和瑪麗似乎大受打擊，很像他們在摩洛哥逃命上山之後的樣子，就是幾天前他們第一次看到阿爾發登陸艇的時候。

看到他們三人頹喪的模樣，改變了凱特，令她更加堅強。他們需要她，她必須為了他們振作起來，這個領悟讓她多了一分力量。

「事情還沒完，」她說，「我有個計畫。」

「是嗎？」保羅問，或許沒打算顯得這麼驚訝。

「對。」凱特帶他們出了公共區進入艦橋。她啟動螢幕把影像轉到外面的景觀，城市燒毀的遺跡。「我說過我們不能出去。我在某位亞特蘭提斯科學家的記憶中看過這顆星球。她搭這艘船——降落在這裡，然後出去。我想她被守衛這顆行星的某種東西殺了。這可能是詹納斯刪除記憶的原因之一，看到它讓我……」

「不要，」米洛語帶恐懼地說，「凱特醫生，不要。」

「我必須如此。」凱特調整螢幕顯示烽火系統進入大氣層處，唯一剩下的痕跡只有一道白線。「烽火系統沒了，我們被困在這裡，這是壞消息。但我們有幾個選擇，這艘登陸艇的通訊陣列還完整，而且功能正常──我們可以起飛進入軌道。」

「我們能飛多遠？」保羅問。

「很不幸，並不遠。登陸艇無法製造蟲洞，沒有超空間旅行能力，但我們可以發出訊號──設法求救。沒有烽火系統，這顆星球會曝光。」

「顯然有人防守，」保羅說，「至少過去有。」

「沒錯，」凱特說，「我想就從這裡開始。這艘船上有座適應研究實驗室，就像阿爾發登陸艇。我用攜帶式記憶體取回了詹納斯想隱瞞同伴的所有記憶，我會尋找關於這顆星球特徵、有誰在守衛，以及我們可以如何求助的線索。」

她向保羅和瑪麗示意。「我設定了這些終端機教你們使用亞特蘭提斯的系統，學起來不用太久，大衛和米洛幾天就摸熟了。」凱特沒打算說得這麼直接，但她繼續說，「等你們能操作船隻之後，我希望你們開始比對兩個訊號──瑪麗在地球上收到的和來自蛇軍戰場的。那是我們另一個希望，必須弄清楚它是什麼。」

「那我呢？」米洛問。

「你來幫我忙。我進適應研究實驗室的期間你負責監視我的生命跡象。如果出差錯，你就叫保羅來，幫他操作船上的醫療系統。」

米洛搖頭。「我不喜歡，大衛也不會喜歡。」

「在我們來這裡之前大衛和我談過……看過蛇軍戰場後，他發現我們處境危急，我們必須冒險爭取任何希望，這就是機會之一，另一個機會就是訊號，這就是我們的計畫。」

凱特帶米洛出了艦橋，雖然米洛沒再抗議，她看得出他害怕凱特進入類似他和大衛幾天前發現的大黃缸可能出什麼事。凱特裝出勇敢的表情準備再度進入缸裡，但進去之後，站在虛擬火車站，望著完整列出亞特蘭提斯科學家記憶的看板，恐懼開始浮現。記憶裡面會發生什麼事、對外界的她有何影響？但此刻的她沒有選擇。

她選了第一段記憶，詹納斯刪除的最早一筆，讓系統載入。

火車站消失，她站在一間科學實驗室。詹納斯站在面前，指著牆上的星球投影激動地說話。她左方的整面牆窗戶外是個大城市，在夜間閃爍。空橋的網絡連接了各大樓，城市充滿活力。凱特被它吸引了一陣子，但感覺迅速消退，換成了領悟。她本能地知道她在哪裡：新亞特蘭提斯母星。她知道自己的一些事，她的職務、她的願望。這段記憶不一樣，在其他記憶中，凱特對自己的思想還有某種控制力，只是行動是科學家的行動，但這裡不同。

她感覺亞特蘭提斯科學家的思想，混入她自己的，想把她擠掉。凱特消失了，只是個旁觀者，親眼目睹、感受並重新經歷亞特蘭提斯科學家的過去。她名叫艾希絲，她的一生開始展開，脫離凱特的控制。凱特最後的念頭是猜想艾希絲在記憶中死去時自己會怎樣，因為凱特知道她一萬三千年前死於地球。

詹納斯再度檢視各星球的影像。「這些星球上都有原人生命。」

「或曾經有。」艾希絲反駁。

「對，這些調查跟大流亡一樣年代久遠，但假設沒有人口崩潰，這些星球仍有人類生命。其實，有些可能成長為先進文明，甚至以我們無法想像的方式進化。想想看，對演化遺傳學家而言，這是千載難逢的機會。」

詹納斯停頓一下強調效果。「幸好我身邊的同伴是妳，艾希絲。」

她轉頭避開他面向眺望城市的窗戶。「我很感激，詹納斯。這是個絕佳機會，但我們的星球現在這樣子，我很難離開這裡去太空。」

「我知道你對勞工爭議的感受。」

「平等爭議。」艾希絲糾正。

「說得對，」詹納斯點頭說，「平等爭議。」他複述勞工支持者的口號，說出他和其餘親知識份子者私下從未說過的字眼。

艾希絲沒說話，他繼續說：「平等爭議有沒有我們參與都會自行解決。我們可以創造歷史，推進亞特蘭提斯的理想，我們稱之為『起源計畫』。」

「這絕對無法通過蛇軍禁令。」

「或許會改變。」

「你聽說了什麼？」

「只是謠言，但有人提出放寬禁令以解決勞工爭議。」他趕緊自我糾正。「平等爭議。」

「有意思。」

「萬事俱備了，艾希絲。我們已經在翻修調查艦隊。」

「你在開玩笑吧。」

「是真的。我知道那些船很舊了——」

「從大流亡後部署了新哨兵行列以來就沒使用過。」

「沒問題的，我們測試過，而且遲早我們會建造新船。」

艾希絲搖頭，仍然不確定。

「我們明天再說，等妳在論壇演講之後吧？」

「沒問題。」

老實說，艾希絲認為詹納斯的提議很吸引人。這是百年難得一見的機會，但是背棄星球上沸沸揚揚的平等爭議對她而言有愧良心。

她思索著明天的演講——她希望到時她提出的研究會扭轉大辯論的潮流，改變社會的進程。風險很高，她走出大樓上空橋時已經感覺到神經緊繃。

她喜歡晚上在大樓間散步，走在玻璃走廊上就像是在城市上空飛行，有時候她忍不住邊走邊看外面。

遠方一團火球升起，轉瞬間一棟大樓倒下，然後又一棟，遠處的空橋鬆脫。她腳下的玻璃走廊似乎隨著像海浪捲向她的連串爆炸在波動，此處距離下方的地面有一千多呎。

她看看入口與出口。她離出口比較近，她奮力跑過去，雙腳重踩著地板。前方大樓搖晃，空橋晃動，地板裂開，天花板的飾片如雨般灑下。

她舉起雙手護頭，一面衝過空橋。大樓的電梯無法使用，艾希絲擠進樓梯間，隨著急欲逃離的人潮流動。

在一樓，蒙面武裝部隊把他們驅趕到一個陰暗的等待區，偶爾喊叫要他們走快點，推擠任何脫離隊伍的人。

人流靜止後，一名武裝份子上前說：「你們不再是公民，不再是延續知識封建制度、壓迫我們幾千年的精英份子。你們是工具，革命的工具，你們會被編號。現在你們是平等運動的人質。」

40

三小時以來，阿瑞斯巡視醫院，與燒傷、骨折或被碎片刺傷正在進行治療的公民交談。這座小設施人滿為患，走廊一片混亂，人們往四面八方亂鑽。阿瑞斯像風暴中冷靜的燈塔，看到這場屠殺讓他準備好做必要的事，也證實他做了正確的選擇。

一名員工帶他走出主棟進入附屬建築，原本是辦公室但現在充當臨時的精神醫院。每個病房的公民在阿瑞斯眼中看起來都一模一樣：植物人。

「他們患了復活症候群。」醫生說。

阿瑞斯從來沒聽過這種病，導覽員看出了他的表情。

「在您的時代還沒有這種診斷，可能連看都沒看過。由於病患在精神上無法適應復活後的生活，更具體地說，他們的腦子無法整合某些記憶，也就是關於慘死的記憶。隨著我們的生活型態改變，這個症候群越來越普遍。我們認為一部分要歸咎於公民的情緒變化範圍，而重複復活也是個風險因素。在第一波恐怖攻擊中死亡的某些病患原先沒有症狀或只有輕微的復活症候群，但這次他們以幾乎僵直狀態重生。無論如何，這本身就可能成為傳染病。」

阿瑞斯點頭，猜想著再過幾千年，他的同胞能否有人熬過復活過程。

耳機嗡嗡響起，他的副官說：「長官，有新發展。恐怖份子挾持了人質。」

阿瑞斯微笑。現在我們有進展了。

艾希絲很害怕，但沒有身邊的人那麼驚慌。這會讓全世界的人轉向反對勞工派系，她心想。這真的會成為抗爭的末路，讓公民下決心採取激烈行動的最後一根稻草。艾希絲只能想像會是什麼行動。她甩掉腦中的各種情境，在隊伍中上前一步。

「妳的號碼是二九三八三。」男子說，「妳是幾號？」

「二九三八三。」艾希絲回答。

隊伍外，兩個男子在爭吵。

「你會害死我們。」

「我是救了我們，萊科斯。我做了你沒膽子做的事。」

另一個人，萊科斯，吸引了艾希絲的目光。他愣住，彷彿認得她。

編排號碼的蒙面男子示意隊伍的下一個人上前，向艾希絲說：「繼續走，二九三八三。」

艾希絲慢步前進，加入前面的一群人，但萊科斯阻止她，拉著她去加入剛才和他爭吵的男子。

「這就是我的意思，」他指著她說，「你知道她是誰嗎？」

「當然，是人質。妳是幾號，人質？」

艾希絲張嘴欲言，但萊科斯打斷她。「別回答。她是崔特雅・艾希絲博士。她是進化遺傳學家——」

萊科斯的對手舉起雙手。「我沒認識幾個進化遺傳學家——」

「她創造了一種能讓我們同胞趕上知識份子的基因療法。」

叛軍領袖停頓一下，萊科斯繼續說：「明天她就要在論壇上報告她的研究成果，至少我們抓她當人質之前打算如此。她是我們的支持者。」萊科斯專心看著她。「希望她仍然是，並且接受我們因為某些同伴的野蠻手法而道歉。」他等著她回答。

「我……還是。我接受。」

「現在我們要釋放妳，」萊科斯說，「希望妳明天照常發表演說。」

艾希絲點頭。「我會。」

萊科斯帶她離開。

另一個人向他們喊：「如果他們聽進去了，也是因為我們在此的行動。」

萊科斯帶她穿過走廊，沒和點頭讓他通過的衛兵交談。他們出了大樓，通過最後的檢查哨之後，他開口說：「很抱歉讓妳遭遇這種事，我們對狀況失去控制了。無論妳是否提出報告，請告訴他們，有些事非做不可。這些方法只代表我們的少數人，我們已經準備好做出任何必要的犧牲。」

這時委員會陷入大恐慌，阿瑞斯非常滿意，他把他們玩弄於股掌之間。

諾莫斯在說話，阿瑞斯坐在會議桌的末端，沒有專心聽。

「革命派正在橫掃你的軍隊。」

「他們不會打仗。」另一名委員說。

「確實是。」阿瑞斯回答，站起來。

「將軍，請問你有什麼對策？」一名女子問。

「明天的論壇妳就會知道了。」

另一個委員會成員用拳頭敲桌子。「我現在就要知道，我們或許撐不到明天了。提出所有方法，各位女士先生。我們能否製造只會針對勞工的病原體，減少我們的損失，或是叫哨兵轟炸被占領區域？」

房間裡爆出一陣叫罵聲，阿瑞斯不以為意地離開現場。怪的是，他知道開戰的前一晚，他會睡得很好。

41

隔天在論壇上，阿瑞斯坐在主席包廂默默看著一個接一個主講者走上中央舞台，向演講廳的三千名聽眾和全世界收看的幾十億人大聲疾呼。這是每個政客夢寐以求的時刻：塑造未來世代的議題。投一票就能確保他們被記住，他們可悲的名字和臉孔會被記入歷史檔案，永垂不朽。他們爭搶聚光燈，簡直是互相踐踏，拚命抓住出名的每一秒機會。半數時間花在爭吵時間本身——現在的演講者剩多少時間、先前演講者超過多少時間。這個奇觀讓人不再懷疑為何他們無法妥協。

這次的緊急狀況引起了各界的注意，也出現許多激進的對策。

激辯持續一整天，阿瑞斯還是保持沉默。他希望最後再提出他的對策，這將是最終的對策。

夜間議程開始後，一名科學家上了講台。她原本排定的時間較早但一直沒出現。委員會認定她是許多因為昨天的暴力事件而退縮的勞工支持者之一，但是科學家艾希絲顯然改變了主意。

有幾個代表把他們的時間讓給她，讓她敘述一個全球研究計畫，把每個亞特蘭提斯人的基因組排序。艾希絲詳述她如何找出推動進化的基因，把亞特蘭提斯物種和阿瑞斯從前的探勘艦隊在所謂「大探索時代」，第一個母星淪陷之前收集到的其他原人基因組樣本區分開來。

艾希絲堅稱這個亞特蘭提斯基礎基因可以人為操縱，把所有亞特蘭提斯人變成認知平等狀態。她的提案結論是種簡單的基因療法，令阿瑞斯不悅的是，論壇的代表們開始支持她。

阿瑞斯起身走到他包廂裡的小講台，眾人逐漸安靜下來，他麥克風上的燈變成綠色。感覺大廳燈光暗了下來，只剩他和底下站在講台上的艾希絲。DNA圖表占滿她背後的巨大螢幕，看到它讓阿瑞斯更堅定，相信自己是對的。

「妳所描述的將會是場大災難，」阿瑞斯說，「單一化。我們只知道曾有一顆星球、一個種族曾經追求如此壯舉。他們只剩下一條大蛇，企圖包圍宇宙扼殺每一條人類生命。」

「我們可以控制，只要輕微的調整。」艾希絲說。

「然後呢？即使妳成功，永遠有些人比別人更聰明，有些人能跑得更快，有些人長相比鄰居更好看。妳會允許他們不必基因平等嗎？由誰決定，誰能做最終判斷認定某人是劣等基因必須修正？或許等我再過一萬年醒來，我會需要基因更新，但我希望保持我的現狀。我能有什麼基本權利？」

「我的對策只限自願者。」

大講堂爆出雜音，阿瑞斯微笑。他把她逼到角落了。這些人想要一勞永逸解決問題，自願性質的對策對某些人不具意義，只是拖延不可避免的事。

「我的對策不是自願性的。」阿瑞斯說。

包廂和聽眾席傳出此起彼落的喊叫聲，眾人不約而同往阿瑞斯的方向大喊：「你的對策是什麼？」

「我帶同胞們來到這顆星球，和其他的流亡領袖制訂了單一星球單一種族的規則，試圖實現永遠續存的夢想。設定反蛇軍法律是為了防止我們自我毀滅，絕對不能打破。」

阿瑞斯無視一知半解的討論聲音。

「我們的夢想顯然無法和平地實現。我們的世界分裂成兩個世界，我拒絕看到同胞自相殘殺的戰爭，我不會參戰，但你們也無法打仗。明天我有辦法解決我們的爭端，給每位公民平等和機會。流亡之後的那幾年我們建造的艦隊還在，都是科學船、運輸船和採礦船。大家都知道，我們探索了新哨兵行列內的每一顆星球，有很多可以成為勞工階級的新家，他們可以在那裡創造自己的世界，只要他們遵守蛇軍禁令。我們不能允許他們威脅到自己或我們。」

眾人快速發問，阿瑞斯一樣迅速回答。採礦船可以改裝成製造土壤機，把新世界改造成天堂，沒有天然災害也沒有來自太空的危險。攜帶人員和零件到哨兵組裝線的運輸船會運送放逐者到他們的新天地。

辯論迅速轉移到如何定義勞工階級的亞特蘭提斯人，一部分人堅持因為是強制遷徙，因此「放逐者」才是正確的字眼，分離主義者喜歡用這種強烈的字眼。最後決定採用「殖民者」，不過規則很明確，條件之一就是殖民者必須遵守蛇軍禁令，絕不離開他們的星球去探索或殖民。

主要疑問有了答案之後，辯論轉移到小細節，例如哪個區會先撤離，每個人允許帶多少東西，此時阿瑞斯打算離開。

「投票就交給你辦了。」他向諾莫斯說。

阿瑞斯感覺很諷刺，他的同胞讓他睡了一萬年，這段期間他們徹底毀掉了他的星球。

「我們的票數很接近，」諾莫斯說，「需要一個妥協方案。大部分選民希望放寬探索禁令，他們要求使用某些科學船做外太空探索。」

「有什麼目的？」

「他們稱之為『起源計畫』，只是單純地研究原始原人。」

阿瑞斯斟酌這個主意，很可能出問題。

「好吧，有兩個條件。第一，有些星球軌道上有軍用烽火系統，他們不能接近太空站，如果違反就得處死；第二，他們只能有一艘船，我們不能冒險讓幾百艘船跑遍整個銀河系。」

幾小時後他們再次叫醒阿瑞斯。第二次大流亡，所謂的亞特蘭提斯平等法案，以些微差距正式通過。

42

放逐令簽署的那天是艾希絲三十五年來最糟的日子。她在腦中反省著自己如何能夠更有說服力，以不同方式呈現資料，才能在論壇上駁倒阿瑞斯。

她身邊的世界變了，而且不是變好。投票之後，最大的恐懼就是勞工人口的報復，但沒有發生任何事端，至少不是針對知識份子。阿瑞斯的策略很穩當，勞工革命的領袖們很快就釋放人質，甚至轉移槍口向內，迫害反對強制遷移的勞工。他們的手法很兇暴，新聞報個不停，政治領袖們不予理會，一小群知識份子繼續抗議，堅持單一社會的希望，聲音主要來自沒被暴動或恐怖份子爆炸傷害的城市公民，而逃過屠殺的受害人只默默倒數等待放逐日。

投票過後一週，萊科斯造訪艾希絲的實驗室感謝她，令她大感意外。之後他們定期會面，每次都讓她更加期待。

艾希絲總是提供知識份子方面的最新進展，目前自動化科技的禁令放寬，以緩和放逐之後知識份子的適應困難。

隨著每次探訪，能談的事越來越少，但艾希絲仍然期待會面。她很害怕船隊前來，裝載所有勞工永遠離開這裡的那一天。

在某次對話中，萊科斯描述勞工領袖如何定義勞工的條件，艾希絲在腦中構思了她的計畫。

「他們用的是收入水準、工作類型甚至父母職業。」萊科斯說。

「他們有考慮基因定義嗎？」

「沒有。」

「他們已經決定了遷徙的星球嗎？」

「對，阿瑞斯將軍的團隊已經在改造它了，但我不知道在哪裡。」萊科斯回答。

「你查得到嗎？」

「或許吧。」

艾希絲透露她的計畫，她講完之後，萊科斯沉默半晌。

「考慮看看。」艾希絲說。

隔天，她去找詹納斯。

「我重新考慮過了，我想要加入起源計畫。」

她有點歉疚她的熱情出自不同的動機，但這一點稍後再解決吧。

阿瑞斯望著他的調查船窗外下方的藍綠紅三色行星。巨大機械在地表上爬行，翻動泥土把大量紅色灰塵噴到大氣層中。造土機正在移動山脈，打造亞特蘭提斯放逐者的樂園。

「地質調查結果出來了，阿瑞斯將軍。北半球的地殼板塊四千年內不會有問題。我們要維持現狀嗎？」

「不行。他們或許四千年後還無法修正，現在就調整。」在全球性災難中掙扎可能會激發他們進化，那太危險了。阿瑞斯希望他們在此的生活輕鬆愜意，這是他計畫的重點。

到了遷徙日，阿瑞斯從觀測甲板上看著運輸艦隊。艦隊到達遠方熾熱的白色恆星，整支艦隊的景象令他屏息。他感覺手臂上汗毛直豎，腦中只有一個念頭：*我贏了。*

艦隊送走最後一批放逐者回來之後一週，起源計畫號發射。發射典禮很豪華，學者和政客把探勘渲染為亞特蘭提斯探索的新時代起點——在反蛇軍法律的嚴格指引下，科學家團隊將研究全銀河系的人類生命，新哨兵行列內的所有星球，希望能解開進化的祕密和起源之謎。

許多人相信新突破可能帶來關於蛇軍環如何接觸起源實體，還有如何打敗蛇軍的新線索。團隊得到了機會進行幾千年來禁止、連談都不能談的研究。

詹納斯說對了一點：這項計畫是最適合艾希絲繼續研究工作的地方，但那不是她的真正動機。

艾希絲第一次參觀龐大的科學船，令她大開眼界。古代船隻的規模大得驚人，包含幾百座科學實驗室，在中央設置能採集整顆星球生態系的兩個巨大生態球。

船是在流亡後的年代建造，用來全面調查哨兵行列內的恆星和行星。探測器和調查無人機負責大多數跑腿工作，但船上有一大群科學隊後續追蹤，研究可能危害亞特蘭提斯人安全的星球。他們用巨大生態球把行星的完整樣本帶回來，以供新亞特蘭提斯母星的專家研究。

雖然生態球在遠古用於科學，但在艾希絲和詹納斯的時代則兼具娛樂功能，公民們很喜愛不用動身就能探訪其他星球的機會。每當起源計畫號出發，就有新一波臆測他們會帶什麼回來。受矚目正好幫計畫吸引民意支持和金主，艾希絲知道那是安裝生態球的主要動機。

此外，她感覺阿瑞斯和委員會想要定期監視科學家。每當他們回家，就有一群來自包括感染性疾病、奈米科技和心理學等領域的二十幾個專家，對每個科學家進行密集的測試，所以他們從不帶有害的東西回來。

隨著每次返航，民眾對他們帶回來的生態球興趣漸失，因為那些星球看起來似乎都大同小異，詹納斯和隊員開始每趟尋求更新奇的物種，想重新點燃民眾的興趣。但這是場必敗之戰，每次他們回來，排隊參觀生態球的人群越來越少。

多年下來，帶回來的資料也開始顯得差距不大，每顆星球、每種新原人物種的差異越來越缺乏新鮮感。

民眾的漠視感染了科學隊。

他們一開始有五十個科學家，從幾千個申請人中精挑細選。詹納斯指定了艾希絲幫他挑選隊員，她真的覺得很幸運——許多候選人比她更有經驗更適合參加探勘。但她的動機比他們強烈……也很不同。

五十人的團隊逐漸減到二十人，十人，五人，最後只剩下詹納斯和艾希絲。她不怪他們，科學家們在擁擠、稠密的社會環境長大，外太空探索的工作相較之下顯得悲慘孤立，每次都要冬眠多年，反覆做同樣的實驗，令科學家倦怠不已。對研究不覺得無聊的人也渴望回到正在發生新知識文藝復興的新亞特蘭提斯母星。

面對單一團結社會的新時代，只有詹納斯和艾希絲能抗拒誘惑。他們不知不覺間落單了，但仍然充滿熱情，只是理由不同。

「感覺好像我們是宇宙間最後兩個人。」詹納斯說。他背後的螢幕上，一六三二號星球出現，像顆紫紅白色的彈珠，隨著船隻接近逐漸變大。

「對，」艾希絲回答，「這是做研究的最佳方式了。」

詹納斯單獨在一六三二星球收集了樣本，三週調查期間幾乎沒和她說上話。艾希絲知道她傷害了他，可是說謊更糟糕。她除非必要否則不願意說謊，但她很快就非說不可了。

當他們進入冷凍室，詹納斯終於打破尷尬。「下一顆星球見，艾希絲。」玻璃管關閉時她點頭，霧氣包圍了她。

下一個一七〇一星球，是她一直期待的，就快到了。

詹納斯走出管子後恢復了常態。對他們兩人而言，只過了幾秒鐘，但外界已經過了兩年。船隻兩端的時間膨脹鐘，加上冷凍室，讓時空跳躍就像打瞌睡一樣輕鬆。

「從初次調查以後某些異類物種已經進化，」詹納斯說，「我們搭阿爾發登陸艇吧，可能是採集生態的機會。」

「我同意。」艾希絲說。她啟動自己的終端機捲動訊息，尋找逃離的藉口。「前進探測器在第七行星的衛星上也發現了生物化石的跡象。我想開戴爾塔登陸艇去回收一些樣本。」

詹納斯不情願地同意，然後說：「我們保持定期無線電聯絡。」

「當然。」

艾希絲選擇戴爾塔登陸艇有兩個理由：這是唯一能短程超空間移動的登陸艇，而且上面有復活艇。

在太陽系邊緣，她進行等待了二十三年的跳躍：到放逐者星球。

戴爾塔登陸艇內的螢幕顯示一個初步發展階段的文明。聚落還太小從軌道上看不見，但螢幕放大之後，她看到簡單城鎮外圍的農田，放逐者慢慢建立起他們自己的烏托邦，和原本的母星截然不同。

艾希絲以無線電接觸，安排了會合點，降落到地表上。她觸地前射出復活艇，然後站在登陸艇外等待。

這裡是某個小聚落外面幾哩的岩石地。幾分鐘後，萊科斯從突出岩層出現，他原本童稚的臉孔變得成熟滄桑，但是五官仍然散發出艾希絲難以抗拒的魅力。

她不假思索地迎上去擁抱他，差點撞倒他。

「嘿，」他輕輕推開她，看著她說，「妳看起來一點也沒變老。」

艾希絲向幾呎外的長方形結構歪頭。「冷凍室能創造奇蹟。等著瞧。」

萊科斯懷疑地研究結構體。「這是什麼？」

「復活艇。如果較大型船隻遭遇危險就會射出它們。萬一船員死了，他們可以在復活艇上復活。」

萊科斯搖頭。「這讓我想起舊世界，這裡的生活比較簡單一點。」

艾希絲察覺他語氣有異。是猶豫還是恐懼？

「你對我們的計畫後悔了？」

「不……只是，我們在這裡建立了一些好東西。我們商量時……當初我以為放逐就是我們的死期，但我們在這裡活下來了，大家很團結又有目標。」

「現狀不會消失。」

「對我來說已經過二十幾年了。再說一遍妳的計畫吧。」

艾希絲拿出一個罐子。「這是逆轉錄病毒，你只要把它到處散播就可以了，最好在人口稠密區。」

他接過銀色圓筒。「聽起來好像抗爭時代的東西。」

「不會有任何危險或疾病，這個病毒會重新結合我們的同胞，萊科斯。我們可以一起住在同一顆星球上——任何人都可以。單一星球，單一種族。」

「這什麼原理？」他抬起眉毛，「簡單解釋一下。」

「我的研究找出了激發進化的基因，我稱之為『亞特蘭提斯基因』，關鍵部分在於啟動基因。這個療法會調整這顆星球上每個人的亞特蘭提斯基因。」

「我們會改變？」

「很緩慢。我會定期測量，如果有任何差錯就調整。這個改變難以察覺，只是大腦線路的輕微改變，具體而言是在資訊處理、溝通和解決問題的區域。這個療法會擴展這裡每個人的潛力。總有一天這會被視為讓我們同胞重新融合的創舉。」艾希絲等待，但萊科斯沒說話。

「你相信我嗎？」

「當然相信。」萊科斯毫不猶豫地說。

「那麼我們幾分鐘後見了。」她微笑說，「本地時間，一萬年。」

在軌道上，艾希絲忍不住看著萊科斯帶著銀色圓筒走回小村。黑夜籠罩這顆星球，蓋住藏匿復活艇的岩石地之前，萊科斯空手走回來進入艇內。

艾希絲滿心期待，她打開蟲洞回到一七〇一星球和母艦上。

詹納斯立刻看出她充滿活力。「妳這趟路一定很愉快。」

「是啊。」

「我也是。我裝滿了D生態球，妳一定不會相信。」他在螢幕上叫出一連串畫面。

「牠們是有光合作用皮層的飛行爬蟲類，晚上狩獵時可以隱形。」

「真了不起。」

他們談到在母星的展覽，導覽必須如何做防護措施，如何重新為計畫引起新鮮感，甚至啟發新的一群科學家跟他們一起出來探索。

最後，詹納斯說：「準備好去一七二三星球了嗎？」

艾希絲點頭，他們再次進入玻璃管，雲霧飄起，時間感逐漸流失。

43

警報聲是艾希絲發現出事的第一個跡象。管子打開，霧氣消散。照例，她在詹納斯之前走出管子。她蹣跚走過冰冷的金屬地板到控制面板，操作出現的綠色光霧，想弄清楚哪裡出了差錯。

「超空間隧道崩塌了嗎？」詹納斯問。他揉揉眼睛蹣跚地走到艾希絲身邊。

「不是。我們到達一七二三星球了。」

擴音器的訊息迴盪在小空間裡。「本區域屬於軍方隔離區，立刻離開。」

艾希絲和詹納斯跑步到艦橋。螢幕顯示出下方的行星，看起來一點也不像幾千年前探測器的調查畫面，原本茂密的綠褐白三色星球，現在是一片荒野，地表散布著黑色隕石坑，海洋太綠了，雲層太黃了，土地只有紅、棕和淡褐色。

船上電腦的聲音在艦橋大聲響起，「已規畫撤離路線，是否執行？」

「否定，」艾希絲說，「西格瑪，關閉軍用浮標的通知，保持對地同步軌道。」

「這太魯莽了。」詹納斯說。

「這顆星球被攻擊了。」

「無法確定。」

「我們必須調查這件事。」

「可能是自然發生的，」詹納斯說，「一連串彗星或小行星力場。」

「不是。」

「妳不——」

「肯定不是。」艾希絲在某個隕石坑放大螢幕畫面。「許多道路通往每一個隕石坑，那裡原本應該有城市，這是攻擊事件。或許他們製造了一個小行星力場利用碎片進行動能轟炸。」螢幕再度改變，沙漠景觀中出現一座城市廢墟，摩天大樓在崩塌。「他們讓環境落塵處理掉各大城市外面的所有人，裡面可能有真相。」艾希絲的語氣堅決。

詹納斯低下頭。「開貝塔登陸艇，操控性比較好不用繞路。」

艾希絲把貝塔登陸艇降落在城市外，猜想廢墟裡可能有殘餘爆裂物或各種危險。如果登陸艇被摧毀，她就沒地方可以復活，生命會永遠終結，停在外面是唯一安全的賭注。

她穿上環境防護衣走出登陸艇，直接走向城市廢墟。

沿路上，她在腦中反覆思索一七二三星球的神祕。原始調查顯示有兩個原人亞種，都是近親。他們的進化過程如同亞特蘭提斯空域內的其他原人，他們被視為落後文明。

但這裡發生了一件事：進步，前所未有的進化大爆發。他們躍進了一大步，先進文明崛起，卻遭到砲火轟炸，演變成世界末日。這個念頭令她難過，這顆星球原本可以成為新亞特蘭提斯母星渴望的同儕星球。它的發現可以重燃起同胞對太空探索的興趣。可是顯然有人已經知道這顆星球或在這個文明崩潰後發現了它：有人在軌道上放了一個亞特蘭提斯軍用烽火系統。

只有兩種可能：第一是原始調查結果並不正確，第一次探測時這顆星球就已經被摧毀，第二是一七二三星球的文明在這段期間崛起又衰落，某個亞特蘭提斯組織發現了它，打算隱瞞真相。

艾希絲走了將近兩小時後，通訊器傳來詹納斯的聲音，急切又緊張。「有船接近。」他暫停一下，「是哨兵球。」

艾希絲等待。她望著天空，彷彿在期待哨兵穿破雲層。

「它剛掃瞄了我們的船，」詹納斯說。「它繼續前進了。艾希絲，我想妳最好離開那裡。」

「收到。」艾希絲走向登陸艇。

「球體丟出了某種東西，不明物體正進入大氣層。是動能轟炸——」

通訊訊號變成雜訊，然後斷線。艾希絲看到燃燒的物體穿透她頭上的雲層，像燃燒的撥火棍劃過天空。艾希絲想跑但是停住。逃跑根本沒用，她站在原地等待，猜想為何哨兵會向這顆星球開火。

熱度升高，她倒在地上蜷縮成一團。痛苦壓迫著她，汗水冒出皮膚幾秒鐘，隨即在悶熱的防護衣裡蒸發。之後結束得很快，下一個瞬間，她睜開眼睛，看到的是貝塔登陸艇上的玻璃管外面。

凱特睜開眼睛。她也在貝塔登陸艇上，在同一顆星球，那段記憶的幾萬年後。她看向研究區裡發出黃光的缸子。

她躺在地上，頭枕著米洛的腿。她原本飄浮著觀看與體驗艾希絲記憶的大缸敞開，地上有一灘血。她的血。艾希絲幾萬年前死在外面世界的感覺好逼真，而且對她造成了傷害。凱特本能地知道，她幾乎無法動彈。

保羅和瑪麗站在旁邊看著她，他們臉上的恐懼證實了她的猜測。

44

凱特再度睜眼時，她躺在平坦的金屬台上。她認得這是她在阿爾發登陸艇上，手術過後醒來時的同型手術台。

保羅俯看著她，面帶憂色。「好險，凱特。貝塔說妳現在的壽命預估剩不到一天了。」

凱特坐起來。「我看到這裡發生的事了。」她發現瑪麗和米洛也在這裡。她向他們三人敘述她在新亞特蘭提斯母星看到的一切。

「哨兵為什麼在這顆星球攻擊艾希絲？」瑪麗問。

「我不知道，」凱特回答，「我想下一段記憶就會透露。」她看出他們的臉色擔憂。

「我必須這麼做，我們討論過了。」她決定轉移話題。「密碼有進展嗎？」

「如果妳要這麼稱呼的話。」

保羅走到牆上面板前，叫出看來像電視雜訊、靜止的彩色畫面。凱特很驚訝保羅可以如此熟練地操作面板，她不知道自己在缸裡待了多久，但無論如何，她對他的智慧評價大大提高了。

「這個影像是四個基本碼轉譯成CMYK圖。我們試過RGB圖——紅綠藍——用空值終止符，但是畫面更糟糕。我們也排除了影片和其他幾種可能性。」

「我們還開玩笑說，」瑪麗說，「這好像是那種盯著看夠久就會變成某種圖像的照片。」

「但我們盯了一會兒，沒有改變。」保羅接續她的話說，「我們現有的推論是這是基因組序列。我猜是一種逆轉錄病毒。」

「我敢說你猜對了，」凱特說，「這可能是某種改變大腦線路的療法，甚至能夠遠距離溝通，也可能像子空間的量子烽火系統。」

「製造一個量子糾纏(注)。」瑪麗說。

「對，」凱特同意，「我們注入病毒，回覆訊號就會傳給發訊者。」

「妳知道這是什麼嗎？」保羅問。

「不知道。但是……」凱特思考艾希絲交給放逐者的逆轉錄病毒、哨兵和蛇軍與亞特蘭提斯人的戰爭。「我想已經很接近真相了，可能就在下一段記憶裡。」

沒人來得及反對，凱特態度堅決地把他們趕出適應研究實驗室，經過走廊進入一間醫療實驗室。她解釋基因組合成系統，再次驚嘆保羅的學習能力。

序列載入之後，貝塔開始倒數建構階段。不到三小時後，他們就會有訊號中的逆轉錄病毒，凱特希望她會知道新亞特蘭提斯星球的完整真相。

她回到大缸，戴上銀色頭盔，繼續潛入詹納斯企圖抹消的記憶。

貝塔登陸艇因為衝擊後的地震劇烈搖晃，但艾希絲很慶幸它還完整無損。震動退去後，通往復活區的門滑開，詹納斯跑進來。他一定在撞擊後馬上傳送到了登陸艇，艾希絲心想。這麼冒險真不像他的作風。

管子打開，艾希絲步履不穩地走出來，詹納斯伸出雙手想要扶她，但她揮手拒絕。

「我沒事。」

「我們得走了。」

他帶她到傳送門，他們踏出去回到了母船上。他們抵達冷凍室之前，詹納斯迅速輸入下個目的地開啟超空間窗口。

「哨兵為什麼攻擊我？」艾希絲問。

「我不知道。或許這顆星球被蛇軍入侵了。」

「不可能，」艾希絲說，「他們必須先突破哨兵防線，不然他們很久以前就能抵達我

注 Quantum entanglement，量子力學中，當兩個粒子在經過短暫時間彼此耦合後，不管距離多遠，單獨攪擾其中任意一個粒子時就會影響到另一個粒子的性質。

們的母星了。一七二三星球的廢墟很老舊。」

「我們得回報狀況。」

「太冒險了。況且，我們奉命不能接近軍用烽火系統封鎖的任何星球。」

這個規定是阿瑞斯授意的，艾希絲心想。她思索了片刻。

「如果是哨兵故障了呢？」詹納斯問。

「不太可能。我認為有人設定哨兵來消滅一七二三星球的居民。」

「這是嚴重的指控。」

「那是很大的文明。」

隨後兩人都沒說話。艾希絲的思緒飄到放逐者星球和躺在復活艇上冷凍室裡的萊科斯。為了以防萬一，她決定改變計畫，比她承諾的時間提早回去。

「我們花點時間想一想，同時繼續前進吧。我們的目的地是哪裡？」

「二三一九星球。」

艾希絲叫出調查細節，專心看二三一九的位置。距離放逐者星球太遠了，她開戴爾塔登陸艇到不了。她搜尋資料庫中適合的行星。

「一九一八星球怎麼樣？原始調查期間有三個原人物種。做個進化比較研究或許會很有趣。」

詹納斯想了一下。「好，我同意。」

一九一八星球進入視野時，艾希絲知道她選對了。這顆星球是太陽系的第三個行星，有一個無人的岩質衛星，最近才發生過重大的全球氣候變遷。分別在南北半球的兩塊次級大陸之間升起一個小地峽，把行星的大洋分隔成兩個較小的水體，改變了海流和中央大陸上的幾種靈長類棲息地。有些原人離開他們祖傳的叢林棲息地來到平原上，環境和飲食改變引發了他們基因組的永久改變。

「我發現了四種基因不同的原人族群，」詹納斯說，「指派分類編號。他們就叫亞種八四六八、八四六九、八四七〇和八四七一。」

他們又花了幾小時進行降落前的調查。隱匿這顆星球的烽火系統功能正常，通過所有的系統檢測。按照程序，他們開始安排把母船埋在衛星的背面地底。

「我要開阿爾發登陸艇下去，」詹納斯說，「有點大材小用，但是C生態球是空的，我想或許有機會填滿它。」

艾希絲馬上同意，她的目標只需要戴爾塔登陸艇。

在地表上，他們收集DNA樣本進行一連串實驗，和原始調查的資料比對。

「進步很驚人，」詹納斯說，「還有物種多樣性。」

「確實，我想做個經度研究。」她等待詹納斯回答時努力壓抑緊張。「我不認為母星會有人介意，最近他們似乎不太想念我們。」

「我同意。長期比較會很有趣。建議的樣本間隔是？」

「一萬年？」

詹納斯比較現有資料和原始調查。「應該可行。」他微笑說，「我會提醒科學委員會短期內我們不會回去。」

兩位科學家準備之後回到他們的冷凍室。踏進去之前，艾希絲設定她自己的倒數是五千年。等她醒來，她會傳送回母船上，開戴爾塔登陸艇去查看放逐者星球，確認狀況。

但是五千年後的甦醒程序並未發生。

艾希絲再次被警報聲驚醒——是緊急加密通訊。她查看冬眠日誌，只過了三四八二年，她和詹納斯急忙跑到阿爾發登陸艇的通訊區。

第一個訊息是緊急通知他們的母星正遭受攻擊，在一七二三星球殺害她的哨兵攻擊記憶立刻閃過艾希絲腦中。

「快看，」詹納斯說，「這裡有個哨兵指令，命令所有不在行列上的哨兵到母星集合。」

艾希絲在室內踱步。

「一定是蛇軍入侵。」詹納斯低聲說。

「那麼我們在這裡也不安全。」

「對，但我們也不能離開。」

之後他們用餐，兩人都沒說太多話。艾希絲的思緒從母星飄到放逐者星球。

通訊警報再次響起，他們趕回通訊區。

新訊息更簡短了，他們的母星淪陷，他們奉命躲藏等待進一步指示。

「我們被放逐了。」詹納斯說。

原本應該是哀愁，但艾希絲察覺到詹納斯似乎感到很滿足。

45

杜利安幾乎恢復了體力。持續好幾個小時在通訊包廂重新體驗阿瑞斯的過去，記憶對他的傷害越來越大。他坐著看向外面延伸到黑暗空間的哨兵組裝線。他快要解開阿瑞斯背後的完整真相了，包括他的動機和來到地球的理由，還有他想怎麼處理全人類。

杜利安很佩服阿瑞斯處理他母星上抗爭的方法，一點也不像他用在地球上的瘟疫和洪水這麼戲劇性，但是，阿瑞斯果然是老練的軍人。

杜利安走進包廂，載入阿瑞斯最後的記憶。

放逐勞工階級的亞特蘭提斯人之後，空虛感回到了阿瑞斯身上。不知不覺間他在這顆星球上再度失去容身之處，他在自己創造的世界裡是個外人。他懂得其中反諷，也知道自己做了必要之舉，那是貫穿他整個支離破碎人生的一縷主軸。這顆星球一向渴望打造的知識份子烏托邦迅速成形。

當周圍的世界改變時，阿瑞斯仍保持不變。他成了真正的古董，與時代和人群脫節的人。

他已經沒有戰役可打，沒有大戰，就沒理由活著。

阿瑞斯再次要求允許死亡，這個要求也再次被否決。他又再度遊行到存放古代復活方舟的墳墓，這次的紀念更加盛大，群眾擁擠至極，噪音震耳欲聾，閃光燈閃到刺眼。緊接而來的是空虛，只有管子裡的玻璃弧度和縷縷霧氣，還有時代轉變的微弱感覺。

他周圍的船身搖晃。是地震嗎？阿瑞斯猜想。不可能，任何地殼異常絕不可能逃過控制。

他的管子打開，阿瑞斯跑出方舟。遠方出現閃電和下降中的大三角形船艦，天色陰暗，眼前的城市到處發生爆炸，空橋斷裂、大樓崩塌，整個大都會正在毀滅。

熱氣湧上，噪音吞沒他，令他暈眩，彷彿時間靜止，置身在一場惡夢中。阿瑞斯一生犧牲奉獻的世界正在崩潰，在眼前粉碎成一陣熱氣、光芒和雷鳴。怒吼聲令他內心動搖，他不禁踉蹌後退，這不是他能處理的狀況。在這一刻，他感到真正的無助，獨自對抗一個未知的力量、前所未見的強敵。

一艘船停在方舟外面，蒙面士兵湧出，團團包圍住他。

這裡竟然有士兵。

阿瑞斯努力理解。這不可能，哨兵……

一名士兵上前向他和阿瑞斯之間的空間投射一個雷射影像。新亞特蘭提斯母星周邊太空中的激戰，數以萬計的哨兵球體正節節敗退，如同它們在第一顆亞特蘭提斯母星的情況。對阿瑞斯而言是歷史重演，哨兵球體的殘骸正緩緩延伸到太陽形成一個新的殘骸場。

阿瑞斯不認得這些船艦，他們不是蛇軍，船艦小得多也比較適應和哨兵作戰，宛如專為這個目的而建造的。

對方脫下頭盔。是萊科斯。

阿瑞斯認得叛軍領袖。他曾經在抗爭期間和萊科斯談判過，認為他是在完全不講理的野蠻派系中最講理的人。

「你背叛了我們。」萊科斯說。

「絕對沒有，」阿瑞斯反駁，「你們為什麼攻擊我們？」

「是你先出手的，阿瑞斯。撤掉哨兵，我們只要求這樣。」

阿瑞斯回想各種可能，排除一招又一招，尋思任何出路。

「沒問題。」他說，計畫在他腦中成形。「哨兵控制系統在方舟裡面，我會關閉哨兵，然後我們再談如何彌補。」

萊科斯打量他。「我跟你去，免得你反悔。」

兩人沉默地走進去，經過放置方舟的大石室。他們經過時，阿瑞斯發現了他計畫中的缺陷，管子裡裝滿了剛剛被殺的顯赫公民，復活船被設定萬一發生滅絕等級的災變就救活重要公民，這是亞特蘭提斯文明預留的退路。

更多管子裡裝滿了公民。有些嘶嘶打開，人體掉出來，倒地不動。復活症候群，阿瑞斯心想。他們死亡的創傷太強烈了，就像勞工抗爭時期某些人的情況。已經過去了多久，或許幾千年？亞特蘭提斯人大幅沉淪到烏托邦的生活方式，暴力死亡的經驗對一般公民的精神衝擊太大。他們毀了，所有人都是。

管子繼續出現人體，再嘶嘶打開，一個又一個不會動的亞特蘭提斯人掉出來。他必須阻止復活程序，必須結束他們的折磨。他們永遠無法醒來，但他可以讓他們安全。他是軍人，這是他的工作……他的義務。

這個領悟讓他充滿動機和目標，必須專心。

阿瑞斯突然衝上前，一擊殺死萊科斯。他奔過走廊來到方舟的艦橋，關閉了復活循環，確保他的同胞保持冷凍狀態但不會從管子裡出來。

他操作哨兵控制程式，指示球體群攻擊放逐者船艦以協助他逃脫。

46

過了好一陣子，阿瑞斯站在方舟的艦橋，看著螢幕上超空間的藍白色波浪形成，冉冉流過。這艘老古董的表現優異，剛跳出行星的重力井（注），下一個瞬間就溜進超空間，遠離新亞特蘭提斯母星的戰場。

阿瑞斯曾經懷疑過這艘古船是否還能運作。他們的恩人把船打造得很耐用，阿瑞斯猜想好久以前送給他方舟的那個化身是否早就知道會發生這種事，所以已經計畫好了。

自從大流亡以後他就沒見過那個化身，當年那個化身譴責阿瑞斯的行為，稱之為嚴重背叛。起初阿瑞斯根本不理會那段話，逕自執行自己的計畫去保護他的同胞。如今這個計畫出現反效果，他對自己星球的毀滅也有一部分責任，這個念頭揮之不去。

他心情沉重地走過陰暗的金屬走廊，陷入沉思。他回想與化身的對話，特定片段跳了出來。

我們允許我們的社會分裂，在你們的時代只剩下蛇軍。

阿瑞斯知道他的同胞重複了同樣的錯誤，亞特蘭提斯社會分裂了，但阿瑞斯做了調

注 Gravity well，因天體的重力所形成的井狀漩渦。

整：反蛇軍法律。

在存放延伸到黑暗中數千支管子的房間裡，阿瑞斯停在裝著萊科斯的管子前。萊科斯的眼神強硬，阿瑞斯很快就會知道他心中的祕密，復活過程捕捉了他的記憶，阿瑞斯可以隨意觀看。

他走進一間適應研究實驗室，踏入玻璃大缸裡的黃光，觀看萊科斯的記憶閃過。

他看到萊科斯登上放逐艦隊中的船離開新亞特蘭提斯母星前往殖民地，在當地和他的同胞開始建立一個卑微但活潑的社會，以農耕和勞動為核心。幾年過去，聚落開始成長，眾人選出領袖，萊科斯成為族人的燈塔。

阿瑞斯看著他某天走上山區。某艘亞特蘭提斯科學船的登陸艇在等他，阿瑞斯認識的女科學家站在船邊：艾希絲。

阿瑞斯看到他們的對話，萊科斯接受病毒容器。病毒散播之後，萊科斯走進復活艇的管子裡，除了固定間隔的中斷，時間持續流逝。

放逐者形成了一個領袖小組，成員們知道加速進化的真相，他們定期評估萊科斯。原本聚落之處出現村莊，再轉變成城鎮、城市，最後變成媲美新亞特蘭提斯母星的巨大都會。

對阿瑞斯而言，文明的進程就像觀看一株綠色植物成長並開出精緻美麗花朵的縮時攝影。

在下一段記憶，萊科斯衝出復活艇上的管子，經過一片岩石地，到山腰處，看著發亮的餘燼劃過天空撞進城市裡，灰燼與火焰吞沒了地平線。

雖然不願承認，但阿瑞斯知道這場殺戮他也有錯。在大流亡後的年代，他設定了哨兵無人機去攻擊進步到超過特定門檻的任何物種，身上沒有純粹亞特蘭提斯基因的物種。艾希絲不是第一個找出亞特蘭提斯基因特徵的人，後流亡時代的科學隊從無數原人物種採集了樣本，找出控制亞特蘭提斯人進化的基因。阿瑞斯利用這個藍圖來分辨所有潛在敵人。

計畫在阿瑞斯腦中成形時，化身曾警告過他，譴責為嚴重背叛，但阿瑞斯認為很正當：單純只是求生之道罷了，任何先進文明都可能對亞特蘭提斯人構成危險。他們可能突破哨兵行列，如同先前的亞特蘭提斯人外出探索時，或者更糟，直接攻擊新亞特蘭提斯母星。他們也可能重複蛇軍的錯誤，任由科技壓倒他們進而控制他們的文明。新哨兵防線內只容得下一個先進種族，而阿瑞斯設定哨兵去消滅任何沒有亞特蘭提斯基因的新興物種——亞特蘭提斯以外的先進文明。

在萊科斯的記憶中，阿瑞斯看著哨兵執行程式，如同它們在許多其他星球一樣，向放逐者投下動能轟炸，毀滅城市並改變行星氣候，這無疑會殺光倖存者。

但萊科斯的記憶透露放逐者在他們毀滅的星球上奮力求生。艾希絲協助創造的這個種族很有彈性，充滿毅力。他們退居地下，用原先高聳的大都會那些成熟科技建造地底城市。艾希絲的療法創造了一個智力失控的種族和更加危險的東西：毫不妥協的生存動機。他們克服一個接一個挑戰，複製亞特蘭提斯的復活科技，他們的領袖用來跨越時代同時準備逃離他們的荒蕪星球。他們做到了，幾千艘船艦從地底下飛起，與太空中出現的哨兵交戰，最後獲勝以空間跳躍離去。

哨兵仍不斷無情地獵殺他們，放逐者與哨兵之戰打打停停持續了幾千年。最終放逐者艦隊扭轉局勢，足以冒險突襲新亞特蘭提斯母星，希望迫使從前的迫害者撤除多年來折磨與屠殺他們的哨兵。

阿瑞斯看著萊科斯把他的三角形艦停在安置方舟的古代神殿外，和他的士兵找到了阿瑞斯，此後兩人的記憶交會。

阿瑞斯踏出黃色大缸。他對自己的星球淪陷只有一部分責任，剩下的全要怪艾希絲，她才是形勢逆轉的關鍵。

復活管室裡，阿瑞斯站在雙併門前。真是一大諷刺，亞特蘭提斯人為了自保採取的嚴厲方式最終養出了一個毀滅他們的敵人。在邁向和平先進文明的過程中，他們精神上變得根本無法反擊。

阿瑞斯不知道該怎麼醫治他的同胞，即使他們還有救。但他有更大的問題要先處理，放逐者艦隊強大而且還在成長，很快就會壓倒哨兵，然後找到方舟。時間不多了，當哨兵消失，蛇軍就會湧入，同時消滅放逐者和亞特蘭提斯人。

他的選擇有限，他需要新武器，能發出決定性一擊的科技。艾希絲。她就是關鍵。

47

凱特望著黃色大缸，準備最後一次進入艾希絲的過去。她希望下一段記憶會透露亞特蘭提斯人來地球的真相，還有阻止阿瑞斯的關鍵。

艾希絲感覺家鄉傳來危急通知之後那些年似乎過得特別緩慢。每當她和詹納斯從管子裡醒來，沒有更新消息等著他們。時間進度的唯一跡象來自他們到此研究的原人亞種數據。他們看著他們的原始群體散布到全球，無數次崛起、適應、滅亡和復興。他們的日誌記載了過程，他們重複執行他們唯一知道的慣例：分析資料，設計新實驗，定期出去引導他們。

詹納斯保持疏離、慎重，他唯一的情緒表現在艾希絲身上。但艾莉絲在改變，對星球上的新興物種投注更多情感。或許是因新亞特蘭提斯母星的悲劇或跟萊科斯交情好的緣故，她內心有些鬆動，某種無法阻止的情感劇變，沒有發洩出口。她專注在科學上打發時間，希望有新消息。

中央大陸上有一群新原人進化了，他們指派了一個新分類編號：亞種八四七二。他們進步神速，發展出優越的製造工具和溝通能力。

「他們值得注意。」詹納斯說。

「我同意。」

一如慣例，他們標記了新亞種，每當她和詹納斯從冬眠循環醒來，就先查看他們的人口數量。

某天警報聲吵醒他們，艾希絲很快就發現了來源：靠近行星赤道某座島上的超級火山把灰燼拋進了大氣層，降低了幾塊大陸上的溫度。火山寒冬重創了新亞種的數量，他們陷入滅絕邊緣。

艾希絲出去從最後兩個倖存者採樣之後，做了個命運的決定。在山洞裡望著倖存者，她發現自己無法眼睜睜看著他們死掉，她可以救他們。據她所知，對新亞特蘭提斯母星的攻擊可能是對新哨兵行列內各星球上幾百個人類聚落一連串攻擊的一部分。她不會看著這個物種陷入滅絕，尤其是她的研究可以救他們。

她把倖存者帶回阿爾發登陸艇，實施她治療放逐者用的亞特蘭提斯基因療法修改版。

「妳在做什麼？」

「我——我進行實驗。」

「哪一種？」

「修正控制大腦線路的幾個基因。我想我可以給他們多點生存機會。這是我的研究——」

「不行。」

「非做不可，」艾希絲說，「他們可能是我們最後的同類，我們不能就這樣看著他們滅絕。」

詹納斯雖然反對但最終還是勉為其難同意了，他要求必須密切監控此實驗。

幾個冬眠循環平安度過。艾希絲和詹納斯看著這個亞種的人口回升並且走出中央大陸，地理和智能上都向前邁進。他們的進步令人驚嘆，但詹納斯逐漸感到擔憂，而艾希絲卻覺得很驕傲。

「這可能超出我們的控制。」詹納斯說。

「不會的。」

「我們必須鞏固與控制基因組。冬眠期間可能發生突變，我們醒來可能會面對一個有敵意的先進文明。」

這次艾希絲讓步。他們在阿爾發倖存者的骨骸裡放了個輻射線標記，確保第一個部落把它帶在身邊。

幾個循環後，他們被另一個警報吵醒：有船接近。

「是阿瑞斯將軍，」詹納斯說，「方舟。」

阿瑞斯把方舟埋在覆蓋南極大陸的厚冰帽底下，詹納斯和艾希絲傳送到他的船上。

阿瑞斯站在傳送門室等他們，憤怒的眼神直射向艾希絲，他直截了當地說：「妳害死了我們的同胞。」

「我們一直都在這裡。」詹納斯反駁。

阿瑞斯啟動牆上面板，雷射投影出現，重播萊科斯的記憶。他們三人看著艾希絲降落在放逐者星球上提供基因療法，之後放逐者文明快速進步，直到差點被哨兵消滅。大屠殺之後的幾年，放逐者從灰燼中重生，進入太空，擊敗了埋伏的哨兵。最後的場景是放逐者圍攻新亞特蘭提斯母星，殺掉無數同胞。

艾希絲感覺雙腳發軟。她想要重新團結亞特蘭提斯人的努力居然導致母星滅亡，引發了一場超乎想像的戰爭。

她說不出話來，感覺全身虛脫。

詹納斯的口氣嚴厲，「這是捏造的。」

「不，我握有管子裡的萊科斯，他可以證實。」

艾希絲無法掩飾她的反應。一瞬間她全懂了，她急著想要衝出通訊區。詹納斯看出她的表情，他的反應是艾希絲最難得看他顯露的情緒，他受到的傷害幾乎像看到投影動畫一樣沉重。

「那些記憶是真實的。」艾希絲低聲說。

「若是這樣，」詹納斯盯著阿瑞斯說，「這表示你指使哨兵對付自己的同胞，是你造成了毀滅。」

「哨兵是用來保護我們免於威脅的。」

「放逐者不是威脅，只是一個先進文明。我們在另一顆星球上看過另一個例子也遭到轟炸。你想否認嗎？」

「我不否認，」阿瑞斯說，「我保護了大家免於無數個威脅。如果不是我，我們早就滅絕了。她的療法讓他們成為威脅，要是她沒改變他們的基因組，沒人會去碰他們。」

艾希絲呆站著，仍然震驚萬分。

「你想要我們怎樣？」詹納斯問。

「我看過你們的研究日誌，你們對這裡的人類物種做了類似的基因調整。」

「對，」詹納斯說，「為了防止他們滅絕。」

「可笑，你們上一次科學實驗差點導致了我們滅絕。我決定要加入你們的科學探勘，確保歷史不再重演。」

阿瑞斯和詹納斯爭論了艾希絲感覺有幾小時這麼久，最後，詹納斯退讓了。他們離開方舟前，艾希絲轉向阿瑞斯說：「我想看看萊科斯。」

「我想你們兩個應該彼此看夠了。況且，我不允許探視戰俘。」

48

阿瑞斯抵達後的幾週，艾希絲和詹納斯的生活幾乎恢復正常。他們照舊進行實驗，只是現在阿瑞斯隨時在場，在他們背後監視，很少發言。詹納斯也是，即使他說話，也只關於目前的任務，他對畢生奉獻的工作失去熱情。這一點加上得知她對自己同胞造成的傷害，讓艾希絲陷入黑暗的深淵。每過一天，登陸艇的艙壁和他們永遠無法離開的小星球似乎都在壓迫著她。她感覺受困，非常孤獨。

她經常一轉身就發現阿瑞斯用冰冷的眼神盯著她，但他從不接近她或說什麼話。

某天，詹納斯在野外探勘時，阿瑞斯叫她過去。她不情願地傳送到方舟上，在她內心深處殘留著一個希望：*他重新考慮讓我見萊科斯了*。她遵照船的指示前往輔助冷凍區，把萊科斯保存在那裡很合理，和主要冷凍區隔離。她的希望多了幾分可能性。

門打開，艾希絲驚訝地張嘴。十幾支管子排列成半圓形，各自裝著不同的原人。

「只是想讓妳注意一下。我知道妳對野蠻人有好感。」

艾希絲轉身。「你沒有權利扣留他們。」

「他們有危險。其實，拜妳之賜，他們成了全宇宙最瀕臨滅絕的物種，遲早蛇軍會同化他們，除非哨兵找到這顆星球先消滅他們。當然，是假設放逐者沒先找到我們的話

——」

「你錯了——」

「妳不在場，艾希絲。妳真該看看放逐者艦隊攻擊我們星球的慘況。他們是野蠻人，能力高強但是失控的野蠻人。因為妳的療法所創造出來的怪物，妳實驗的受害者，就像亞種八四七二。」

「你要我怎麼辦？」

「我要給妳一個機會，艾希絲。贖罪的機會。」

艾希絲沒說話，阿瑞斯繼續說：「我們有機會矯正所有錯誤，一起救回我們的同胞，也拯救這些人類。」

「怎麼說？」

「我們可以引導他們進化，創造能終結這場戰爭的東西。」

艾希絲很想抗拒，逃出這個房間永遠不回來，但矯正她所犯錯誤的誘惑難以抗拒。她決定先聽阿瑞斯怎麼說，這沒什麼壞處。

她低聲說：「我在聽。」

「我拿了基因樣本，但我沒有辦法設計出我需要的物種，而妳可以。我有妳需要的知識——哨兵如何瞄準DNA和蛇軍病毒的資訊，從大流亡以來我一直瞞著我們同胞。」

房間對面的螢幕上，出現一個DNA序列。「這是大流亡之前用在亞特蘭提斯探勘艦隊的蛇軍病毒，這是關鍵。以我的資訊，加上妳基因工程的知識，我們可以改變宇宙的進程。」

阿瑞斯走近她。「我們創造的物種將復興我們的同胞。如果妳拒絕，就真的害死我們所有人了。」

阿瑞斯似乎知道她的每個弱點，把她玩弄於股掌之間。他舉出艾希絲不計代價會做的一點：贖罪。重新團結同胞讓放逐者重獲安全的機會。艾希絲告訴自己為了做好事，有時候必須跟壞人合作。但在內心深處，她懷疑這是否只是在合理化這項行為。

隨後幾年，艾希絲私下和阿瑞斯合作，再度隱瞞阿瑞斯正確地預測一定會反對的詹納斯。艾希絲知道阿瑞斯隱瞞了某些資訊，只給她足以完成所需實驗的部分。他的口禪永遠是哨兵和蛇軍資訊有必要才透露，向艾希絲透露完整細節會危害無數星球的安全。

艾希絲知道她只是個棋子，但她認為別無他法，沒有替代方案。幾年過去後，她還是不敢向詹納斯坦白，她無法再度背叛他。

一次又一次循環，她回到冷凍室，希望阿瑞斯會遵守承諾，下次甦醒時，阿瑞斯會宣布亞種八四七二已經準備好了，亞特蘭提斯人即將統一。

但是她再次被警報聲吵醒。冷凍室外的螢幕亮起顯示人口警報，艾希絲才驚覺阿瑞斯背叛的程度有多嚴重。整個地球上，所有人類亞種都在滅絕——同時有三個，除了他的武器，亞種八四七二。

即使詹納斯察覺了真相，也沒說出來。他如同艾希絲的預期，急忙拯救他可以救的亞種八四七〇，後來的尼安德塔人。阿爾發登陸艇降落在後世所謂直布羅陀區域的外海，詹納斯和艾希絲穿上防護衣登岸，帶回最後一個活著的尼安德塔人。

他們回船之後，爆炸震撼船身，把船炸成兩半，詹納斯和艾希絲被震得東倒西歪。他們把尼安德塔人放進管子，設法到了艦橋。

「阿瑞斯背叛了我們。」詹納斯終於說。

艾希絲說不出話來。幾秒鐘過去，她以為詹納斯發現了真相，但他對她不發一語。他專心控制面板，封鎖登陸艇，啟動太空船上的防侵入程序，確保阿瑞斯如果想利用它時將會被困住。

另一次爆炸搖晃登陸艇，把艾希絲摔到牆上。她半昏迷地抬頭看著詹納斯走過房間跪在她身邊，望著她的臉。隔著透明護目鏡，她看到一絲隱約的情緒，痛苦、受傷、背叛。艾希絲很想承認，告訴他一切，請求他原諒，但說不出話來。他抬起她，防護衣的外骨骼輕鬆地支撐她的重量。他奔過登陸艇的走廊衝過傳送門，進入方舟。

艾希絲最後的記憶是看到阿瑞斯向她開了一槍，在她掉出詹納斯雙手時殺了她。

凱特滿身大汗，每次呼吸都感覺好像溺水。現在她看完了所有記憶——她與生俱來和詹納斯試圖隱瞞她的那些，其餘的她已經知道了。阿瑞斯那天在方舟上射擊詹納斯，但他沒有殺掉他。詹納斯撐到了通往埋在地下的阿爾發登陸艇的傳送門，直布羅陀外海的殘骸。詹納斯被困在靠近摩洛哥那段，他急欲救活艾希絲，但是沒有她的死亡訊號，船不肯聽命令。

他試了許多年，對復活室測試過無數方法，最後不得不放棄。他設定船上的時間膨脹裝置散發出逆轉阿瑞斯和艾希絲基因改造的輻射線，希望回復人類原始基因組以逃避哨兵、放逐者和阿瑞斯的追殺。

詹納斯選擇等待，在登陸艇靜靜埋藏了一萬三千年，直到稱作印瑪里國際的集團開始發掘直布羅陀灣底下的區域，想要找到柏拉圖傳說中的亞特蘭提斯城。他們僱用在第一次世界大戰中受傷的軍人派崔克．皮爾斯。當他的團隊挖到日後被稱為大鐘的時間膨脹裝置後，它釋放出傳染病西班牙流感，殺死了千百萬人。

派崔克把垂死的妻子放進他發現的管子之一，她體內的胎兒生於一九七八年。他把女兒命名凱特．華納，過了三十五年，直到亞特蘭提斯瘟疫爆發，她一直夾帶著的部分艾希絲記憶終於甦醒。她潛意識中的碎片驅動了她整個人生，她成為專研大腦線路的遺傳學家，畢生致力於研發治療某些認知差異的療法。這一輩子，凱特都在努力修正亞特蘭提斯基因，想要完成艾希絲的工作，滿足她矯正錯誤的願望。現在凱特終於有她必須知道的知識了。

她睜開眼睛，感覺缸底的冰冷地面貼著她的背，米洛雙臂攬在她肩上。鮮血從她的鼻子滴落下方的血泊。

「妳受傷了，凱特醫生。」

「沒關係。我知道我們必須做什麼了。」

49

杜利安感覺他的生命在流失，他仰躺在通訊包廂裡，望著天花板，腦中不斷地回想阿瑞斯的記憶和已知的事，希望找出阿瑞斯下一步的線索。

阿瑞斯在攻擊阿爾發登陸艇那天殺了艾希絲，但他未能殺死詹納斯。多年來，詹納斯一直企圖救活艾希絲，情急之下，他發送除了自己以外的所有復活資料到直布羅陀外海那段殘骸裡的管子。當裝在阿爾發登陸艇上的大鐘釋出西班牙流感，杜利安的父親、印瑪里領袖之一的康拉德．肯恩，把他放進管子裡，他在裡面停留到一九七八年。

杜利安醒來之後一切都改變了，渾然不知阿瑞斯的記憶隱藏在他的潛意識，驅使著他。阿瑞斯的所有恨意，他對艾希絲的厭惡，都深埋在杜利安腦中。這一輩子，杜利安都恐懼一個無形敵人，他認為人類基因毫無準備根本無法面對即將來臨的大威脅。現在他知道這些都是真的，蛇軍、放逐者、哨兵——他們都是威脅，而且阿瑞斯也是。他想利用人類達成自己的真正目的，人類是他計畫的關鍵，但杜利安還不清楚實際內容是什麼。

阿瑞斯攻擊直布羅陀的船之後，散播了艾希絲幫他研發的逆轉錄病毒，用印尼的超級火山托巴當他的投射載具。接著他傳送到科學家的船上，但詹納斯的反制措施把他困在那裡。阿瑞斯利用他與南極洲地下的方舟連線以化身型態出現在杜利安面前。

在一萬三千年前阿瑞斯攻擊科學隊、杜利安從管子裡重生三十幾年後，終於與杜利安接觸。杜利安在南極洲從復活方舟帶出了一個箱子，它的輻射線在亞特蘭提斯瘟疫的最後階段完成了人類的基因轉變，這個箱子製造的傳送門帶領杜利安來到科學家的母船，救出了阿瑞斯。

接下來的幾週，阿瑞斯摧殘這顆星球，引發前所未見的大洪水氾濫席捲各地，各國崩潰陷入內戰。杜利安非常確定一件事：這不是建立軍隊的方式，阿瑞斯在削弱人類。但是為什麼，當作某種誘餌或是長期計畫的一部分？實在不合理。

杜利安掙扎著站起來，蹣跚走出發光的白色通訊包廂。他停在有高大玻璃窗可眺望外面組裝線的空曠區，製造哨兵球體的圓柱延伸到黑暗的太空中看不到盡頭。每分鐘可製造幾千顆哨兵的生產線停止不動，但哨兵比以前更多了。

他走近窗戶，一片漆黑的太空中閃爍著微小的藍白色光線，好像成千上萬在黑夜裡閃爍的螢火蟲。蟲洞不停地打開又關閉，每次只送走一顆哨兵，每秒有幾千顆抵達。整個天空充滿了黑色物體，幾乎遮住了閃亮的星星，唯一可見的光線是預告它們抵達的閃光。

出事了。它們聚集到這裡，安靜地等待。

杜利安走到通訊區查看哨兵定位資料庫，所有系統都把他當作阿瑞斯，毫不隱瞞任何資訊。杜利安研究地圖，保護這個空域提防蛇軍艦隊的哨兵行列正在崩潰。大群哨兵脫離行列，聚集到工廠。

蛇軍戰場上，在舊行列邊緣、軍用烽火系統原本的位置，有一支蛇軍艦隊正在集結，它們建立了一個暫停區。船艦在螢幕上只是一群黑點，但杜利安感覺口乾舌燥。鼻血流下來，被他迅速擦掉。他猜想他離開了多久，還有他是否能做什麼來拯救他的星球。

娜塔莉被撞門聲吵醒，她溜出被窩爬到窗戶，小屋寒冷的木地板被踩得軋軋作響。四輛悍馬車有三輛發動，燈光在窗外閃爍片刻，同時沿著兩旁種植松樹、通往北卡羅萊納州山區鄉間小路的泥地車道倒車。她回頭看看床鋪，馬修還在睡，蜷縮在厚被子底下。

她走向臥室門，但是雙腳好冷。她穿上鞋子和毛衣走出去。

湯瑪斯少校坐在火堆旁，啜飲咖啡，聽收音機。

「怎麼回事？」

「尋找補給，」他說，「要咖啡嗎？」

她點頭坐到他對面的樸素椅子上，面向火堆。

「我們的補給品用光了？」

「不，還沒。但是政府用光了。」他指著收音機，娜塔莉聽了一會兒，等他去幫她倒咖啡。

這段廣播由美國政府提供，所有身體健全的公民請向您最接近的消防隊報到。我們的政府和糧食供應正遭受叛亂民兵的攻擊。

如果您受過軍事訓練，此刻正需要您協助保衛家園，請立刻向您最近的消防隊報到，並等待接受進一步指示。你們會有食物，而且可以拯救人命……

湯瑪斯把古董收音機的音量轉小。

「從昨晚以來召喚越來越緊急。戰鬥一定變激烈了，我猜印瑪里民兵打贏了幾場仗。」

「你不去嗎？」

「不去。遲早會有人找上門來。」

娜塔莉深呼吸一下，說不出話來。

「況且，除了這裡我不想去別的地方。」

復活方舟的艦橋上，阿瑞斯看著古船上的最後幾塊冰滑落，在方舟起飛時掉回南極洲。

方舟飛過大氣層，阿瑞斯調查他摧毀的這顆行星。強烈風暴肆虐，海岸線因為被淹沒的城市成為有毒沼澤。

他的敵人一定難以抗拒。他在這顆小星球停留期間沒有完全照計畫進行，但現在一切回到原軌，沒有人擋得住他。

古老的方舟離開大氣層，阿瑞斯瞄準漂浮的烽火系統，他發射一砲摧毀它。現在這顆脆弱的小星球已暴露在蛇軍視野中，他們很快會來到這裡展開決戰。

阿瑞斯往方舟輸入目的地，開啟一個超空間隧道。他站在艦橋上片刻，看著螢幕上藍白綠色的波浪流過，看起來好像在為他的命運倒數。

終於，他走出艦橋，經過陰暗金屬走廊到他這幾週以來度過大半時間的地方。

萊科斯吊掛在牆上，乾血漬在他臉上和胸口結成硬塊，他沒有抬頭看阿瑞斯。

「我要感謝你的幫忙。」阿瑞斯說。

萊科斯直盯著地板，沒有反應。

阿瑞斯啟動牆上螢幕，播放他刑求萊科斯逼迫配合拍攝的影片——給放逐者艦隊的假求救訊號。

萊科斯勉強地抬頭看。

「很合適，」阿瑞斯說，「你和艾希絲無意中摧毀了我們雙方的文明，現在你得幫我救回來。不會花太多時間。」

阿瑞斯走到門口，但萊科斯叫住他。「你低估我們了。」

「不對，我低估過你們一次，沒有下次了。當你們第一次在母星上開始殘殺我們自己的同胞時，我就該消滅你們。那是我犯的錯誤：談和，重新安置你們。我們放過你們，你們報答的方式卻是回來屠殺我們。」

「我們沒有選擇，我們只想要阻止哨兵。」

阿瑞斯切換螢幕顯示超空間窗口，幾秒鐘後窗口消失，換成太空中的一座巨大工廠和哨兵艦隊。

萊科斯無法掩飾他的恐懼。

「我沒有低估你的族人。四萬年來我一直在建造新哨兵大軍，新哨兵已經適應和你們的船作戰。我從哨兵行列調動全部，每顆現有的哨兵很快就會找上放逐者艦隊，你們贏不了。我剛發送了你的求救訊號。」

螢幕上，大批哨兵球體跳躍離去。

「幾小時內就會結束了。」阿瑞斯說。「我有計畫應付他們，我只是讓你知道發生了什麼事。我留你活命是想讓你親眼目睹這一切，完成之後我會讓你看殘骸。」

「蛇軍——」

阿瑞斯走出去，不理會萊科斯的吼叫。他計畫許久的時刻即將來臨。他原本以為會有強烈的勝利感與滿足感，但他的感覺就像經過的走廊一樣陰暗又冰冷。

他停留在放滿管子和他最後同胞的房間裡。多年來，他責怪艾希絲和萊科斯，但阿瑞斯殺了艾希絲也對萊科斯報了仇，而且很快他就能向萊科斯所有同胞完成他的制裁，但是空虛感仍然揮之不去。

靠岸程序完成後，阿瑞斯走出方舟開始通過這座古代哨兵工廠。他在瞭望甲板暫停，立刻提高警覺。有人來過這裡。亞特蘭提斯糧食的包裝散落在地上，上頭有血跡，是乾的。

阿瑞斯追著血跡走過轉角，最後抵達通訊區。他打開門。

杜利安躺在角落，眼睛半睜，像萊科斯一樣臉上有血塊。阿瑞斯看看通訊包廂，杜利安存取過記憶。他全看過了嗎？不重要。他在阿瑞斯逃脫之前一直阻止凱特·華納接觸蛇軍。這是他最後一次扮演他的角色，現在他沒用了。

「你欺騙我，」杜利安微弱的聲音說，「背叛我，我們所有人。」

「噢，你打算怎樣呢，杜利安？」

杜利安張開手掌，一個金屬裝置滾出來，停在桌底下，阿瑞斯沒看清楚。當他上前發現那是什麼時，一秒後隨即發生爆炸。是手榴彈。

50

大衛記得的最後一件事是印有蛇徽章的船抵達太空戰場，接近他來自軍用烽火系統的逃生艙。之後他一定是昏迷或者被他們迷昏了。

他在光線明亮、四面白牆的房間裡醒來，躺在一張柔軟的大床上。他不確定這是牢房還是病房，但感覺介於兩者之間。室內唯一的特徵是眺望太空的一扇小窗。場景令他愣住，一圈又一圈的船艦排開直到地平線，讓他聯想起土星環，但這些圓圈是由互相連接的船所構成。有多少艘船艦，幾百萬或幾十億？他站在圓圈中央的船上，感覺像置身在巨獸的腹中。

房門滑開，大衛吃了一驚，一個看起來像人類的男子滑了進來，臉上表情溫和。一頭金髮緊緊綁成馬尾，五官看起來很年輕，大衛猜他大約四十歲。

「你醒了。」訪客說。

「是啊。」大衛遲疑，不知該從何說起。他們救了他或俘虜他？他打算先詢問無傷大雅的問題。

「這是哪裡？」

「第一環裡面。」

「第一環？」

「晚點我們會談到。我們對你們溝通習慣的了解有限，但你可能在懷疑該怎麼稱呼我。」

「是啊……」

「二四七。」男子伸出他的手，大衛勉強和他握手。「對，是個詭異的名字，但我們不需要名字，所以當我們遇上像你這樣的人只好編個名字。我是第一環的連線編號二四七，目前我大概只有這個，呃，名字。」

「好吧。嗯，我是大衛·維爾。」

二四七退後，舉起雙手。

「我知道，我知道你的一切，還有你的同胞。你在這裡引起了不小的騷動。」

大衛瞇眼，不知該說什麼。

「是這樣的，我們在古戰場發現你，我們曾經在此接觸到你們稱作亞特蘭提斯人的種族，怪的是你有他們的一部分DNA，以及我們的一部分DNA，而且你也有些新的DNA，非常異類的基因成分，我們從未見過的序列。」二四七微笑道，「我們以為我們無所不知呢。」

大衛保持沉默，但是心裡的警鈴響起。這非常不對勁，這個生物不像它看起來的那樣溫和。大衛的訓練發揮作用，他知道這個對話實際上是審問。

二四七抬起眉毛。「噢，別這麼想。我不是在審問你——啊，對了，容我解釋。你的身體散發出我們能解讀的輻射線，所以我並不會讀心術，只是你的心思在向我廣播。」他又微笑。「我沒辦法不知道。」

「你想要我怎麼樣？」

「沒有，絕對沒有。其實我們想要幫你。」

「幫我做什麼？」

「加入環。」

「我不會加入。」

「我知道，」二四七開朗地說，「剛才說過，我知道你的一切。我看過你的記憶，但你對環毫無了解。我們在提供你拯救幾百萬、或許幾十億同胞的機會。」二四七停頓一下。「但是老實說吧，你其實只在乎一個人。」

對面的牆壁變成影片，顯示出大衛的主觀視點，畫面出現一間臥室的雙併門，那道門通往一個俯瞰海景的小陽台。是直布羅陀，凱特躺在床上抬頭看他，眼神非常溫柔、充滿誘惑地盯著他看。

「我們可以救她。」二四七說。

大衛忍不住問該怎麼做，幾乎像是本能反應。

「她的身體故障了，但這在環裡並不重要。環的存在超越時空。每個連結都是永恆。我們克服了原始的生物學，她也能夠如此，當然你也可以，你們可以永遠在一起，過著永無止境的人生。不僅如此，我們創造了這個環來控制一種我們稱作『起源實體』的量子結構。我們認為當我們控制了宇宙中每一種生命形式，每個與起源實體的連結，就能完全控制實體，讓我們的生命真正永恆，無限強大。我們是圍繞時間和空間的環，而且堅不可摧，加入我們吧。」

「你們需要我。」

「我們需要你，也想幫你。」

對面牆壁又變化，顯示出蛇軍戰場上烽火系統的碎片掉進殘骸平面之處。幾圈船艦在太陽前方旋轉，製造出藍白色的傳送門，無窮的船艦在傳送門之間流動。

「這支艦隊正前往你的星球，那是長久以來我們一直想找到的諸多隱匿星球之一。類似的船艦也前往哨兵行列內的每顆星球，防線本身是我們自己文明，創造出第一環的星球產物。我們的星球分裂了，有些人緊抱著過去，他們原始肉身的生命，就像你現在這樣。他們創造了哨兵替其他人類星球爭取時間，但現在哨兵已經不敵我們。它們正在撤退，每次它們形成新的哨兵行列，總比上次戰鬥時小，我們每次都能突破。」

「你們的艦隊打算攻擊我的星球？」

「我們偏好解放這個字眼。」

大衛觀察這個人，或東西，不管他是什麼。

「我的同胞會怎麼樣？」

「看你而定。你打不過我們，你的星球已成廢墟。看看那些苦難，你的同胞對自己做的事，我們可以結束這一切。想想你的人生。」

牆壁再度改變。大衛看到他一生的場景片段浮現又淡去，像記憶的行軍，多半是悲慘的事。小時候他在父親的喪禮上，在黑暗的時刻逃回房間和孤立的平靜感。在九一一當天奔向大樓，然後大樓崩塌活埋了他，以及他痛苦的復健過程。接著，他加入中情局，差點被殺又重新出發加入鐘塔組織。後來他與杜利安交手、攻占休達的印瑪里基地、地球遭到大洪水侵襲破壞。還有最後，他撤回登陸艇內再前往烽火系統。

「你總是站在輸的那邊，大衛。你總是根據情感打徒勞的戰爭，用一次大腦吧。加入我們，凱特需要你。」

「你們也需要我嗎？」

「不，我們不需要任何人。但如果你加入，會幫助我們同化你的同胞。我說過，我們沒見過像你這樣的人，你們是個全新的物種，我們相信你們和起源實體有某種特殊連結，我們認為這甚至可能改變我們在這裡的做法。」

二四七笑道，「容我解釋。你們的身體由原子構成，又和你們一生接觸過每個人的原子發生量子糾纏，那些原子也都遵循我們稱作『起源實體』的量子力約束。我們的科技超出你們的理解，但如果你接受自己成為環中一節的角色，我們可以控制你與起源實體的連結，接著我們便可以控制與你有連結的那些人，包括凱特和你的其餘同胞，這是骨牌效應。如果我們的理論正確，環會立刻藉著你的量子糾纏擴張。」

「這就是你的目的，我跟這個宇宙實體的連結？利用我的靈魂？」

二四七面露厭惡。「你們的術語真粗糙——」

「但這是事實。」

「對。」

「如果我拒絕呢？」

「我們總是用輕鬆的方式嘗試，大衛。我們這麼做已經很久了。如果你拒絕，我們還是會同化你。如果做不到，我們會殺了你。當我們的船抵達你的星球之後，他們會殺死其餘每個人，我們會殺死任何無法同化的東西。這宇宙只容得下一個先進物種，那就是環。聰明點，大衛。想想凱特，她會希望怎樣。如果你加入環，那些船抵達後就會挑出連結。否則，將是一場大屠殺。凱特會死，你也無法倖免。」

「所以不加入就會沒命？」

「這就是宇宙之道，大衛，無論你願不願承認。現在你決定如何？」

大衛看看窗外幾乎無窮的幾排大環，發現絕對無法逃離這個地方。

對大衛而言，這個決定是驅使他一生的信仰反映，他相信每個人都有與眾不同的自由。簡單地說，自由是他畢生奮戰的目標。一個選擇是自由與死亡，另一個則是凱特和同化，無論如何，他的星球命運已定。但大衛認為他的星球一路努力奮戰，一定無法接受同化，人類這麼努力不是為了變成一個無窮鎖鏈中的幾個環。這個決定很容易。

「我的答案是拒絕。」

室內的白牆溶化成黑色，舒適的床鋪變形成硬金屬台子，大衛被綁在上面。二四七的人類外表褪色成底下布滿微小機械的灰皮膚。

「隨便你。」

大衛感覺到一根針扎進他的脖子。

51

瑪麗在貝塔登陸艇醫療實驗室的深色金屬地板上踱步，陷入沉思，牆上螢幕閃現一個紅色粗體字的通知。

「準備好了。」她咕噥說。她發現她一直在畏懼貝塔登陸艇根據幾天前收到的訊號做出逆轉錄病毒的時刻。為什麼？這是她職業生涯的巔峰成就，如果這病毒是與外星文明溝通的方式，這項突破會確認她的職涯、她的每個選擇都是對的。

保羅從手臂上抬起頭，他一直介於睡眠和白日夢狀態之間。瑪麗看到他看不見的東西，忍不住向他微笑。

「幹嘛？」

她舔舔拇指揉他的額頭。「你臉上有紅印。」

保羅把筆丟到桌上。「噢。謝謝。」他專心看螢幕，「準備好了。」

「該怎麼做？」瑪麗問。

「妳進入醫療艙，由貝塔電腦實施療法，類似別的醫療區對凱特手術的方式。如果出了差錯，它會試著救妳。」

「你不接受療法嗎？」瑪麗問。

「不要。呃，我沒這打算。這是妳的發現，我猜妳會想要當第一個。」

「換成幾天前我一定會這麼做，我會立刻撲向這個機會。我第一次接觸到我職涯工作的頂點，但我發現一件事。我們……分道揚鑣之後我便全心投入自己的工作，我執迷於工作的原因是我只剩這個了。我一直尋求某種東西，跟外星人或無線電望遠鏡的訊號無關。」

「我懂妳的意思，但如果凱特沒從缸裡醒來，這是我們逃出此地的唯一選擇，否則我們會困住。」

「我知道。你的想法呢？告訴我，保羅。你的直覺認為該怎麼做？」

保羅別開目光。「我知道這個訊號對妳的意義，瑪麗，這些年妳為工作犧牲了這麼多。如果妳問我的直覺是什麼，老實說我不相信一個友善物種會把逆轉錄病毒傳送到太空中。我知道我們沒選擇了，但我認為我們應該等等。」

瑪麗微笑。她精疲力盡，而且非常恐懼，怪的是，她很久沒這麼快樂了。

「我同意。我真高興一起等的人是你。」

保羅的眼神與她對上。

「我也是。」

「我想我們等待時可以找點事做。」

保羅不知道他和瑪麗在房間裡待了多久，他不在乎。他找到辦法鎖門關燈，只有這個才重要。

瑪麗睡在他身旁，身上被單滑掉了一半。他望著天花板，一向忙碌的腦子呈現一片空白，只剩強烈的滿足感。

金屬門上的敲門聲在黑暗中迴盪，保羅坐起來。幾秒後瑪麗也醒來，他們趕緊穿衣開門，米洛站在門外。

「凱特醫生醒了，但病得很重。」

在適應研究實驗室，凱特又躺在從橢圓醫療艙伸出來的堅硬台子上，旁邊牆上的螢幕顯示她的生命跡象。

她的時間不多了。保羅瀏覽手術日誌。上次離開大缸之後米洛就把她放進醫療艙。船上電腦盡力搶救，但毫無辦法。她頂多只剩一小時。

「保羅……」她的聲音微弱。

保羅走到她床邊。

「逆轉錄病毒。」

「那是什麼？」

「蛇軍病毒。」

瑪麗和保羅的表情同時說：好險。

凱特閉上眼睛，螢幕改變顯示出通訊日誌。她顯然利用自身與船的神經連結，向一顆行星發了訊息。保羅猜想她是否從記憶模擬中得知了位置。

「放逐者，」凱特說，「他們是我們唯一的希望，我可以救他們。」

放逐者？保羅正要問她在說什麼，但凱特迅速解釋，聲音小得像耳語。她描述亞特蘭提斯文明的分裂，科學家艾希絲如何改造了放逐者的基因，讓他們成為反蛇軍設定的哨兵目標。

「他們快到這裡了，」凱特說，「我希望如果我死了，你能完成我的工作，保羅。」

保羅看看螢幕上的DNA序列，努力跟上。「凱特，我……沒辦法。我連一半都看不懂。」

船身搖晃，螢幕切換顯示外面的場景。一百顆哨兵球體漂浮在軌道，向地面上的貝塔登陸艇開火。

52

保羅感覺瑪麗的手溜進他手裡。貝塔登陸艇內適應研究實驗室的螢幕上，他們看著墜落物體在大氣層中燃燒之後往他們砸下。

他在臥室裡那種奇怪的冷靜感又來了。他束手無策，但又有種純粹的平靜，好像修補了內心的某種缺憾。

第一次動能轟炸擊中登陸艇外大約一哩。一秒後的震波把保羅、瑪麗、米洛和凱特甩到遠端牆上。螢幕上，灰塵與碎片爆發，有些來自城市廢墟，飛上空中。

透過雲層，保羅看到一支艦隊抵達。艦隊是三角形，一飛出藍白色傳送門就分散開來攻擊哨兵，幾千艘三角形船艦衝過球體群，紛紛開砲攻擊，打碎那些黑球，殘骸被炸上大氣層。

雖然塵土飛揚看不清楚，但這是保羅生平看過最精彩的一戰。他差點忘了正衝向他們的動能轟炸。

他聽到從外面走廊傳來如雷的腳步聲。

保羅轉身面對門口，把瑪麗和米洛推到背後，凱特在幾呎外昏迷不醒。

他準備好迎接如潮水般湧入的入侵者踏進通訊區的門檻。入侵者從頭到腳穿戴戰鬥盔甲，頭盔遮住了他們的臉，但他們看起來像是人類。

入侵者衝上前，用不明東西注射每個人。保羅想反抗他們，但四肢無力。黑暗從他的視野兩旁聚攏，吞沒了他。

保羅在不同的地方醒來，躺在一張明亮房間裡的舒適床鋪上。他迅速觀察環境：牆上掛著風景照，一個盆栽，圓桌上放著一壺水，休息區放置一張木頭桌面金屬腳的書桌，好像飯店套房。他起身走出臥室進入休息區，一排窗戶透露出幾千艘三角形船艦的艦隊陣形。

雙併門嘶一聲滑開，一個男子走進來，在薄地毯上沒有腳步聲。他比保羅高，五官俊俏，皮膚光滑，黑髮剪得很短，像軍人髮型。門關上，男子點擊前臂上的某種東西。他鎖上門了嗎？

「我是柏修斯。」

保羅很驚訝這個人會說英語。

「我們給你們注射是為了讓你們能懂我們的語言。」

「原來如此。我是保羅・布倫納。謝謝你救了我們。」

「歡迎你。我們收到了你的訊號。」

「不是我發的。」

柏修斯的態度改變。「不是你？」

「呃，不是我，是跟我一起的那個生病的女人。」

柏修斯點頭。「我們正在救她。我們對於訊號是否是另一個陷阱或是另一個假求救有些爭議，所以才花了這麼久的時間。」

「我了解。」保羅不懂他在說什麼。他剛開始意識到正在外星太空船上跟外星人談話。他越來越緊張，努力顯得輕鬆。「那位女性是凱特．華納博士。她可以幫你們。」

「怎麼說？」

「她是科學家，而且看過一位亞特蘭提斯科學家艾希絲的記憶，她可以幫你們躲避哨兵。」

柏修斯面露懷疑。「不可能。」

「是真的。她設計了一種基因療法可以讓哨兵忽略你們，這個療法可以救你們。」

柏修斯微笑，但不是真心誠意。「很久很久以前，有個科學家也跟放逐者這麼說，當時我們過得比現在好多了。這個時機點很奇怪。幾小時前，有一支新的哨兵艦隊攻擊我們的船。我們現在住在太空，曾經試過定居在幾十顆星球，但哨兵總是找得到我們。我們變成了遊牧民族，不斷在逃命。今天出現的新哨兵艦隊毫不留情，而且數量似乎沒完沒了。它們懂得怎麼跟我們作戰，簡直是專門做來對付我們，而非蛇軍的。它們每場戰役都擊敗我們，我們認為這是要消滅我們的最後攻勢。你一定可以理解我的疑慮，你說的科學家能提供拯救我們的基因療法，正巧就在我們即將滅亡的這一天？」

保羅猛嚥口水。「我無法證明我說的話，也無法阻止你們殺我，但我說的是實話。你可以相信我，讓我們都有機會活下去，你也可以不理會，讓我們一起死。無論如何，我的團體中有另一個女性，她沒生病。她跟我……我希望死前能夠再見到她。」

柏修斯仔細觀察了他一陣子。

「你要不是大騙子就是超級間諜，跟我來吧。」

保羅跟著男子走過跟亞特蘭提斯船艦完全相反的走廊。這裡燈光明亮又有許多人穿梭在各個門口，有人在研究他們的平板電腦，也有人快速交談。對保羅來說，感覺像瘟疫爆發時的疾管局，處於危機狀態。

「這裡是第二艦隊的旗艦，我們正在協調防守平民艦隊。」

柏修斯帶著保羅走進他猜想是診所或研究實驗室的地方。透過一扇寬玻璃窗，他看到凱特躺在手術台上，有幾支機械臂懸浮在她的頭顱上方。

「她罹患復活症候群。」柏修斯說。

「對，她冒生命危險去看亞特蘭提斯科學家的記憶，所以才發現你們種族和基因療法的事。」保羅上前窺探窗外，「你們能救她嗎？」

「不確定。自從放逐者星球遭到圍攻之後，幾萬年來我們一直在研究復活症候群。

當我們發動攻擊時，會先假設我們殺死的人都會在戰後復活。我們的目標是找出哨兵控制站，關閉哨兵，然後與復活管出來的公民一起重建我們先前的星球。

「入侵期間，我們得知復活症候群在我們殺死的人身上發病率是百分之百，他們沒有人回得來。因為有哨兵跟我們作戰，所以我們無法拯救我們母星上的人，只能空手離開，但此後我們一直研究復活症候群，希望有朝一日可以治好同儕公民的病。我們根據圍攻時期下載的資料和電腦模型研發療法。我們不曉得是否有效。」他往窗外和遠處躺在手術台上的凱特側頭，「她就是我們療法的阿爾發。」

「那麼我們只能指望她了。」

53

當針頭刺入大衛的脖子時，船艦上的房間瞬間消失。他發現自己置身在一個大土坑裡。這是幻覺。這個念頭引來一陣傾盆大雨，土坑裡淹水，泡濕的地面變得鬆軟，吞沒了他雙腿，把他拉進爛泥裡。水越積越多，形成一個越來越高的水池。

大衛涉水到坑壁，奮力從沉重的黑泥中拔出雙腳。這不是真的。

他用手挖進坑壁，是乾的。他穩住手向上爬，一手接一手，朝向地表。他爬了好久，不知道有多久。雲層中露出昏暗的太陽，它慢慢爬過土坑上空，直到消失不見，只剩下餘暉的影子，大衛繼續奮力地爬。這坑一定有上百呎深，但他強打起精神，發揮出超於常人的耐力。

大雨下個不停，但他仍沒停歇。他抓的坑壁逐漸變得濕滑，得多花點時間才能把手抓穩。他把抓出來的泥巴扔到坑裡，直到抓到硬土再往上爬。他邊挖邊爬，快到地面時坑壁變得更加濕滑，大塊爛泥滴落滾動，掉在他身上，接著污泥流吞沒他，覆蓋他，把他拉下水中。他全身被黑泥蓋滿，在水中掙扎，額外的重量把他拉進深淵。他揮動雙手，試圖從身上撥掉污泥，努力掙脫。他的手腳疼痛不堪，接著連肺部也感到灼痛。他溺水了。

他努力拳打腳踢，最後冒出了水面，只夠吸一口氣又沉了下去。他感覺如果他放任自己下沉，如果他放棄，讓意志崩潰，環就會控制他，包括他的靈魂，還有他認識與關心的每個人，以及凱特。這個念頭帶給他一股新力量，他的頭再度冒出水面。他拚命吸氣，猛揮雙臂甩掉泥巴，但雨還是一直下。

大衛伸直手腳，浮上了水面，雨落在他臉上。

他現在懂了，他無法逃脫，屈服是生存的唯一方式。但他不願意，寧可被淹死。

杜利安睜開眼睛，看到的是復活方舟上玻璃的弧度和大房間的景觀。復活還原了他的肉體，但他還是很不舒服，杜利安從內心感受得到他的生命正在流失。我還有多少時間，只剩幾小時嗎？

他的正對面，阿瑞斯在另一根管子裡盯著他，眼神冰冷。

他們的管子同時打開，兩人走出來對峙，動也不動。他們腳步聲的回音傳入大房間深處，經過好幾哩長從地面堆到天花板的管子。最後的聲音消退後，阿瑞斯開口，語氣嚴厲。

「你做了件傻事，杜利安。」

「殺你嗎？其實我認為這是好久以來我做過最聰明的事。」

「你沒想清楚。看看你周圍，你在這裡殺不了我。」

「我當然可以。」杜利安衝上前攻擊阿瑞斯，一拳就殺了他。阿瑞斯沒料到杜利安打起架來像被逼急的野獸。阿瑞斯癱瘓的身體倒在黑色金屬地上，大量的血液湧了出來。

杜利安退回管子裡。這樣會重設時鐘，矯正他除了復活症候群以外的病痛，那是唯一復活管治不了的毛病。

他看著白霧一路填滿管子。他不知道時間經過多久，當霧氣散去時，新的阿瑞斯站在管子裡。

管子打開，杜利安衝上前，再度殺死阿瑞斯。

如此循環了十二次，十二具屍體，全是阿瑞斯，倒在管子前面。杜利安像窮途末路一樣拚命，而且本能地知道阿瑞斯的每一招——多虧那些即將奪走杜利安生命的記憶。

在第十三次復活，阿瑞斯走出來，跪下舉起雙手。

杜利安停住。

「我可以治好你，杜利安。」阿瑞斯抬頭。他發現杜利安停止動作之後，站起來繼續說，「你患了復活症候群——你的心智無法處理的記憶。」他指著大房間裡成千上萬的管子。「他們也是。治療他們是我的目標，所以我才犧牲這麼多。你看過了那些犧牲，記憶讓你生病了。我會治好你，杜利安。你就像我兒子，我最親近的人，我等了幾萬年希望別人能像你這樣自我證明。你可以殺了我，我們也可以一起活下去。」

在屍體堆以外的空地，升起一個雷射投影。一場太空激戰，幾千顆或許幾百萬顆球體聚集到破洞，鑽過三角形船艦。

「我們的哨兵正與放逐者作戰，杜利安。我們會贏，我為這場戰爭準備了很久。放逐者消失以後，我們會繼承這個宇宙。我的復仇，我們的復仇終將完成，我們可以共享這一刻。」

杜利安走向雷射投影。黑色球體快贏了，它們吞噬放逐者一支又一支的艦隊，每次都利用空間跳躍離開去找新艦隊。

「你想怎麼治療我？」杜利安問，語氣軟化。

「你回去管子裡，我需要時間找辦法，但我會治好你。」

「地球怎麼辦？」

「那是歷史了，杜利安。地球只是我們大海中的一顆砂礫。」

「讓我看看我的星球。」

「那已經不是你的星球了。」

杜利安衝上前再度打死阿瑞斯。

阿瑞斯第十四次走出管子後，立刻啟動一個雷射投影顯示出被蛇軍船艦包圍的地球。三角形船艦與蛇軍作戰，但居於劣勢。

「放逐者在和蛇軍交戰？」杜利安問。

「對，一群呆子。他們為了所有人類星球而戰。蛇軍還已經傾巢而出，我撤除哨兵行列時就知道他們會過來。這是我計畫的一部分，杜利安。」

「我們是武器。」

「對。你看到的那個科學家，艾希絲，我和她分享了蛇軍基因資訊，她創造了某種反病毒，人類獲得的亞特蘭提斯基因就是這麼回事，這是宇宙史上最成熟的求生科技。看看它對你們星球的影響，沒有文明能夠進展得這麼快。我結合了艾希絲的創作，她給放逐者的東西與蛇軍病毒，成為你們所知的亞特蘭提斯基因。那就是你們的本質，你們渴望同化，想要創造一個統一的社會邁向共同的目標，控制某種共同的力量。這是你們的致命傷和我們同胞的救贖。當蛇咬人，你的同胞會毒死他。」

「什麼意思？」

「他們會同化，杜利安。我們的母星淪陷與流亡之前，他們同化了我的妻子和所有同胞。有些人會反抗，當他們反抗，蛇軍會鑽得更深，試圖控制他們與起源實體的連結。蛇軍會提供果實，對方非常渴望的東西，再用火焰吞噬他們，讓他們充滿恐懼。在每個階段，蛇軍會提供一個假救贖，如果那個人能抗拒，蛇軍會啟動強制同化。因此人類的DNA會流入蛇軍，由裡到外摧毀他們，只需要一個人。」

「這就是你的計畫，你的軍隊。」

「對。我在找一個有反抗意志的人，逆境能滋養力量。我摧毀你的星球是希望製造一個有意志力熬過蛇軍同化的人，我也想要你的星球讓蛇軍看起來像是輕鬆的獵物，一個瀕臨毀滅邊緣、無力自保的人類星球。」

杜利安感覺虛脫，目前情況的嚴重性壓迫著他。

「回你的管子去，杜利安，等我的下一步。我會治好你，也會治好這房間裡的每個人。我所做的一切都是為了你和他們。我會保護你，也會救你。」

杜利安很想退回管子裡等阿瑞斯，他向來渴望但從未有過的父親來拯救他、治好他。他退後，屍堆在他左方，像個遮住大片玻璃管的土丘。

「聽話，杜利安。我會回來找你。」

杜利安又退後一步。

阿瑞斯點頭。

杜利安停住。「你以前騙過我。」

幾秒鐘過去，他感覺自己的恐懼圍攏過來。偏執、創傷，悲慘的畫面閃過他眼前。他父親常在小時候狠毒地鞭打他、懲罰他，當他罹患西班牙流感時，父親把他孤單地放進管子裡。杜利安在管子裡甦醒後性情大變，他的仇恨，他的渴望，他尋找復活方舟的努力。他在那裡找到他父親，但再度從他的手中溜走，被亞特蘭提斯的大鐘殺死。每個轉折，阿瑞斯都背叛了他。

阿瑞斯看見他遲疑，趕緊說：「以前你沒受過教育，你不知道我們面對的敵人力量，當時的你無法理解。」

杜利安心中充滿恨意。「你最大的恐懼是在這座墳墓裡度過永恆，永遠死不了，困在煉獄中。」

阿瑞斯咬緊下顎。

「你背叛過我太多次了。」

杜利安衝上前再度殺死他的敵人。

當屍堆達到一百人之後，杜利安靜靜等待，但管子沒有再填充灰霧。阿瑞斯沒再出現。

杜利安大步穿過走廊到艦橋上，面板解答了他的懷疑：阿瑞斯關閉了自己的復活。在第一百次死去的前幾秒，阿瑞斯用他與船的神經連結確保他不會再回來，永遠不必再死在杜利安手上。他永遠消失了。

杜利安贏了。他感到一陣亢奮，他贏過了強敵，他勝利了，但他只剩短短幾小時。在哨兵工廠的大窗前，他看著最後一批球體跳走。

他一直是個棋子，扮演了他的角色。他殺了阿瑞斯，現在只能感受到空虛，沒人會來找他，沒人會治好他，沒人會愛他。

在他內心深處，他知道這是真的。他不值得人愛，也從未努力爭取。他過著悲慘的人生，充滿仇恨，現在他最後的敵人沒了，只剩仇恨而已。仇恨有毒，像被蛇咬，肉眼看不見的毒性透過血管流遍他全身，從裡到外殺死他，只有一個辦法能除掉它。

他走回方舟裡存放管子的房間，他望著隆起的屍堆。在艦橋，他關閉了自己的復活，他沉重地走到氣閘。消毒室警報聲大聲響起：未穿環境防護衣。

他關掉警報。

組成門板的三片三角形碎片在他面前轉開，就像在南極洲那樣。那時他以為門在歡迎他迎接他的命運。當真空的太空把他吸出去時他仍然這麼想，接著吐出最後一口氣。他的屍體漂過空盪盪的哨兵停放場。

54

大衛浮在水中動也不動，太陽升起又落下，雨下了又停，水面上漲又消退。每當他感覺地面碰到他的背就站起來走到坑壁，一手接一手往上爬，直到雨又落下把坑壁變成變成泥巴，把他沖進水池中，他在裡面奮力甩掉泥濘，為每一口呼吸掙扎。他絕不放棄，即使他的身體灼熱又疼痛，他的肌肉，他的肺，每一吋都痛苦難耐，但他拒絕示弱。

接著太陽永遠消失，隨之而來的是虛無。

當他再度睜開眼睛，他躺在二四七解除偽裝後看過的金屬台子上。束帶被解開了，他坐起來。透過窗子，他看到艦隊環，但現在他們不同了。先前他們組成陣形旋轉。現在連結被打斷了，一些船艦靜止漂浮著，互相撞擊，彼此沒有連結。

大衛單獨在簡陋的房間裡。

他走到門口，門打開。走廊上沒人。他走過寂靜的通道，所有門都開著，彷彿啟動了某種撤離程序。

在第三道門，他看到屍體堆在角落。他們看起來好像二四七：灰色皮膚與晶瑩橢圓的爬蟲類眼睛。但在二四七皮膚底下爬行的小珠子消失無蹤，屍體完全沒有生命跡象。

這是怎麼回事，我該怎麼逃出去？

凱特立刻發現她不在貝塔登陸艇上，懸在她前面的機械臂和明亮的手術室很……不像亞特蘭提斯。不知何故看起來比較像人類或地球的事物，明亮乾淨。

她勉強地坐起來。在她背後，幾個人站在玻璃牆後。

「感覺怎麼樣？」擴音器傳出一個聲音。

「還活著。」她感覺不僅如此，原本垂危的身體似乎痊癒了。

放逐者科學家們帶她到一間會議室，說明他們進行的程序。多年研究復活症候群有了成果，她真希望能報答他們。

凱特感到一股新活力，但隨之而來的是一股哀愁。大衛。她把他推出腦中。她有艾希絲的記憶，完整無缺，這是關鍵。

放逐者科學家和艦隊指揮官聚集在大會議室裡，凱特站在對面牆上的螢幕前做研究簡報——包括她自己做的和她看艾希絲做過的。她描述基因療法，一種能讓放逐者對哨兵艦隊隱形的逆轉錄病毒。

「治療之後，你們看起來就像亞特蘭提斯人。」凱特說。

「這話我們以前聽過。」柏修斯說。

「我知道，我看過。這次不同，現在我兩者都懂了。我知道完整的真相——控制亞特蘭提斯基因和散發輻射線的基因，哨兵會注意那個輻射線。如果不符合預期的亞特蘭提斯常態，它們就會攻擊。艾希絲不知道這點，如果她知道就不會改造你們，她對結果非常非常後悔。」

委員會請她退席，凱特在外面等待，緊張地踱步。幾分鐘後，保羅、瑪麗和米洛從轉角走出來。

米洛的擁抱差點悶死凱特，但她毫無抱怨。保羅和瑪麗點頭表示他們多麼高興她痊癒了。凱特也察覺他們兩個另有隱情，讓她既為他們高興也有點自憐。

「狀況怎麼樣？」保羅問。

「我不確定，」凱特說，「但我知道一點，他們的決定會確認他們和我們的命運。」

湯瑪斯少校遞給娜塔莉另一杯咖啡。

「我換成低咖啡因的，」他說，「希望妳不介意。」

「選得好。」

他們都專心聽收音機，重複的廣播變了，向消防隊報到的徵兵換成了美國各地戰況的報導，內容都是美軍的勝利，但某些地方從未被提到，娜塔莉恐懼最糟的情況：某些城市和州已落入印瑪里民兵手中。

另一則報導說：有人來電宣稱他用望遠鏡看到天上有些黑色物體。主持人一笑置之，以為他只是想要轉移民眾對時事的注意力。

柏修斯探頭出來時，凱特還在走廊上踱步。

「我們準備好了。」

她進去再度站在木頭會議桌前。

「我們決定，」柏修斯說，「在部分船艦上實施妳的療法，那些快要戰敗的人已經開始進行了。」

「謝謝。」凱特說。

她想擁抱他，但有件事她必須先問：「我有個請求。」

一陣尷尬的沉默。

「請你們救我的星球。」

「我們已經在試了。」柏修斯背後的螢幕顯示出地球，上百艘蛇軍巨艦正與放逐者的三角形艦隊交戰。

「不過我們屈居劣勢。」

「我想去，」凱特說，「我知道情況不利，但我必須在場準備我能提供的協助。」

柏修斯點頭。「有支增援艦隊幾分鐘後要出發。我陪妳去，我想科學隊也會希望隨行——以防他們對哨兵療法有疑問。」

地球進入視野後，凱特走近螢幕，與保羅、瑪麗和米洛在放逐者船上的通訊區並肩站著，他們的船在戰區外等了將近一小時，看著攻守形勢翻轉了幾次。放逐者艦隊是專門設計來跟哨兵作戰的，他們打不過蛇軍。

最後，凱特漫步回到他們給她的艙房。

即使放逐者能逆轉從蛇軍手中拯救地球，她的同胞還是有麻煩：哨兵的威脅還在，人類必須加入放逐者艦隊，過著流浪生活。

但如果地球淪陷，凱特的療法成功解除了哨兵威脅，凱特、米洛、瑪麗和保羅在放逐者裡面還是很孤立。

她發現無論如何只要沒有大衛，她都會孤單。她懷疑這是否值得，但坐在陰暗房間裡的床沿，她知道這是值得的。

她盡心盡力，做她認為正確的事。她以此為榮。

55

房門打開時，凱特腳下的地毯已經差點磨出一個破洞。

「治療生效了，」柏修斯說，「哨兵脫離了我們的艦隊。」

凱特嘆口氣。「這是好消息。」

「壞消息是我們在外面仍處於劣勢，另一支蛇軍艦隊正在趕來。等它抵達，我們都必須撤退。」

「你們能夠救地面上的人嗎？」

「不行，」柏修斯說，「很抱歉，我們的設計不適合和蛇軍戰鬥或進行星球疏散。我們的船是用來防禦哨兵的。」他在休息室等了一會兒，凱特察覺他還想說什麼，但找不到話說也沒事可做。

最後，凱特坐到沙發上低聲說：「謝謝你。我知道你盡力了。」

柏修斯在門口暫停一下但仍不發一語離去。凱特又坐了一會兒，不知如何是好，她能做什麼。

雙併門嘶一聲打開，保羅、瑪麗和米洛走進來。他們也知道了，凱特從他們臉上表情看得出來。

「妳想怎麼做？」保羅問。

「我不認為我們還能怎麼辦。」凱特說。

門又打開，柏修斯大步進來，臉色興奮。

「你們最好來看看。」

大衛終於找到了他猜想是蛇軍戰艦指揮中心的地方，裝有幾百面螢幕顯示著蛇軍艦隊漂浮在幾百顆星球周圍的圓形房間。蛇軍船艦死氣沉沉地漂流，而且快被三角形船艦消滅了。

似乎有某種東西影響了環的每個連結，破壞了它，彷彿蛇頭被砍掉了。

這是好消息，但壞消息是，他被困住了。

凱特站在放逐者船艦的艦橋上，望著漂浮在地球周圍的蛇軍艦隊。

「這跟妳去除哨兵威脅的療法有關嗎？」柏修斯問。

「不，我想不是。」老實說，凱特不知道。「嗯，或許吧。」

「究竟是哪個？」柏修斯問。

「我不知道。」凱特絞盡腦汁。有東西由內而外殺死了蛇軍。是阿瑞斯的武器或艾希絲的研究嗎？一瞬間，凱特全想通了。

「是我們。人類。我們是終極的反蛇軍武器。我們的DNA，就是亞特蘭提斯基因，還有瘟疫，都是為了這個目的。當蛇軍試圖同化我們，我們的DNA就是一種反病毒，可以殺死他們。」

「不可能。」柏修斯說。

「為什麼？」

「他們從未進攻到你們星球的地表去同化任何人。」

這完全不合理，但凱特確信她是對的。

「我們不想冒險，領袖們已經命令我們摧毀所有蛇軍船隻。」

「我想這樣很妥當。」凱特咕噥，仍在沉思。

她不知道蛇軍發生了什麼事……

是大衛。當蛇軍戰場的軍用烽火系統被摧毀時，他們應該看得到那裡發生的事。如果他們發現了大衛……

「我知道怎麼回事了。」凱特說，「他們試圖同化我們團隊裡的某個人，他名叫大衛．維爾，我們必須找到他。」

「妳有何提議？」

「他在某艘蛇軍船上，我們必須開始搜索——」

柏修斯舉起雙手。「妳瘋了嗎？我們根本不知道有多少船，可能幾百萬或幾十億，而且這可能是暫時現象或陷阱，我們不可能為了一個人冒這種險。」

「當然要，你們非做不可，因為我還有你們需要的東西。」

柏修斯懷疑地打量她。

「哨兵工廠的位置——它們的控制中心。如果我沒猜錯，還有裝載全體亞特蘭提斯倖存者的復活方舟，包括你們的同胞萊科斯。」

柏修斯站在艦橋上，斟酌凱特的話。最後他說：「我去報告最高委員會，但即使他們同意搜索，也會想先知道位置。」

凱特點頭同意。這一刻，她發現了詹納斯計畫的真正巧妙之處。他把記憶分散到三個能揭露完整真相的地方——蛇軍戰場、哨兵工廠和擱淺在廢墟星球的登陸艇。這一直是他的終極後備計畫，對抗阿瑞斯的退路。

凱特希望最後這一次也能成功。

「他們同意了，」柏修斯說，「但有個條件，他們會先掃瞄蛇軍船艦上的人類生命跡象後再摧毀。若沒生命跡象，他們就會開火。如果他們測到人類生命跡象，會先送機器人登船去查看，萬一有任何問題就會立刻開火。如果機器人找到妳的隊友，我們會嚴密隔離帶他回來做徹底檢查。」

凱特跑過去擁抱他。

接下來是凱特生平最漫長的幾個小時。她看著放逐者的三角船艦操縱蛇軍艦隊轉向駛向太陽。黑色物體駛向燃燒恆星時顯得越來越小。她知道這個情況也發生在幾百顆、可能幾千顆星球上。她只希望大衛不在其中一艘上面。

保羅、瑪麗和米洛在她的艙房裡陪她，但沒人說話。感覺好像醫院的候診室，大家不發一語地支持凱特。

蛇軍指揮中心裡，大衛看著三角形艦隊有系統地摧毀蛇軍艦隊。上百面螢幕裡，只有幾個還顯示出蛇軍船艦。這是屠殺。中央螢幕上，顯示大衛占據的船外面的環形艦隊，一道傳送門打開，更多三角形艦隊抵達。

三角形艦隊似乎毫不浪費時間，砲火立刻打進幾個環形的蛇軍艦隊中，毀滅波幾秒內就會來到大衛這裡。

他看著三角形艦隊接近，暗自準備。在腦中深處，他懷疑這是不是另一個幻覺，某種試探。帶隊的三角艦停住，大衛不禁屏住呼吸。

柏修斯進門時凱特急忙站起來。

「我想我們找到東西了，」他說，「有個生命跡象在蛇軍的中央環上。」

「他是不是……」

「他們正在仔細檢查他，但他看起來很健康。」

大衛坐在無菌室裡等待，掙扎著該怎麼辦。如果他獲救又是蛇軍搞的幻覺，是某種誘餌怎麼辦，他該怎麼像對抗土坑一樣破解它？他必須抗拒。他打起精神，對自己強調這全是幻覺，無論他們怎麼考驗我，都抵死不從。

門打開，凱特站在明亮的白牆走廊上。她的黑髮垂下，披散在肩上，容光煥發，眼神明亮。她看起來非常健康、充滿活力，就像他以前認識愛上的那個人。大衛呆站著，無法動彈。

她衝進來擁抱他，他感到米洛的雙臂也抱著他。

大衛決定如果這是蛇軍幻覺，他們贏了。逼真到無法懷疑，讓他根本無法抗拒。

凱特退後看著他的眼睛。

「你沒事吧？」

「現在沒事了。」

在哨兵工廠，凱特和大衛暫停在眺望組裝線的大窗前，哨兵球體正成群回來。凱特猜想總共有多少，或許幾百萬顆。

「你會怎麼處理它們？」她問柏修斯。

「我們還在討論中。我們想利用一些去摧毀殘餘的蛇軍船艦，可以節省好幾年時間。我們正在考慮摧毀它們或是保留著以防出現別的威脅。」

柏修斯帶他們穿過工廠的走廊，通往方舟的路上有一道乾血跡。外側門打開，凱特想起在南極洲地下兩哩，她第一次看見這道門。她在消毒室裡暫停。她曾經在此脫下防護衣，放在阿迪和瑟亞的兩套小防護衣旁邊。

方舟內部，幾個小隊正在地毯式搜索這艘古船的每一吋空間。

「他們找到萊科斯了嗎？」凱特問。

「找到了，正在幫他療傷。」柏修斯說。

「我可以見他嗎？」

柏修斯同意，帶他們走過昏暗金屬走廊，來到一個醫療人員正在設置裝備的大房間。

「萊科斯，」柏修斯說，「這是凱特·華納博士。是她發明了癱瘓哨兵的療法，還幫忙找到了你。」

「我們虧欠妳，華納博士。」

「別這麼說。我希望你知道我只是完成艾希絲起頭的工作，她對發生過的事非常非常抱歉。她要是知道真相，一定會有不同的做法。」

萊科斯點頭。「我想我們都會，過去就讓它過去吧。」

「我同意。」她打量裝備，「你們要治療亞特蘭提斯人？」

「對，」柏修斯說，「我們認為用在治療妳的復活症候群療法也適用於他們。我們很快就會知道了。」

「然後呢？」

「原本我們真的以為能回到母星，放逐者星球地表上的一切都被摧毀了，而且回到地下感覺也不太對。我們在想我們可以重新開始。」

凱特微笑。她想這樣艾希絲一定會很高興。

「還有件事我們希望妳能幫我們釐清。」

柏修斯帶凱特和大衛來到存放大量管子的大房間。在入口的雙併門邊，躺著一堆屍體，全部是阿瑞斯。

「我們還在數。死因主要是暴力創傷，有幾個是勒斃。船上日誌說他關閉了自己的復活功能。」

「你們還有發現其他屍體嗎？」大衛問。

「有一個，在外面。」柏修斯拿起平板電腦。杜利安．史隆的屍體漂浮在太空中，哨兵組裝線附近。

大衛看看凱特。

她想到杜利安和阿瑞斯共同的仇恨，他們做過的事——在亞特蘭提斯星球和地球上，也想到地球可以重新開始，還有亞特蘭提斯人統一之後也能合力重建他們的文明。

「妳的看法是什麼？」柏修斯問。

「我想種什麼因，就得什麼果。」

尾聲

亞特蘭大，喬治亞州

保羅看著瑪麗走過他們同住的新家，她臉上露出震驚和愉快之間的表情。

「你從來沒把照片收掉？」

「我，呃……沒有。」

「我想最好收掉。」

「當然，我可以——」

「我們換上新照片。」

「新照片也好。」保羅說。這是他許久以來聽過最好的主意了。

大門打開，他的外甥馬修衝進來，直奔向保羅。孩子擁抱他，保羅也全力回抱著他。

娜塔莉和湯瑪斯少校跟著進來，他們面露微笑但是看起來很疲倦。

保羅介紹他們認識。

「瑪麗跟我剛在討論往後該怎麼辦。」

「我們也是，」娜塔莉看看湯瑪斯少校說，「我們要去市中心的救災辦公室報到，看我們能幫上什麼忙。」

與他們道別後，瑪麗和保羅開始收集照片，他們小心地取下舊照片收進衣櫃抽屜裡面。他們留著相框，那是結婚禮物。

凱特不知道是她聽力退化，還是她習慣了長時間的敲打與電動工具噪音。這些騷動——大衛老是在蓋新東西——是方圓幾哩內唯一的聲音。沒有城市的喧囂，沒有飛機噪音，附近沒有體育館。他父母的家位於一片有漂亮庭院的空地，被她生平看過最翠綠的森林包圍。

她懷疑過自己會不會喜歡，她從未住過城市之外，但令她驚訝的是，她發現鄉間生活挺適合她，但也可能只是因為同伴的緣故。

從廚房窗戶，她看到米洛在陪阿迪和瑟亞玩遊戲，扮演一個稱職的大哥哥。他打算過幾個月就搬出去，大衛和凱特很怕這天來臨，但米洛堅持他另有計畫。

大衛走進來。他滿身大汗，頭髮沾了白色粉塵，耳朵上夾根鉛筆。凱特很喜歡這個造型。

「今天我們是建設還是毀滅模式？」

大衛給自己倒了杯水，邊喝邊說：「是拆除不是毀滅，但是沒錯，有大破壞。」

「或許我就這麼叫你好了，毀滅少校，還是你喜歡毀滅上校？」

他喝完水把杯子放在廚房中島上，轉身抓住她。「噢，我想我們都知道在這女人的軍隊裡我只是個小兵。」

凱特想躲開。「喂，你又臭又髒。」

「嗯，沒錯。」

電話響起，大衛放開一隻手去接。凱特還在和他另一隻手搏鬥，但幾秒鐘後他放開她，專心聽電話。

他講得很快，嚴肅地發問，專心聆聽，神情越來越認真。

掛斷之後，他看著凱特。

「他們找到了。」

凱特懷疑過這通電話是否永遠不會來了。當她在摩洛哥逼大衛承諾時，她以為不可能活著見到這一天。現在雖然滿心恐懼，但她知道有了一絲希望。

直升機盤旋在水面上。駕駛員用耳機向大衛說：「我們到了。」

凱特低頭看看水面，再看看大衛。他湊過來吻她，戴上潛水面罩，從側面跳下去。

他在水裡漂浮了一會兒，觀察淹在水下的舊金山市區。

大衛手臂上的讀數標示出位置，他開始潛入水中。抵達低矮的建築物之後，他游過一扇破掉的玻璃窗，提防割傷自己。他溜過走廊，緩慢移動，頭盔上的燈照亮了路。門都是開的——這個地方被快速疏散了。

印瑪里實驗室裡有一大堆大衛根本看不懂的怪設備和物品，但他相當熟悉他要找的東西。在某間中央實驗室裡，他來到將近一百年前派崔克・皮爾斯從直布羅陀灣底下的阿爾發登陸艇發掘出來的四根管子前面。這是裝過凱特、她父親派崔克、後來變成他們敵人的杜利安・史隆和馬洛里・克瑞格的同型管子。

他們四人都在一九七八年甦醒，從此管子就閒置至今，只有一個例外：杜利安把他從凱特身上搶走的嬰兒放進其中一根管子。至少幾個月前在南極洲的偵訊室裡杜利安是這麼告訴她的。凱特和大衛仍不確定杜利安是在玩弄凱特，或是嬰兒真的在管子裡，但在摩洛哥時，大衛發過誓會找到凱特的孩子——即使送命也在所不惜。

他游進去把他的燈照進第一根管子，滿心期待。光束直接穿過。空的，第二根，也是空的，照向第三根時仍是空的。

直到第四根，光束遭遇一團灰白色雲霧。大衛耐心等待雲霧散開，露出一個嬰兒。小男孩無辜地漂浮著，閉著眼睛，伸直手腳。大衛不禁鬆了一口氣。

回到新加州海岸的美國陸軍基地，大衛察覺到凱特的緊張。

「他們估計幾週後就能把那些管子挖出來，」他說，「它們有獨立電源，但我們必須小心。」

「我一直在想……我們該怎麼做。」

「我也是。我想我們的兒子應該要有個年齡相近的兄弟或姊妹。」他抬起眉毛。「我保證在妳懷孕六個月之前把房子蓋完。」

「一言為定。」

（全書完）

後記

您完成了！

我是說，看完了這套「亞特蘭提斯進化三部曲」。曾經有好幾個月，我不確定自己能否寫完這個故事。我對這本書的走向痛苦許久。

許多年前我就規劃好亞特蘭提斯人的背景故事，我一直打算在最後一集講這個故事，但在《亞特蘭提斯．瘟疫》出版之後，我感到有點緊張。

終部曲《亞特蘭提斯．新世界》在許多方面和前兩集大為不同，大多數劇情不是發生在地球，重點也不是在我們的科學和歷史，而是我們可能發生的未來和那些驅使我們的迷思。

最後，我決定寫成我希望呈現給讀著的書，我衷心盼望喜歡前兩集的讀者也會滿意這本書。

我希望你們都會喜歡，但如果這不太符合您的要求或預期，我也能了解。我打球喜歡揮大棒，以這本書的情況來舉例，我其實是想要寫出一些粉絲會超級熱愛而非大多數讀者只是有點喜歡的小說。以讀者的角度來設想，我寧可這樣。如果是我就會希望作者願意冒點風險放手一搏，而不是打出場外或是在本壘三振。人生苦短，不適合棒棒安打。

去年我對寫作和人生都學習到很多。當作家不是走台步，但是目前，我會繼續上場打擊，我希望你們都會留下來觀看。

PS：如果您想要知道我何時推出新書，歡迎光臨官網：www.AGRiddle.com或加入我的Email名單，我只在新書出版時會發送電子郵件。

致謝

很多人對這本小說做出了貢獻，我欠他們每個人一個大大的感謝。他們是：

安娜。如果沒有妳，我絕對無法這麼快把這本書送到讀者手上，我的生活也會更加瘋狂與痛苦。我愛妳，也天天感激有妳的陪伴。

卡蘿・戴柏、希爾維・戴爾和莉莎・溫伯格，我的阿爾發編輯，提供最佳的校對、編輯和建議，再次感謝你們，你們抓出了我永遠不會發現的地方，幫我了解哪裡還必須努力。

謝謝簡・卡洛絲・巴克美麗的封面插畫。這個系列很榮幸與你合作，謝謝你讓我的世界栩栩如生，吸引讀者進入我的書中。

世界上最棒的一群讀者。你們都讓這本小說比原來變得更好，我會永遠感激。包括：弗蘭・梅森、凱蒂・潘德蓋斯、琳達・溫頓、琳娜・麥可基・艾蜜莉・辛、斯克普・弗洛登、戴夫、珍・馬可尼、恩傑・弗瑞茲、泰瑞・戴登、米歐卡・漢森、傑夫・巴克、雪倫・克爾克、米雪兒・德夫、克莉絲登・米勒、戴恩・斯佩洛凱斯、維吉利亞・麥克林、薇琪・吉賓斯、布萊恩・佩索、史蒂芬・尼斯、榮恩・衛斯、凱莉・馬赫尼、李・阿瑪斯、羅賓・克林斯、森蒂・莫蘭、妮奇塔・普哈斯奇、保羅・傑米森、泰羅朵拉·瑞特登和凱娣·羅根。

感謝麥可·寇恩、詹姆·傑奇尼斯、傑德·沃森、凱西·貝爾弗德、馬可·維拉紐瓦、麥克·雪克爾斯、強尼·史坎隆和黛安娜·費茲澤羅等人追根究底的精神。

最後同樣重要的，就是願意閱讀本書的您，無論您在何時何地，我都非常感謝您閱讀我的第一部小說。

「亞特蘭提斯進化三部曲」對我來說既是苦工又充滿樂趣，我誠心希望您會喜歡。保重了，後會有期。

中英名詞對照表

A

Adaptive research lab 適應研究實驗室
Adenine 腺嘌呤
Aeroponics lab 氣耕法實驗室
Aircraft carrier 航空母艦
Alpha Lander 阿爾發登陸艇
Amazon 亞馬遜河
America 美國
Amino acid 胺基酸
Antarctica 南極洲
Antibiotic 抗生素
Anti-Serpentine laws 反蛇軍法律
Archer Daniel Midland 阿徹丹尼爾米德蘭公司
Arecibo 阿雷西博
Arecibo Observatory 阿雷西博天文台
Arthur Janus 亞瑟・詹納斯
Asteroid charges 小行星電流
Asteroid field 小行星力場
Astronomer 天文學家
Atlanta 亞特蘭大
Atlantean 亞特蘭提斯人
Atlantic 大西洋
Australian 澳洲
Auxiliary 輔助艦
Auxiliary Medical Bay 輔助醫療室

B

Bastogne 巴斯通
Beacon 烽火系統
Belgian 比利時
Bell/Die Glocke 大鐘
Berber 柏柏爾人

Beta Lander　貝塔登陸艇

Biosphere　生態球

Bourbon　波本

Britain　英國

Buenos Aires
布宜諾斯艾利斯

C

California　加州

Cape Town　開普敦

Centers for Disease Control and Prevention　疾病管制與防治中心（簡稱 CDC，疾管局）

Ceuta　休達

China　中國

Cholesterol　膽固醇

Clocktower　鐘塔

Comet　彗星

Continuity　永續組織

Crater　隕石坑

Cytosine　胞嘧啶

D

David Vale　大衛・維爾

Decatur　迪凱特市

Delta Lander　戴爾塔登陸艇

Destroyer　驅逐艦

Dorian Sloane　杜利安・史隆

Drone　無人機

E

Euthanasia Protocol
安樂死草案

EVA suit　環境防護衣

Evolutionary geneticist
進化遺傳學家

Exadon　夜龍

Exile Order　放逐令

Exiles　放逐者

Expeditionary fleet　探勘艦隊

Extraterrestrial life　地外生命

G

Galaxy　銀河系

Genome　基因組

Genome sequence
　基因組序列

Genome synthesis system
　基因組合成系統

Georgia　喬治亞州

Germany　德國

Gibraltar　直布羅陀

Global war council
　全球戰爭委員會

Gravity　引力

Gravity mines　重力水雷

Gravity well　重力井

Greenhouse　溫室

Guanine　鳥嘌呤

H

Helena Barton
　海蓮娜．巴頓

Helios　太陽神號

Hologram　雷射投影

Humvee　悍馬車

Hyperspace　超空間

Hyperspace tunnel
　超空間隧道

Hyperspace window
　超空間窗口

I

Illinois　伊利諾州

Immari　印瑪里

India　印度

Insulin　胰島素

Isthmus of Panama
　巴拿馬地峽

J

Japan　日本

Jeep　吉普車

Jurassic Park
《侏儸紀公園》

K

Kate Warner　凱特・華納
Kinetic bombardment
動能轟炸
Konrad Kane
康拉德・肯恩

L

Life rafts　逃生艇
Light year　光年
London　倫敦
Lykos　萊科斯

M

Malta　馬爾他島
Marbella　馬貝拉
Martin Grey　馬丁・葛雷
Mary Caldwell
瑪麗・卡德威爾
Matthew　馬修
Medical lab　醫療實驗室
Military buoy　軍用浮標
Milo　米洛
Moroccan　摩洛哥
Myra　米拉

N

Natalie　娜塔莉
National Security Agency
國家安全局（簡稱 NSA，
國安局）
Nazi　納粹
Neanderthal　尼安德塔人
Neural implant　神經植入物
Neutron star　中子星
New Mexico　新墨西哥州

Nomos　諾莫斯
North Carolina
北卡羅萊納州
Northern Africa　北非
Null terminator　空值終止符

O

Orchid Alliance　蘭花聯盟
Orchid District　蘭花區
Orchid District Beta
貝塔蘭花區
Origin Entity　起源實體
Origin Mystery　起源之謎
Origin Project　起源計畫

P

Pacific　太平洋
Pakistan　巴基斯坦
Patrick Pierce
派崔克・皮爾斯
Patton　巴頓
Paul Brenner　保羅・布倫納
Peach schnapps　蜜桃甜酒
Perseus　柏修斯
Plasma　電漿
Plato　柏拉圖
Pride's cycle　驕傲循環
Puerto　波多黎各
Pylos　皮洛斯號

Q

Quantum comm buoy
量子通訊浮標
Quantum cube　量子方塊
Quantum entanglement
量子糾纏

R

Radio telescope
無線電波望遠鏡

Raptor　迅猛龍

Resurrection syndrome　復活症候群

Resurrection tube　復活管

Retrovirus　逆轉錄病毒

Revolutionary　革命派

Rum　蘭姆

Russia　俄國

S

Saber-toothed cat　劍齒虎

San Juan　聖胡安

Saturn's rings　土星環

Science council　科學委員會

Scotch　蘇格蘭威士忌

Sentinels　哨兵

Serpentine Army　蛇軍

Serpentine Restrictions　蛇軍禁令

Sigma　西格瑪

Sigma group　西格瑪團隊

Sonic sanitation bay　音波衛浴室

Sonja　桑雅

Space probe　太空探測器

Spain　西班牙

Spanish Flu　西班牙流感

Subspecies　亞種

Surya　瑟亞

Susan　蘇珊

T

Tachyon　速子

Tangier　坦吉爾

Targen Ares　塔爾根・阿瑞斯

Temporal lobe　顳葉

Terminal　終端機

Terrance North　泰倫斯・諾斯

The Battle of the Bulge　突出部戰役

The curvature of spacetime　時空曲率

The evac tag　撤離標籤

The Helios　太陽神號

Thomas　湯瑪斯

Throwing the long ball　長程傳球

Thymine　胸腺嘧啶

Tibet　西藏

Time dilation device　時間膨脹裝置

Toba　托巴山

Toba Catastrophe　托巴突變

Triglyceride　三酸甘油脂

Triteia Isis　崔特雅・艾希絲

U

UVB　紫外線

V

Victor　維多

W

Wooly mammoth　長毛象

BEST 嚴選

書號	書名	作者	定價
1HB004X	諸神之城：伊嵐翠	布蘭登．山德森	520
1HB009	最後理論	馬克．艾伯特	320
1HB013	刺客正傳 1：刺客學徒（經典紀念版）	羅蘋．荷布	299
1HB014	刺客正傳 2：皇家刺客（上）（經典紀念版）	羅蘋．荷布	320
1HB015	刺客正傳 2：皇家刺客（下）（經典紀念版）	羅蘋．荷布	320
1HB016	刺客正傳 3：刺客任務（上）（經典紀念版）	羅蘋．荷布	360
1HB017	刺客正傳 3：刺客任務（下）（經典紀念版）	羅蘋．荷布	360
1HB018	2012：失落的預言	麥利歐．瑞汀	320
1HB019	迷霧之子首部曲：最後帝國	布蘭登．山德森	380
1HB020	迷霧之子二部曲：昇華之井	布蘭登．山德森	399
1HB021	迷霧之子終部曲：永世英雄	布蘭登．山德森	399
1HB025	方舟浩劫	伯伊德．莫理森	320
1HB027	血色塔羅	尼克．史東	380
1HB028	最後理論 2：科學之子	馬克．艾伯特	320
1HB029	星期一，我不殺人	尚—巴提斯特．德斯特摩	320
1HB030	懸案密碼：籠裡的女人	猶希．阿德勒．歐爾森	320
1HB031	迷霧之子番外篇：執法鎔金	布蘭登．山德森	320
1HB032	2012：降世的預言	麥利歐．瑞汀	320
1HB033	彌達斯寶藏	伯伊德．莫理森	320
1HB034	颶光典籍首部曲：王者之路（上）	布蘭登．山德森	499
1HB035	颶光典籍首部曲：王者之路（下）	布蘭登．山德森	499
1HB036	懸案密碼 2：雉雞殺手	猶希．阿德勒．歐爾森	320
1HB037	末日之旅．上冊	加斯汀．柯羅寧	399
1HB038	末日之旅．下冊	加斯汀．柯羅寧	399
1HB039	懸案密碼 3：瓶中信	猶希．阿德勒．歐爾森	380
1HB040	刀光錢影：戰龍之途	丹尼爾．艾伯罕	380
1HB041	懸案密碼 4：第 64 號病歷	猶希．阿德勒．歐爾森	380
1HB042	皇帝魂：布蘭登．山德森精選集	布蘭登．山德森	320
1HB043	第一法則首部曲：劍刃自身	喬．艾伯康比	380
1HB044	第一法則二部曲：絞刑之前	喬．艾伯康比	380
1HB045	第一法則終部曲：最後手段	喬．艾伯康比	450
1HB046	刀光錢影 2：國王之血	丹尼爾．艾伯罕	380
1HB047	末日之旅 2：十二魔．上冊	加斯汀．柯羅寧	380
1HB048	末日之旅 2：十二魔．下冊	加斯汀．柯羅寧	380

書號	書名	作者	定價
1HB049	陣學師：亞米帝斯學院	布蘭登・山德森	320
1HB050	太和計畫	馬克・艾伯特	360
1HB051	刀光錢影 3：暴君諭令	丹尼爾・艾伯罕	380
1HB052	血戰英雄	喬・艾伯康比	420
1HB053	審判者傳奇：鋼鐵心	布蘭登・山德森	320
1HB054	懸案密碼 5：尋人啟事	猶希・阿德勒・歐爾森	380
1HB055	北方大道・上冊	彼德・漢彌頓	420
1HB056	北方大道・下冊	彼德・漢彌頓	420
1HB057	刺客後傳 1：弄臣任務（上）（經典紀念版）	羅蘋・荷布	360
1HB058	刺客後傳 1：弄臣任務（下）（經典紀念版）	羅蘋・荷布	360
1HB059	刺客後傳 2：黃金弄臣（上）（經典紀念版）	羅蘋・荷布	360
1HB060	刺客後傳 2：黃金弄臣（下）（經典紀念版）	羅蘋・荷布	360
1HB061	刺客後傳 3：弄臣命運（上）（經典紀念版）	羅蘋・荷布	450
1HB062	刺客後傳 3：弄臣命運（下）（經典紀念版）	羅蘋・荷布	450
1HB063	血歌首部曲：黯影之子・上	安東尼・雷恩	特價 199
1HB064	血歌首部曲：黯影之子・下	安東尼・雷恩	380
1HB065	貝爾曼的幽靈	黛安・賽特菲爾德	350
1HB066C	無盡之劍（限量精裝版）	布蘭登・山德森	360
1HB067	刀光錢影 4：寡婦之翼	丹尼爾・艾伯罕	380
1HB068	異星記	休豪伊	340
1HB069	血歌二部曲：高塔領主（上）	安東尼・雷恩	380
1HB070	血歌二部曲：高塔領主（下）	安東尼・雷恩	380
1HB071	亞特蘭提斯・基因（亞特蘭提斯進化首部曲）	傑瑞・李鐸	399
1HB072	亞特蘭提斯・瘟疫（亞特蘭提斯進化二部曲）	傑瑞・李鐸	399
1HB073	亞特蘭提斯・新世界（亞特蘭提斯進化終部曲）	傑瑞・李鐸	399

城邦文化奇幻基地出版社
Fantasy Foundation Publications
http://www.ffoundation.com.tw
TEL：02-25007008 FAX：02-25027676

BEST 嚴選 073

亞特蘭提斯・新世界（亞特蘭提斯進化終部曲）

原著書名／The Atlantis World
作　　者／傑瑞・李鐸（A.G. Riddle）
譯　　者／李建興
企劃選書人／王雪莉
責任編輯／陳珉萱
行銷企劃／周丹蘋
業務主任／范光杰
行銷業務經理／李振東
總　編　輯／楊秀真
發　行　人／何飛鵬
法律顧問／台英國際商務法律事務所　羅明通律師
出版／奇幻基地出版
城邦文化事業股份有限公司
台北市 104 民生東路二段 141 號 8 樓
電話：(02)25007008　傳真：(02)25027676
網址：www.ffoundation.com.tw
e-mail：ffoundation@cite.com.tw
發行／英屬蓋曼群島商家庭傳媒股份有限公司城邦分公司
台北市 104 民生東路二段 141 號 11 樓
書虫客服服務專線：(02)25007718・(02)25007719
24 小時傳真服務：(02)25170999・(02)25001991
服務時間：週一至週五09:30-12:00・13:30-17:00
郵撥帳號：19863813　戶名：書虫股份有限公司
讀者服務信箱 e-mail：service@readingclub.com.tw
歡迎光臨城邦讀書花園　網址：www.cite.com.tw
香港發行所／城邦（香港）出版集團有限公司
香港灣仔駱克道 193 號東超商業中心 1 樓
電話／(852) 2508-6231　傳真／(852) 2578-9337
e-mail：hkcite@biznetvigator.com
馬新發行所／城邦（馬新）出版集團　Cité (M) Sdn Bhd
41, Jalan Radin Anum, Bandar Baru Sri Petaling, Lumpur,
57000 Kuala Lumpur, Malaysia.
Tel: (603) 90578822　Fax:(603) 90576622
e-mail：cite@cite.com.my

封面設計／朱陳毅、王俐淳
排　　版／菩薩蠻數位文化有限公司
印　　刷／高典印刷有限公司
■2015 年（民 104）6 月 30 日初版
■2020 年（民 109）12 月 4 日初版10.5刷
售價／399元

國家圖書館出版品預行編目資料

亞特蘭提斯・新世界／傑瑞・李鐸（A.G. Riddle）作；李建興譯. -- 初版. -- 臺北市：奇幻基地, 城邦文化出版：家庭傳媒城邦分公司發行, 民 104.06
面：公分. --（BEST嚴選；073）
譯自：The Atlantis World
ISBN 978-986-5880-97-2（平裝）
874.57　　104004625

ISBN : 978-986-5880-97-2　　Printed in Taiwan.

廣	告	回	函

北區郵政管理登記證

台北廣字第000791號

郵資已付，免貼郵票

104台北市民生東路二段141號11樓

英屬蓋曼群島商家庭傳媒股份有限公司城邦分公司 收

請沿虛線對摺，謝謝

奇幻基地

每個人都有一本奇幻文學的啟蒙書

奇幻基地官網：http://www.ffoundation.com.tw

奇幻基地粉絲團：http://www.facebook.com/ffoundation

書號：**1HB073**　　書名：亞特蘭提斯・新世界（亞特蘭提斯進化終部曲）

請於此處用膠水黏貼

奇幻基地

讀者回函卡

謝謝您購買我們出版的書籍！請費心填寫此回函卡，我們將不定期寄上城邦集團最新的出版訊息。

是供訂購、行銷、客戶管理或其他合於營業登記項目或章程所定業務之目的，英屬蓋曼群島商家庭傳媒(股)公司城邦分公司於本集團之營運期間及地區內，將以電郵、傳真、電話、簡訊、郵寄或其他公告方式利用您提供之資料（資料類別：C001、02、C003、C011等）。 利用對象除本集團外，亦可能包括相關服務的協力機構。如您有依個資法第三條或其他需服務之處，致電本公司客服中心電話(02) 25007718請 求協助。相關資料如為非必要項目，不提供亦不影響您的權益。

姓名：______________________________ 性別：□男 □女

生日：西元__________年__________月__________日

地址：______________________________

聯絡電話：__________________傳真：__________________

E-mail：______________________________

學歷：□1.小學 □2.國中 □3.高中 □4.大專 □5.研究所以上

職業：□1.學生 □2.軍公教 □3.服務 □4.金融 □5.製造 □6.資訊

□7.傳播 □8.自由業 □9.農漁牧 □10.家管 □11.退休

□12.其他______________________________

您從何種方式得知本書消息？

□1.書店 □2.網路 □3.報紙 □4.雜誌 □5.廣播 □6.電視

□7.親友推薦 □8.其他__________________

您通常以何種方式購書？

□1.書店 □2.網路 □3.傳真訂購 □4.郵局劃撥 □5.其他

您購買本書的原因是（單選）

□1.封面吸引人 □2.內容豐富 □3.價格合理

您喜歡以下哪一種類型的書籍？（可複選）

□1.科幻 □2.魔法奇幻 □3.恐怖 □4.偵探推理

□5.實用類型工具書籍

您是否為奇幻基地網站會員？

□1.是□2.否（若您非奇幻基地會員，歡迎您上網免費加入
http://www.ffoundation.com.tw/）

對我們的建議：______________________________

____

____

請於此處用膠水黏貼